LE VIEUX QUI LISAIT DES ROMANS D'AMOUR
suivi de
LE NEVEU D'AMÉRIQUE

Luis Sepúlveda est né au Chili en 1949. Il est notamment l'auteur du *Vieux qui lisait des romans d'amour*, *Le Monde du bout du monde*, *Un nom de torero*, et *Le Neveu d'Amérique*. Best-sellers mondiaux, ses romans sont traduits dans de très nombreux pays.

Luis Sepúlveda

LE VIEUX QUI LISAIT DES ROMANS D'AMOUR

suivi de *Court roman d'un roman court*
Présentation de Pierre Lepape

LE NEVEU D'AMÉRIQUE

suivi de *À la vôtre Professeur Gálvez*

ROMANS

*Traduits de l'espagnol (Chili)
par François Maspero et François Gaudry*

Éditions Métailié

TEXTE INTÉGRAL

Pour *Le Vieux qui lisait des romans d'amour*

TITRE ORIGINAL

Un viejo que leía novelas de amor

COPYRIGHT ORIGINAL

© by Luis Sepúlveda, 1988
by arrangement with Dr Ray-Güde Mertin,
Literarische Agentur
(ISBN 2-86424-127-7, 1re édition brochée)
(ISBN 2-02-020116-X, 1re publication poche
ISBN 2-02-023930-2-X, 2nde publication poche)

Pour *Le Neveu d'Amérique*

TITRE ORIGINAL

Patagonia Express

COPYRIGHT ORIGINAL

© by Luis Sepúlveda, 1994
by arrangement with Dr Ray-Güde Mertin,
Literarische Agentur
(ISBN 2-86424-222-2, 1re édition brochée)
(ISBN 2-02-031549-1, 1re publication poche)

ISBN 2–7578-0175-9

© Éditions Métailié, 1992, pour la traduction française de *Le Vieux qui lisait des romans d'amour* et 2004, pour la traduction française de *Court roman d'un roman court*
© Le Monde, août 1992, pour la préface de *Le Vieux qui lisait des romans d'amour*
© Éditions Métailié, 1996, pour la traduction française de *Le Neveu d'Amérique*
© Éditions Métailié, 2001, pour la traduction française de *À la vôtre Professeur Gálvez*
(extrait de *Les Roses d'Atacama*)

Le Code de la propriété intellectuelle interdit les copies ou reproductions destinées à une utilisation collective. Toute représentation ou reproduction intégrale ou partielle faite par quelque procédé que ce soit, sans le consentement de l'auteur ou de ses ayants cause, est illicite et constitue une contrefaçon sanctionnée par les articles L. 335-2 et suivants du Code de la propriété intellectuelle.

LE VIEUX QUI LISAIT
DES ROMANS D'AMOUR

PRÉSENTATION
PAR PIERRE LEPAPE

Le vieil homme et la forêt

Premier roman d'un écrivain chilien entré dans la quarantaine, par ailleurs totalement inconnu, publié par une maison d'édition qui ne dispose pas de moyens importants, *Le vieux qui lisait des romans d'amour* connaissait un large succès public avant même que les médias ne s'emparent de sa toute fraîche célébrité. Mieux encore, en quelques jours, le bref roman de Sepúlveda recevait deux prix littéraires considérés comme antinomiques, celui, à vocation populaire, des Relais H, qui assurait sa présence dans toutes les librairies de gares, et celui, fort élitiste, de France-Culture, qui l'ornait d'un incontestable label intellectuel.

Un livre qui plaît ainsi à tout le monde est *a priori* suspect, et il n'a pas manqué de s'élever, dans le concert général de louanges, quelques voix dénonçant l'insupportable confusion : Sepúlveda bénéficiait d'un phénomène de mode et ne pouvait donc être aimé que pour de mauvaises raisons.

Il serait sans doute intéressant de tenter une approche sociologique sérieuse de ce succès inattendu et du rapprochement autour d'un même livre de lecteurs dont les goûts et les attentes sont généralement aux antipodes. Comment *Le vieux qui lisait des romans d'amour* a-t-il créé cet improbable consensus, non dans la mollesse des concessions et des indifférences, mais dans l'enthousiasme et le plaisir ?

Le sujet du roman n'y est pas pour rien. Sepúlveda le dédie à son ami Chico Mendes, le défenseur de la forêt amazonienne, « l'une des figures les plus illustres et les plus conséquentes du mouvement écologique universel », assassiné l'an dernier par des hommes de main « armés et payés par de plus grands criminels, de ceux qui ont tailleur et manucure et qui disent agir au nom du "progrès" ». Le livre est une dénonciation impitoyable, bien que sans emphase, de la destruction aveugle, systématique, cruelle et stupide de cette forêt-continent qu'est l'Amazonie et, à travers elle, des équilibres fragiles et vitaux qui lient l'homme et son environnement naturel.

Le goût des images

Sepúlveda n'entonne pas la vieille antienne du bon sauvage qui s'oppose au méchant civilisé, son vieux héros n'a rien d'un innocent primitif – il dévore des romans d'amour, c'est tout dire – et le monde dans lequel il vit ne s'appelle El Idilio que par ironie et antiphrase. Rien de moins idyllique que ce bord de fleuve noyé de pluie et de boue, dangereux, brutal, hanté par la peur et par la souffrance, enfermé dans sa solitude et son ressassement. La nature, montre Sepúlveda, ce n'est pas le paradis, pas le jardin d'Éden. C'est un être immense et terrible auquel sont liés, pour le meilleur et pour le pire, tous ceux qui y participent, hommes et plantes, bêtes et fleuves, dans un embrassement permanent, à la fois vital et mortel, lucide et aveugle, hostile et amoureux, brutal et rusé.

L'écologisme de l'écrivain chilien est tout le contraire de naïf ou de simpliste. Il affirme, à l'inverse, que la naïveté et les idées simples sont aussi dangereuses, aussi meurtrières que les plus cyniques volontés de domination et de destruction. Le face-à-face avec la nature réclame moins des sentiments qu'un fabuleux trésor de savoirs et de savoir-faire accumulés par les hommes qui affrontent quotidiennement cette réalité infiniment complexe. Sepúlveda constate que le « progrès », tel que l'entendent ceux qui exploitent la forêt amazonienne, conduit aussi à la disparition de ces hommes qui savent.

Mais la rigueur et la vigueur de cette démonstration n'auraient certainement pas exercé une telle séduction si l'auteur s'en était tenu à des arguments intellectuels.

La forêt amazonienne n'a d'autre réalité, pour la plupart d'entre nous, que celle des images que nous en proposent les mots et les livres.

Nous avons, nous aussi, comme le vieux, besoin qu'on nous raconte des romans pour pouvoir atteindre une réalité qui sans eux demeurerait, au sens propre, inimaginable.

Nous demandons du rire et des larmes, du rêve et des émotions, de la couleur et de la musique. Sepúlveda nous offre tout cela en brassées généreuses et fraîches. Il a le sens du récit, ramassé et efficace, le goût des images soigneusement ciselées, un grand don d'évocation qui lui permet de rendre simples en les stylisant les choses, les êtres et les événements les plus compliqués. Il ne lui faut pas vingt lignes pour qu'on tombe sous le charme de cette feinte candeur, de cette fausse légèreté, de cette innocence rusée. Ensuite, on file, sans pouvoir s'arrêter, jusqu'à une fin que notre plaisir juge trop rapide.

PIERRE LEPAPE
© *Le Monde*

Au moment même où, à Oviedo, les jurés qui allaient décerner à ce livre le prix Tigre Juan étaient en train de le lire, à des milliers de kilomètres de distance et d'ignominie une bande d'assassins armés et payés par de plus grands criminels, de ceux qui ont tailleur et manucure et qui disent agir au nom du « progrès », mettaient fin à la vie de l'homme qui fut l'un des plus ardents défenseurs de l'Amazonie et l'une des figures les plus illustres et les plus conséquentes du mouvement écologique universel.

Tu ne liras pas ce roman, Chico Mendes, ami très cher qui parlait peu et agissait beaucoup, mais ce prix Tigre est aussi le tien, comme il est celui de tous les hommes qui continueront sur le chemin que tu as tracé, notre chemin collectif pour défendre ce monde, notre monde, qui est unique.

L.S.

À mon lointain ami Miguel Tzenke, syndic shuar de Shumbi dans le haut Nangaritza et grand défenseur de l'Amazonie.

C'est lui qui, une nuit, par ses récits débordants de magie, m'a révélé certains détails de son monde vert inconnu que j'ai utilisés plus tard, en d'autres confins du monde équatorial, pour construire cette histoire.

L.S.

1

Le ciel était une panse d'âne gonflée qui pendait très bas, menaçante, au-dessus des têtes. Le vent tiède et poisseux balayait les feuilles éparses et secouait violemment les bananiers rachitiques qui ornaient la façade de la mairie.

Les quelques habitants d'El Idilio, auxquels s'étaient joints une poignée d'aventuriers venus des environs, attendaient sur le quai leur tour de s'asseoir dans le fauteuil mobile du dentiste, le docteur Rubincondo Loachamín, qui pratiquait une étrange anesthésie verbale pour atténuer les douleurs de ses clients.

– Ça te fait mal ? questionnait-il.

Agrippés aux bras du fauteuil, les patients, en guise de réponse, ouvraient des yeux immenses et transpiraient à grosses gouttes.

Certains tentaient de retirer de leur bouche les mains insolentes du dentiste afin de pouvoir lui répondre par une grossièreté bien sentie, mais ils se heurtaient à ses muscles puissants et à sa voix autoritaire.

– Tiens-toi tranquille, bordel ! Bas les pattes ! Je sais bien que ça te fait mal. Mais à qui la faute, hein ?

À moi ? Non : au gouvernement ! Enfonce-toi bien ça dans le crâne. C'est la faute au gouvernement si tu as les dents pourries et si tu as mal. La faute au gouvernement.

Les malheureux n'avaient plus qu'à se résigner en fermant les yeux ou en dodelinant de la tête.

Le docteur Loachamín haïssait le gouvernement. N'importe quel gouvernement. Tous les gouvernements. Fils illégitime d'un émigrant ibérique, il tenait de lui une répulsion profonde pour tout ce qui s'apparentait à l'autorité, mais les raisons exactes de sa haine s'étaient perdues au hasard de ses frasques de jeunesse, et ses diatribes anarchisantes n'étaient plus qu'une sorte de verrue morale qui le rendait sympathique.

Il vociférait contre les gouvernements successifs de la même manière que contre les gringos qui venaient parfois des installations pétrolières du Coca, étrangers impudiques qui photographiaient sans autorisation les bouches ouvertes de ses patients.

À quelques pas de là, l'équipage du *Sucre* chargeait des régimes de bananes vertes et des sacs de café.

Sur un bout du quai s'amoncelaient les caisses de bière, d'aguardiente « Frontera », de sel, et les bonbonnes de gaz débarquéés au lever du jour.

Le *Sucre* devait appareiller dès que le dentiste aurait terminé de réparer les mâchoires, pour remonter les eaux du Nangaritza, déboucher dans le Zamora et, après quatre jours de lente navigation, rejoindre le port fluvial d'El Dorado.

Le bateau, une vieille caisse flottante mue par la volonté de son chef mécanicien, les efforts des deux costauds qui composaient l'équipage et l'obstination phtisique d'un antique diesel, ne devait pas revenir avant la fin de la saison des pluies dont le ciel en deuil annonçait l'imminence.

Le docteur Rubincondo Loachamín venait deux fois par an à El Idilio, tout comme l'employé des Postes, lequel n'apportait que fort rarement une lettre pour un habitant et transportait essentiellement dans sa sacoche délabrée des papiers officiels destinés au maire ou les portraits sévères, décolorés par l'humidité, des gouvernants du moment.

Du passage du bateau, les gens n'attendaient rien d'autre que le renouvellement de leurs provisions de sel, de gaz, de bière et d'aguardiente ; mais la venue du dentiste était accueillie avec soulagement, surtout par les rescapés de la malaria, fatigués de cracher les débris de leur dentition et désireux d'avoir la bouche nette de chicots afin de pouvoir essayer l'un des dentiers étalés sur un petit tapis violet qui évoquait indiscutablement la pourpre cardinalice.

Toujours vitupérant contre le gouvernement, le dentiste débarrassait leurs gencives de leurs ultimes vestiges dentaires, après quoi il leur ordonnait de se rincer la bouche avec de l'aguardiente.

– Maintenant, voyons. Comment tu le trouves, celui-là ?

– Il me serre. Je peux pas fermer la bouche.

– Allons donc ! Tu parles d'une bande de délicats ! Bon, on en essaye un autre.

– Il flotte. Si j'éternue, il va tomber.

– T'as qu'à pas t'enrhumer, couillon. Ouvre la bouche.

Et ils lui obéissaient.

Ils essayaient plusieurs dentiers, finissaient par

trouver le bon et discutaient le prix, tandis que le dentiste désinfectait les autres en les plongeant dans une marmite d'eau chlorurée bouillie.

Pour les habitants des rives du Zamora, du Yacuambi et du Nangaritza, le fauteuil mobile du docteur Rubincondo Loachamín était une institution.

En fait il s'agissait d'un vieux siège de coiffeur avec le socle et les bras émaillés de blanc. Il fallait toute la force du patron et des matelots du *Sucre* réunis pour le hisser à quai et l'installer sur une estrade d'un mètre carré que le dentiste appelait la « consultation ».

– Sur la consultation, c'est moi qui commande, nom de Dieu ! Ici, on m'obéit. Une fois en bas, vous pouvez m'appeler arracheur de dents, fouille-gueules, tripoteur de langues ou tout ce qui vous passe par la tête. Et vous pouvez même m'offrir un verre.

Ceux qui attendaient leur tour faisaient des têtes d'enterrement, et ceux qui passaient par les pinces d'extraction n'étaient pas plus brillants.

Les seuls personnages à garder le sourire, autour de la consultation, c'étaient les Jivaros qui observaient, accroupis.

Les Jivaros. Des indigènes rejetés par leur propre peuple, le peuple des Shuars, qui les considérait comme des êtres avilis et dégénérés par les habitudes des « Apaches », autrement dit les Blancs.

Les Jivaros, habillés avec les guenilles des Blancs, acceptaient sans protester ce nom dont les avaient affublés les conquérants espagnols[1].

La différence était immense entre un Shuar hautain

---

1. Jivaro, ou plus exactement *jíbaro,* veut dire « sauvage » en espagnol.

et orgueilleux, qui connaissait les régions secrètes de l'Amazonie, et un Jivaro tel que ceux qui se réunissaient sur le quai d'El Idilio dans l'espoir d'un peu d'alcool.

Les Jivaros souriaient en montrant leurs dents pointues, aiguisées avec des galets du fleuve.

– Et vous autres ? Qu'est-ce que vous regardez ? Un jour ou l'autre, vous allez y passer, macaques, les menaçait le dentiste.

Ravis qu'on leur adresse la parole, les Jivaros répondaient :

– Jivaros avoir bonnes dents. Jivaros beaucoup manger viande de singe.

Parfois un patient poussait un hurlement qui affolait les oiseaux, et il écartait la pince d'un coup de poing en portant sa main libre au manche de sa machette.

– Tiens-toi comme un homme, connard. Je sais que ça te fait mal, et je t'ai déjà dit à qui c'est la faute. Alors ne fais pas le méchant. Assieds-toi là et montre-nous que tu as des couilles au cul.

– Mais vous m'arrachez l'âme, docteur. Laissez-moi boire un coup.

Le dentiste finit d'opérer son dernier client et poussa un soupir. Il emmaillota dans leur tapis cardinalice les dentiers qui n'avaient pas trouvé preneur et, tout en désinfectant ses instruments, il regarda passer la pirogue d'un Shuar.

L'indigène pagayait debout, à l'arrière de la mince embarcation. Arrivé près du *Sucre,* il donna deux petits coups de pagaie qui la collèrent au bateau.

La figure renfrognée du patron apparut par-dessus le bastingage. Le Shuar lui expliquait quelque chose en gesticulant de tout son corps et en crachant sans arrêt.

Le dentiste sécha ses instruments et les rangea dans une trousse en cuir. Puis il prit le récipient contenant les dents arrachées et le vida dans le courant.

Le patron et le Shuar passèrent à côté de lui pour se diriger vers la mairie.

— Il va falloir attendre, docteur. Ils nous amènent un gringo mort.

La nouvelle ne lui fit pas plaisir. Le *Sucre* était un engin inconfortable, particulièrement pendant le voyage de retour, quand il était chargé de bananes vertes et de sacs de café brut, tardif et à moitié pourri.

Si les pluies prenaient le bateau de vitesse, chose qui semblait probable car il avait une semaine de retard du fait de diverses avaries, alors cargaison, passagers et équipage devraient se partager l'abri d'une bâche, sans espace suffisant pour tendre les hamacs ; autant dire que la présence d'un mort rendrait le voyage doublement pénible.

Le dentiste aida à remonter le fauteuil mobile à bord, puis gagna le bout du quai. Il y était attendu par Antonio José Bolivar Proaño, un vieil homme au corps toujours nerveux, qui ne semblait pas accorder d'importance au fait de porter un nom aussi illustre.

— Toujours pas mort, Antonio José Bolivar ?

Le vieux fit mine de se flairer les aisselles avant de répondre.

— On dirait bien que non. Je ne pue pas encore. Et vous ?

— Comment vont tes dents ?

— Je les ai sur moi, répondit le vieux en mettant une

main dans sa poche. Il déploya un mouchoir déteint et lui montra sa prothèse.

– Et pourquoi tu t'en sers pas, vieille bourrique ?

– Je les mets tout de suite. Je ne mangeais pas, je ne parlais pas, alors à quoi bon les user ?

Le vieux ajusta son dentier, fit claquer sa langue, cracha généreusement et lui tendit sa bouteille de Frontera.

– Merci. Je crois que je l'ai bien gagné.

– Sûr. Vous avez arraché vingt-sept dents entières et un tas de chicots. Mais vous n'avez pas battu votre record.

– Tu tiens toujours le compte ?

– C'est à ça que ça sert, l'amitié. À chanter les mérites des amis. Mais quand même, c'était mieux avant, vous ne trouvez pas ? Quand on voyait encore arriver des colons jeunes. Vous vous souvenez de l'homme de Manta, celui qui s'est fait arracher toutes les dents pour gagner un pari ?

Le docteur Rubincondo Loachamín inclina la tête pour mettre de l'ordre dans ses souvenirs et retrouva l'image d'un homme plus très jeune, vêtu à la mode mantuvienne. Tout en blanc, pieds nus mais portant des éperons d'argent.

L'homme de Manta était arrivé à la consultation accompagné d'une vingtaine d'individus, tous passablement ivres. C'étaient des chercheurs d'or sans base fixe. On les appelait les pèlerins et ils n'étaient pas regardants sur la manière de trouver leur or, dans les rivières ou dans les poches d'autrui. L'homme s'était laissé tomber dans le fauteuil et l'avait regardé d'un air stupide.

– Qu'est-ce que tu veux ?

— Vous me les arrachez toutes. Une par une. Et vous les mettez là, sur la table.

— Ouvre la bouche.

L'homme avait obéi et le dentiste avait constaté que plusieurs de ses molaires étaient pourries mais qu'à côté, il lui restait beaucoup de dents, certaines cariées et d'autres saines.

— Il t'en reste encore un bon lot. Tu as de quoi payer toutes ces extractions ?

L'homme avait abandonné son expression stupide.

— Ben voilà, docteur : les amis ici présents me croient pas quand je leur dis que je suis courageux. Alors je leur ai dit que j'allais me faire arracher toutes les dents, une par une, sans me plaindre. Alors on a parié. Alors tous les deux, vous et moi, on partage moitié moitié.

— À la deuxième tu chieras dans ton froc et tu appelleras ta mère, avait crié quelqu'un dans le groupe, et tous les autres avaient ri bruyamment.

— Tu ferais mieux de continuer à boire et de réfléchir. Je ne joue pas à ces conneries, avait dit le dentiste.

— Alors voilà, docteur : si vous me laissez pas gagner mon pari, je vous coupe la tête avec cette camarade-là.

Les yeux de l'homme brillaient tandis qu'il caressait la poignée de sa machette.

Il avait bien fallu tenir le pari.

L'homme avait ouvert la bouche et le dentiste avait refait son décompte. Il avait annoncé un total de quinze dents et le parieur avait disposé une chaîne de quinze pépites d'or sur le tapis cardinalice des prothèses. Une pour chaque dent. Les joueurs avaient couvert leurs paris, pour ou contre, avec d'autres pépites. Le nombre de celles-ci augmentait considérablement à partir de la cinquième dent.

L'homme s'était laissé arracher les sept premières dents sans bouger un muscle. On aurait pu entendre voler une mouche. À la huitième, une hémorragie lui avait rempli la bouche de sang. Il ne pouvait plus parler mais il avait fait un signe pour demander une pause.

Il avait craché plusieurs fois, et le sang avait formé des caillots sur l'estrade. Il avait avalé une large rasade qui l'avait fait se tordre de douleur sur le fauteuil, mais il n'avait pas eu une plainte et, après un dernier crachat, il avait fait un nouveau geste pour signifier au dentiste de continuer.

À la fin de la boucherie, totalement édenté et le visage enflé jusqu'aux oreilles, l'homme de Manta arborait une expression de triomphe exaspérante en partageant les gains avec le dentiste.

– Oui, dit le docteur Loachamín en lampant un grand coup, c'était le bon temps.

L'eau-de-vie de canne lui brûla le gosier et il rendit la bouteille avec une grimace.

– Ne faites pas cette tête, docteur. Ce machin-là tue les vers des intestins, dit Antonio José Bolivar. Mais il ne put continuer.

Deux pirogues approchaient et, de l'une, dépassait la tête inerte d'un homme blond.

2

Le maire, unique fonctionnaire, autorité suprême et représentant d'un pouvoir trop lointain pour inspirer la crainte, était un personnage obèse qui transpirait continuellement.

Les habitants disaient qu'il avait commencé à transpirer à la minute où il avait posé le pied sur la terre ferme en débarquant du *Sucre* et que, depuis, il n'avait cessé de s'éponger et de tordre ses mouchoirs, ce qui lui avait valu le surnom de Limace.

Ils murmuraient aussi qu'avant d'échouer à El Idilio, il était en poste dans une grande ville de la montagne et qu'il avait été expédié dans ce coin perdu de l'Est en punition d'un détournement de fonds.

À part la transpiration, sa grande occupation consistait à gérer son stock de bière. Assis dans son bureau, il vidait les bouteilles à petits coups, lentement, car il savait bien que, le stock épuisé, la réalité se ferait plus désespérante encore.

Quand la chance lui souriait, il arrivait que son abstinence forcée soit récompensée par la visite d'un gringo bien pourvu en whisky. Le maire ne buvait pas d'aguardiente comme tout un chacun. Il prétendait que le Frontera lui donnait des cauchemars et il vivait dans la hantise de la folie.

Depuis une époque impossible à préciser il vivait avec une indigène qu'il battait sauvagement en l'accusant de l'avoir ensorcelé, et tout le monde attendait le jour où la femme l'assassinerait. On prenait même les paris.

Dès le moment de son débarquement, sept ans auparavant, il s'était fait universellement détester.

Il était arrivé avec la manie de lever des impôts sous des prétextes incompréhensibles. Il avait prétendu vendre des permis de pêche et de chasse sur un territoire ingouvernable. Il avait voulu faire payer une taxe d'usage aux ramasseurs de bois humide dans la plus vieille forêt du monde et, pris d'un accès de zèle civique, il avait fait construire une cabane en bambou afin d'y enfermer les ivrognes qui refusaient de payer les amendes pour perturbation de l'ordre public.

Son passage provoquait des regards de mépris et sa transpiration entretenait la haine.

Le dignitaire qui l'avait précédé, en revanche, avait été aimé. Vivre et laisser vivre, telle était sa devise. On lui devait le passage du bateau ainsi que les visites du facteur et du dentiste, mais il n'avait pas occupé longtemps sa charge.

Un soir, une altercation l'avait opposé à des chercheurs d'or et, deux jours plus tard, on l'avait retrouvé la tête ouverte à coups de machette et à moitié dévoré par les fourmis.

El Idilio était resté deux ans sans autorité pour faire respecter la souveraineté de l'Équateur sur cette forêt où toute frontière est une vue de l'esprit, avant que le pouvoir central n'envoie le puni.

Tous les lundis – il était obsédé par les lundis – on l'avait vu hisser le drapeau sur un poteau du quai, jusqu'au jour où une tornade avait expédié la loque au cœur de la forêt, emportant avec elle toute possibilité de donner le jour exact de la semaine, ce dont nul ne se souciait.

Le maire arriva sur le quai. Il se tamponnait la figure et le cou avec un mouchoir qu'il tordait ensuite. Il donna l'ordre de hisser le cadavre.

Il s'agissait d'un homme jeune, pas plus de quarante ans, blond et fort.

– Où vous l'avez trouvé ?

Les Shuars se regardèrent, ne sachant s'ils devaient répondre.

– Ces sauvages ne comprennent pas l'espagnol ? grogna le maire.

L'un des indigènes se décida :

– En aval. À deux journées d'ici.

– Faites-moi voir la blessure.

Le second indigène tourna la tête du mort. Les insectes avaient dévoré l'œil droit, mais du gauche filtrait encore un éclat bleu. Une plaie le traversait du menton à l'épaule gauche. De la blessure sortaient des débris d'artères et des vers albinos.

– C'est vous qui l'avez tué.

Les Shuars reculèrent.

– Non. Shuars pas tuer.

– Ne mentez pas. Vous l'avez abattu d'un coup de machette. C'est clair.

Le gros homme en sueur dégaina son revolver et le braqua sur les indigènes stupéfaits.

– Non. Shuars pas tuer, risqua encore celui qui avait parlé. Un coup de crosse le fit taire.

Un mince filet de sang coula du front du Shuar.

– Faut pas me prendre pour un con. Vous l'avez tué. En route. Vous allez m'expliquer ça à la mairie. Remuez-vous, sauvages. Et vous, capitaine, soyez prêt à prendre deux prisonniers à bord.

Le patron du *Sucre* haussa les épaules sans répondre.

On entendit soudain la voix de José Antonio Bolivar :

– Excusez. Mais vous vous fourrez le doigt dans l'œil jusqu'au coude. C'est pas une blessure de machette.

Le maire étreignit furieusement son mouchoir.

– Comment tu sais ça, toi ?

– Je sais ce que je vois.

Le vieux s'approcha du cadavre, se pencha, lui retourna la tête et écarta la plaie avec les doigts.

– Vous voyez ces entailles parallèles ? Profondes à la mâchoire et superficielles en descendant ? Regardez : il n'y en pas une, mais quatre.

– Et alors ? Qu'est-ce que tu veux dire ?

– Je veux dire qu'une machette à quatre lames, ça n'existe pas. Ce sont des griffes. Des griffes d'ocelot. Il a été tué par un animal adulte. Sentez. Ça pue.

Le maire se tamponna la nuque avec son mouchoir.

– Bien sûr que ça pue. C'est une vraie pourriture.

– Baissez-vous et sentez. N'ayez pas peur du mort, ni des vers. Reniflez les vêtements, les cheveux, tout.

Surmontant sa répugnance, le gros s'inclina sur le mort et le flaira comme un chien peureux, en évitant le contact.

– Ça sent quoi ? demanda le vieux.

Les badauds se rapprochèrent pour renifler, eux aussi, la dépouille.

– Je ne sais pas. Comment je saurais ? Le sang, les vers, répondit le maire.

– Ça pue la pisse de chat, dit un badaud.

– De chatte, oui. De grosse chatte, précisa le vieux.

– Ça ne prouve pas que ces types-là ne l'ont pas tué.

Le maire tentait de recouvrer son autorité, mais l'attention des habitants s'était concentrée sur Antonio José Bolivar.

Le vieux reprit son examen du cadavre.

– Il a été tué par une femelle. Le mâle doit rôder près de là, peut-être blessé. La femelle l'a tué et ensuite elle l'a marqué en pissant dessus, pour que les autres fauves ne le mangent pas pendant qu'elle cherchait le mâle.

– Des contes de bonnes femmes. Ces sauvages l'ont tué et ensuite ils l'ont arrosé avec de la pisse de chat. Ou avec une de leurs saloperies de mixtures.

Les indigènes voulurent protester, mais le canon du revolver toujours pointé sur eux leur fit garder le silence.

Le dentiste intervint :

– Et pourquoi ils l'auraient tué ?

– Pourquoi ? Votre question m'étonne, docteur. Pour le voler. Pour quel autre motif ? Ces sauvages, rien ne les arrête.

Le vieux hocha tristement la tête et regarda le dentiste. Celui-ci comprit qu'Antonio José Bolivar ne se tenait pas pour battu et l'aida à étaler les affaires du mort sur les planches du quai.

Une montre, une boussole, un portefeuille plein de billets, un briquet à gaz, un couteau de chasse, une chaîne d'argent avec une médaille représentant une tête de cheval. Le vieux s'adressa à un Shuar dans sa langue et l'indigène sauta dans sa pirogue pour lui tendre un sac de toile verte.

À l'intérieur, il y avait des cartouches de fusil et cinq peaux d'ocelot très petites. Des peaux de chats mouchetés. Elles étaient couvertes de sel et puaient presque autant que le mort.

– Eh bien, Excellence, il me semble que l'affaire est résolue, dit le dentiste.

Le maire, toujours ruisselant, regardait les Shuars, le vieux, les badauds, le dentiste, et ne savait que dire.

En voyant les peaux, les indigènes avaient échangé nerveusement quelques paroles et sauté dans leurs pirogues.

– Halte ! Vous attendez ici que je décide.

– Laissez-les partir. Ils ont de bonnes raisons de le faire. Vous n'avez toujours pas compris ?

Le vieux regardait le maire en hochant la tête. Il prit brusquement une peau et la lui lança. Le gros en sueur la reçut avec une expression de dégoût.

– Réfléchissez, Excellence. Toutes ces années que vous avez passées ici, et vous n'avez rien appris ? Réfléchissez. Ce fils de pute de gringo a tué les petits et il a sûrement blessé le mâle. Regardez le ciel, vous voyez bien que les pluies arrivent. Maintenant représentez-vous la scène. La femelle a dû partir à la chasse pour se remplir la panse et pouvoir allaiter tranquillement pendant les premières semaines de pluie. Les petits n'étaient pas sevrés et le mâle est resté les garder. C'est comme ça, chez les bêtes, et c'est à ce moment que le gringo a dû les surprendre. Maintenant, la femelle rôde, folle de douleur. C'est l'homme qu'elle chasse. Elle n'a certainement pas eu de mal à suivre la piste du gringo. Elle n'avait qu'à flairer l'odeur de lait qui collait au malheureux. Elle a déjà tué un homme. Elle a senti et goûté le sang humain, et pour sa petite cervelle d'animal tous les hommes sont les assassins de sa portée : pour elle, nous avons tous la même odeur. Laissez les Shuars s'en aller. Il faut qu'ils préviennent leur foyer et les foyers voisins. Chaque jour qui passe va rendre la femelle plus désespérée et plus dangereuse, et elle va chercher le sang toujours plus près des villages. Saloperie de gringo ! Regardez les peaux. Toutes petites, inutilisables. Chasser juste avant les pluies, et avec un fusil ! Regardez les trous. Vous vous rendez compte ? Vous avez accusé les Shuars, mais nous savons maintenant que le fautif, c'est un gringo. Il chassait hors saison, et des espèces interdites. Et si vous pensez à l'arme, je peux vous assurer que les Shuars ne l'ont pas, car ils ont trouvé le corps très loin de l'endroit où il est mort. Vous ne me croyez pas ? Voyez les bottes ! Les talons sont lacérés. Ça veut dire que la bête l'a traîné un bon bout de chemin après l'avoir tué. Regardez les déchirures de la chemise, sur la poitrine. C'est par là que l'animal l'a pris entre ses crocs pour le tirer. Pauvre gringo. Sa mort a dû être horrible. Regardez la blessure. Une griffe lui a déchiqueté la jugulaire. Il a dû agoniser une demi-heure pendant que la femelle buvait son sang qui coulait à gros bouillons et ensuite, intelligente cette bête, elle l'a traîné jusqu'à la berge de la rivière pour empêcher les fourmis de le dévorer. Alors elle a pissé dessus pour le marquer et, quand les Shuars ont trouvé le corps, elle devait être partie à la recherche du mâle. Laissez-les filer et demandez-leur de prévenir les chercheurs d'or qui campent sur la rive. Une ocelote folle de douleur est plus dangereuse que vingt assassins réunis.

Le maire ne répondit rien et s'en alla rédiger une dépêche pour le poste de police d'El Dorado.

Le vent se faisait toujours plus chaud et plus lourd. Poisseux, il collait à la peau et apportait de la forêt le silence qui précède la tempête. Les écluses du ciel étaient prêtes à s'ouvrir d'un moment à l'autre.

De la mairie venait le lent martèlement d'une machine à écrire, tandis que des hommes achevaient de clouer la caisse destinée au transport du cadavre qui attendait, oublié, sur les planches du quai.

Le patron du *Sucre* jurait en regardant le ciel goudronneux et ne cessait de maudire le mort. Il tint à répandre lui-même dans la caisse une couche de sel, tout en sachant que cela ne servirait pas à grand-chose.

Il aurait fallu faire ce que l'on pratique ordinairement pour tout individu qui meurt en forêt et que d'absurdes dispositions juridiques interdisent d'abandonner dans une clairière : inciser largement le corps du cou à l'aine, le vider de ses viscères et le remplir de sel. C'était la seule manière de le garder présentable jusqu'à la fin du voyage. Mais cette fois il s'agissait d'un damné gringo, il fallait donc le trimbaler intact, avec les vers qui lui bouffaient l'intérieur, et au débarquement il ne serait plus qu'un sac d'humeurs pestilentielles.

Assis sur les bonbonnes de gaz, le dentiste et le vieux regardaient couler le fleuve. De temps en temps, ils se passaient la bouteille de Frontera et fumaient des cigares de feuilles dures, les seuls qui résistent à l'humidité.

– Merde alors, Antonio José Bolivar, tu lui as cloué le bec. Je ne te connaissais pas ce talent de détective. Tu l'as humilié devant tout le monde, et il ne l'a pas volé. J'espère qu'un de ces jours les Jivaros lui enverront un dard.

– Sa femme le tuera. Elle fait des provisions de haine, mais elle n'en a pas encore assez. Ces choses-là demandent du temps.

– Écoute, j'avais complètement oublié, avec cette saloperie de mort : je t'ai apporté deux livres.

Les yeux du vieux s'allumèrent.

– D'amour ?

Le dentiste fit signe que oui.

Antonio José Bolivar Proaño lisait des romans d'amour et le dentiste le ravitaillait en livres à chacun de ses passages.

– Ils sont tristes ? demandait le vieux.
– À pleurer, certifiait le dentiste.
– Avec des gens qui s'aiment pour de bon ?
– Comme personne ne s'est jamais aimé.
– Et qui souffrent beaucoup ?
– J'ai bien cru que je ne pourrais pas le supporter.

À vrai dire, le docteur Rubincondo Loachamín ne lisait pas les romans.

Quand le vieux lui avait demandé de lui rendre ce service, en lui indiquant clairement ses préférences pour les souffrances, les amours désespérées et les fins heureuses, le dentiste avait senti que la tâche serait rude.

Il avait peur de se rendre ridicule en entrant dans

une librairie de Guayaquil pour demander : « Donnez-moi un roman d'amour bien triste, avec des souffrances terribles et un *happy end*... » On le prendrait sûrement pour une vieille tante. Et puis il avait trouvé une solution inespérée dans un bordel du port.

Le dentiste aimait les négresses, d'abord parce qu'elles étaient capables de dire des choses à remettre sur pied un boxeur K.-O., et ensuite parce qu'elles ne transpiraient pas en faisant l'amour.

Un soir qu'il s'ébattait avec Josefina, une fille d'Esmeraldas à la peau lisse et sèche comme le cuir d'un tambour, il avait vu un lot de livres rangés sur la commode.

– Tu lis ? avait-il demandé.
– Oui, mais lentement.
– Et quels sont tes livres préférés ?
– Les romans d'amour, avait répondu Josefina. Elle avait les mêmes goûts qu'Antonio José Bolivar.

À dater de cette soirée, Josefina avait fait alterner ses devoirs de dame de compagnie et ses talents de critique littéraire. Tous les six mois, elle sélectionnait deux romans particulièrement riches en souffrances indicibles. Et, plus tard, Antonio José Bolivar Proaño les lisait dans la solitude de sa cabane, face au Nangaritza.

Le vieux prit les deux livres, examina les couvertures et déclara qu'ils lui plaisaient.

Pendant ce temps, on hissait la caisse à bord et le maire surveillait la manœuvre. En voyant le dentiste, il lui dépêcha un homme.

– Le maire vous fait dire de ne pas oublier les taxes.

Le dentiste lui tendit les billets déjà tout préparés, en ajoutant :

– Quelle idée. Dis-lui que je suis un bon citoyen.

L'homme retourna auprès du maire. Le gros prit les billets, les fit disparaître dans une poche et salua le dentiste en levant la main à la hauteur de son front.

– J'en ai plein le dos, moi, de ses taxes, commenta le vieux.

– Des morsures de rien du tout. Les gouvernements vivent des coups de dents qu'ils donnent aux citoyens. Et encore, nous, on a affaire à un petit roquet.

Ils fumèrent et burent encore, en regardant couler l'éternité verte du fleuve.

– Antonio José Bolivar, je te vois pensif. Dis-moi ce qui te tracasse.

– Vous avez raison. Cette affaire ne me plaît pas. Je suis sûr que la Limace médite une battue et qu'elle va faire appel à moi. Non, ça ne me plaît pas du tout. Vous avez vu la blessure ? Pour un simple coup de patte. L'animal est grand, et les griffes doivent mesurer cinq centimètres. Une bête pareille, même affaiblie par la faim, elle doit être sacrément vigoureuse. Et puis les pluies arrivent. Les traces s'effacent et la faim les rend plus intelligents.

– Tu peux refuser de participer à la chasse. Tu es vieux, pour des courses pareilles.

– Ne croyez pas ça. Des fois, j'ai même envie de me remarier. Un de ces jours, je vous ferai peut-être la surprise de vous demander d'être mon témoin.

– Entre nous, quel âge tu as, Antonio José Bolivar ?

– De toute manière, ça fait trop. Soixante ans, d'après les papiers, mais il faut tenir compte que je marchais déjà quand on m'a inscrit, alors disons que je vais plutôt sur mes soixante-dix.

La cloche du *Sucre* qui annonçait le départ précipita leurs adieux.

Le vieux resta sur le quai jusqu'à ce que le bateau disparaisse, happé par une boucle du fleuve. Puis il décida qu'il n'adresserait plus la parole à personne de la journée : il ôta son dentier, l'enveloppa dans son mouchoir et, serrant les livres sur sa poitrine, se dirigea vers sa cabane.

3

Antonio José Bolivar Proaño savait lire, mais pas écrire.

Il parvenait tout au plus à gribouiller son nom pour signer un papier officiel, par exemple au moment des élections, mais comme de tels événements ne survenaient que fort sporadiquement, il avait le temps d'oublier.

Il lisait lentement en épelant les syllabes, les murmurant à mi-voix comme s'il les dégustait, et, quand il avait maîtrisé le mot entier, il le répétait d'un trait. Puis il faisait la même chose avec la phrase complète, et c'est ainsi qu'il s'appropriait les sentiments et les idées que contenaient les pages.

Quand un passage lui plaisait particulièrement, il le répétait autant de fois qu'il l'estimait nécessaire pour découvrir combien le langage humain pouvait aussi être beau.

Il lisait en s'aidant d'une loupe, laquelle venait en seconde position dans l'ordre de ses biens les plus chers. Juste après le dentier.

Il habitait une cabane en bambou d'environ dix mètres carrés meublée sommairement : le hamac de jute, la caisse de bière soutenant le réchaud à kérosène, et une table très haute, parce que, le jour où il avait ressenti pour la première fois des douleurs dans le dos, il avait compris que les années commençaient à lui tomber dessus et pris la décision de s'asseoir le moins possible.

Il avait donc construit cette table aux longs pieds dont il se servait pour manger debout et pour lire ses romans d'amour.

L'habitation était protégée par une toiture de paille tressée, et éclairée par une fenêtre donnant sur le fleuve. C'est devant celle-ci qu'était disposée la haute table.

Près de la porte pendait une serviette effilochée, à côté de la barre de savon qu'il renouvelait deux fois par an. C'était un bon savon, qui sentait puissamment le suif et qui lavait bien les vêtements, les assiettes, les ustensiles de cuisine, les cheveux et le corps.

Sur un mur, devant le hamac, était accrochée une photo retouchée, œuvre d'un artiste de la montagne, qui représentait un jeune couple.

L'homme, Antonio José Bolivar Proaño, était vêtu d'une impeccable veste bleue, d'une chemise blanche et d'une cravate rayée qui n'avait jamais existé que dans l'imagination du portraitiste.

La femme, Dolores Encarnación del Santísimo Sacramento Estupiñán Otavalo, portait des atours qui, eux, avaient existé et existaient toujours dans ces recoins obstinés de la mémoire où s'enracine le chiendent de la solitude.

Une mantille de velours bleu donnait de la dignité à la tête, sans cacher complètement l'éclat végétal de la chevelure noire qui se divisait en deux pour se répandre sur le dos. Aux oreilles pendaient des anneaux dorés, et le cou était ceint de plusieurs tours d'un collier aux grains également dorés.

Ce que le tableau laissait voir de la poitrine montrait une blouse richement brodée à la mode d'Otavalo, tandis qu'au-dessus souriait la bouche petite et rouge de la femme.

Ils s'étaient connus enfants à San Luis, un village de la Cordillère, proche du volcan Imbabura. Ils avaient treize ans quand on les avait fiancés et, deux ans plus tard, à l'issue d'une fête à laquelle ils n'avaient pas vraiment participé, inhibés par l'idée de s'être embarqués dans une aventure trop grande pour eux, ils s'étaient retrouvés mariés.

Le ménage enfantin avait vécu ses trois premières années dans la maison du père de l'épousée, un veuf très vieux qui s'était engagé à leur léguer tous ses biens en échange de leurs soins et de leurs prières.

Le vieux était mort aux alentours de leur dix-neuvième année et ils avaient hérité de quelques mètres de terre, insuffisants pour nourrir une famille, et de quelques animaux domestiques qui ne survécurent pas aux frais de l'enterrement.

Le temps passait. L'homme cultivait la propriété familiale et travaillait sur les terres d'autres propriétaires. Ils vivaient en se contentant du strict minimum et la seule chose qu'ils avaient en abondance, c'étaient les commentaires médisants qui ne le touchaient pas mais qui mettaient Dolores Encarnacíon del Santísimo Sacramento Estupiñán Otavalo dans tous ses états.

La femme n'était toujours pas enceinte. Tous les mois, son sang revenait avec une odieuse ponctualité, et chaque nouvelle menstruation augmentait son isolement.

– Elle est née stérile, disaient les vieilles.

– Je l'ai vu dès son premier sang. Il était plein de têtards morts, affirmait une autre.

– Elle est morte à l'intérieur. À quoi ça sert, une femme comme ça ? continuaient-elles.

Antonio José Bolivar Proaño essayait de la consoler, ils allaient de guérisseur en guérisseur, essayant toutes sortes d'herbes et d'onguents pour la fécondité.

Tout était inutile. Mois après mois, la femme retournait se cacher dans un coin de la maison pour laisser couler le flux de la honte.

Ils avaient décidé d'abandonner la montagne le jour où l'on avait fait à l'homme une suggestion déshonorante.

– C'est peut-être toi le fautif. Tu devrais la laisser seule pendant les fêtes de San Luis.

On lui proposait donc de mener sa femme aux fêtes de juin, de l'obliger à participer au bal et à la grande saoulerie collective qui commençait dès que le curé avait tourné le dos. Alors tous continuaient à boire, vautrés sur le sol de l'église, jusqu'à ce que l'eau-de-vie de canne, la « pure », produit généreux des moulins à sucre, fasse se mêler les corps à la faveur de l'obscurité.

Antonio José Bolivar Proaño refusa la perspective d'être le père d'un enfant de carnaval. Or il avait entendu parler d'un plan de colonisation de l'Amazonie. Le gouvernement promettait de grandes superficies et une aide technique en échange du peuplement de territoires disputés au Pérou. Peut-être qu'un changement de climat corrigerait la déficience dont souffrait l'un des deux époux.

Peu avant les fêtes de San Luis, ils avaient rassemblé leurs maigres affaires, fermé la maison et pris la route.

Ils mirent deux semaines pour atteindre le port fluvial d'El Dorado. En bus, en camion ou simplement à pied, ils traversèrent des villes aux coutumes étranges, comme Zamora et Loja, où les indigènes Saragurus s'habillent toujours en noir pour perpétuer le deuil d'Atahualpa.

Après une nouvelle semaine de voyage, en pirogue cette fois, les membres tétanisés par le manque de mouvement, ils débarquèrent au bord d'une boucle du fleuve. La seule construction était une immense cabane en tôle qui faisait office de bureau, de magasin de semences et d'outils, et d'habitation pour les nouveaux venus. C'était El Idilio.

Là, après de brèves formalités, on leur délivra un papier pompeusement timbré qui officialisait leur qualité de colons. On leur assigna deux hectares de forêt, deux machettes, des bêches, quelques mesures de semences dévorées par les charançons, et la promesse d'une aide technique qui ne vint jamais.

Le couple commença par se construire une cabane précaire, puis se lança dans le débroussaillement. En travaillant de l'aube à la nuit ils arrivaient à arracher un arbre, quelques lianes, quelques plantes et, le matin suivant, ils les voyaient repousser avec une vigueur vengeresse.

Quand survint la première saison des pluies, ils avaient épuisé leurs provisions et ne savaient plus que faire. Certains colons avaient des armes, de vieux fusils, mais les animaux de la jungle étaient rapides et malins. Même les poissons du fleuve semblaient les narguer en leur sautant sous le nez sans se laisser attraper.

Isolés par les pluies, par ces tempêtes inconnues, ils se consumaient dans le désespoir de se savoir condamnés à attendre un miracle, en contemplant la crue sans fin du fleuve qui charriait des troncs d'arbres arrachés et des cadavres d'animaux gonflés.

Les premiers colons commencèrent à mourir. Certains avaient mangé des fruits inconnus ; d'autres étaient pris de fièvres foudroyantes ; d'autres encore disparaissaient dans la panse monstrueuse d'un boa géant qui les ligotait, les triturait et finissait par les déglutir avec une atroce lenteur.

Luttant stérilement contre les pluies qui, à chaque nouvelle averse, menaçaient d'emporter la cabane, en proie aux moustiques qui, à chaque éclaircie, attaquaient férocement tout le corps, piquant, suçant, laissant sur la peau des pustules brûlantes et, dessous, des larves qui ouvraient des plaies suppurantes dans leur progression vers la liberté verte, entourés de bêtes affamées qui rôdaient dans la jungle et dont les bruits effrayants les empêchaient de trouver le sommeil, ils se sentaient perdus quand le salut leur apparut sous la forme d'hommes à demi nus, le visage peint de pulpe de roucou, la tête et les bras ornés de parures multicolores.

C'étaient les Shuars qui, pris de pitié, s'approchaient pour leur tendre la main.

Ils apprirent d'eux à chasser, à pêcher, à construire des cabanes qui résistent aux tempêtes, à distinguer les fruits comestibles des vénéneux ; et surtout, ils apprirent l'art de vivre avec la forêt.

Quand la saison des pluies fut passée, les Shuars les aidèrent à défricher les pentes de la montagne, tout en les prévenant que c'était un travail sans espoir.

Malgré les avertissements des indigènes, ils semèrent les premières graines et il ne leur fallut pas beaucoup de temps pour découvrir que la terre était trop pauvre. Les pluies la lavaient continuellement, de sorte que les plants ne recevaient pas la nourriture nécessaire et mouraient sans fleurir, trop faibles ou dévorés par les insectes.

À la saison des pluies suivante, les terrains qu'ils avaient si durement travaillés glissèrent le long des pentes dès la première averse.

Dolores Encarnación del Santísimo Sacramento Estupiñán Otavalo ne résista pas à la deuxième année et s'en fut, emportée par une fièvre ardente, consumée jusqu'aux os par la malaria.

Antonio José Bolivar Proaño comprit qu'il ne pouvait retourner à son village de la Cordillère. Les pauvres pardonnent tout, sauf l'échec.

Il était condamné à rester, avec ses souvenirs pour seule compagnie. Il voulait se venger de cette région maudite, de cet enfer vert qui lui avait pris son amour et ses rêves. Il rêvait d'un grand feu qui transformerait l'Amazonie entière en brasier.

Et dans son impuissance, il découvrit qu'il ne connaissait pas assez la forêt pour pouvoir vraiment la haïr.

Il apprit la langue des Shuars en participant à leurs chasses. Ils chassaient des tapirs, des pacas, des cabiais, des pécaris à collier, qui sont de petits sangliers à la chair savoureuse, des singes, des oiseaux et des reptiles. Il apprit à se servir de la sarbacane, silencieuse et efficace pour tuer les animaux, et de la lance pour capturer les poissons rapides.

En les fréquentant, il abandonna ses pudeurs de paysan catholique. Il allait à moitié nu en évitant les nouveaux colons qui le regardaient comme un dément.

Antonio José Bolivar qui ne pensait jamais au mot liberté jouissait dans la forêt d'une liberté infinie. Il tentait de revenir à ses projets de vengeance, mais il ne pouvait s'empêcher d'aimer ce monde, si bien qu'il finit par tout oublier, séduit par ces espaces sans limites et sans maîtres.

Il mangeait quand il avait faim. Il choisissait les fruits les plus savoureux, refusait les poissons qui lui semblaient trop lents, suivait la piste d'un animal de la jungle, et le fait de l'avoir tué à la sarbacane doublait son appétit.

Le soir, s'il désirait être seul, il s'abritait sous une pirogue, et si au contraire il avait besoin de compagnie, il cherchait les Shuars.

Ceux-ci le recevaient généreusement. Ils partageaient leur nourriture, leurs cigarettes de feuilles, et bavardaient des heures durant en crachant à profusion autour des trois pieux de leur foyer perpétuellement allumé.

– Nous sommes comment ? questionnaient-ils.

– Sympathiques comme une bande de ouistitis, bavards comme des perroquets saouls, et hurleurs comme des diables.

Les Shuars accueillaient ces comparaisons avec de grands éclats de rire et manifestaient leur contentement par des pets sonores.

– Et là-bas, d'où tu viens, c'est comment ?
– Froid. Les matinées et les soirées sont glacées. Il faut porter des grands ponchos en laine et des chapeaux.
– C'est pour ça que vous puez. Quand vous chiez, vous salissez votre poncho.
– Non. Enfin quelquefois. Le problème c'est surtout qu'avec le froid on ne peut pas, comme vous, se baigner quand on veut.
– Et vos singes aussi, ils ont des ponchos ?
– Il n'y a pas de singes dans la montagne. Et pas de pécaris non plus. Les gens de la montagne ne chassent pas.
– Et ils mangent quoi, alors ?
– Ce qu'ils peuvent. Des pommes de terre, du maïs. Parfois un porc ou une poule, pour les fêtes. Ou un cochon d'Inde, les jours de marché.
– Et qu'est-ce qu'ils font, s'ils ne chassent pas ?
– Ils travaillent. Du lever au coucher du soleil.
– Quels idiots ! Quels idiots ! concluaient les Shuars.

Il était là depuis cinq ans, quand il sut qu'il ne quitterait plus jamais ce pays. Deux crocs se chargèrent de lui transmettre le message secret.

Il avait appris des Shuars à se déplacer dans la forêt en posant la plante du pied bien à plat sur le sol, yeux et oreilles attentifs à tous les murmures, sa machette toujours bien en main. Un jour, dans un moment d'inattention, il planta celle-ci dans la terre pour arranger son chargement de fruits et, juste comme il allait la reprendre, il sentit les crocs brûlants d'un crotale lui mordre le poignet droit.

Il parvint à voir le reptile, long d'un mètre, qui

s'éloignait en imprimant des x sur le sol – d'où son nom de serpent-X – et il réagit très vite. Il bondit en brandissant la machette de la main atteinte et coupa l'animal en morceaux jusqu'à ce que le voile du venin vienne lui obscurcir les yeux.

À tâtons, il trouva la tête du reptile et, sentant que la vie l'abandonnait, il partit à la recherche d'un foyer shuar.

Les indigènes le virent arriver en titubant. Il ne pouvait plus parler car sa langue, ses membres, tout son corps, avaient démesurément enflé. Il lui semblait qu'il était sur le point d'éclater. Il parvint à montrer la tête du serpent avant de perdre connaissance.

Il se réveilla des jours plus tard, le corps encore gonflé, et grelottant des pieds à la tête entre deux accès de fièvre.

Les soins d'un sorcier shuar lui firent retrouver lentement la santé.

Des décoctions d'herbes drainèrent le venin. Des bains de cendre froide apaisèrent la fièvre et les cauchemars. Et un régime de cervelle, de foie et de rognons de singe lui rendit l'usage de ses jambes au bout de trois semaines.

Tout le temps de sa convalescence il lui fut interdit de s'éloigner du foyer et les femmes se montrèrent très strictes dans le traitement destiné à purger son corps.

– Tu as encore du venin. Il faut le chasser complètement, sauf une petite partie qui te défendra contre de nouvelles morsures.

Elles le gavaient de fruits juteux, de tisanes et autres breuvages pour le faire uriner à toute force.

Quand ils le virent complètement rétabli, les Shuars l'entourèrent en le couvrant de cadeaux : une sarbacane neuve, un faisceau de dards, un collier de perles de rivière, un cordon en plumes de toucan, tout en lui donnant de grandes tapes pour lui faire comprendre qu'il venait de passer une épreuve d'acceptation, due au seul caprice de dieux espiègles, dieux mineurs qui se cachent souvent au milieu des scarabées ou des vers luisants quand ils veulent jouer un tour aux hommes, et se déguisent en étoiles pour indiquer de fausses clairières dans la forêt.

Ce faisant, ils peignirent son corps aux couleurs chatoyantes du boa et lui demandèrent de danser avec eux.

Il était l'un des rares survivants d'une morsure de serpent-X, et il convenait de célébrer l'événement par la Fête du Serpent.

À la fin de la fête, il but pour la première fois de la natema, la douce liqueur hallucinogène préparée en faisant bouillir les racines de la yahuasca, et, dans le rêve qui suivit, il se vit lui-même comme une partie inséparable de ces espaces en perpétuelle mutation, comme un poil supplémentaire sur ce corps vert infini, pensant et sentant comme un Shuar, puis revêtant les parures d'un chasseur expérimenté et suivant les traces d'un animal inexplicable, sans forme ni épaisseur, sans odeurs et sans bruits, mais doté de deux yeux jaunes brillants.

C'était un signe indéchiffrable qui lui ordonnait de rester, et il resta.

Beaucoup plus tard il eut un ami, Nushiño, un Shuar, qui venait également de loin, si loin que la description de sa contrée d'origine se perdait dans les affluents du Marañon. Nushiño était arrivé un beau jour, blessé d'une balle dans le dos, souvenir d'une expédition civilisatrice des militaires péruviens. On l'avait trouvé inconscient, presque exsangue, après des jours d'une épuisante dérive en pirogue.

Les Shuars de Shumbi l'avaient soigné, guéri, et ils lui avaient permis de rester car ils étaient du même sang.

Antonio José Bolivar et Nushiño parcouraient ensemble la forêt. Nushiño était fort. La taille étroite et les épaules larges, il défiait à la nage les dauphins du fleuve et il était toujours d'excellente humeur.

On les voyait suivre la piste d'un animal de grande taille, interpréter la couleur de ses excréments et, quand ils étaient certains de tenir leur proie, Antonio se postait dans une clairière tandis que Nushiño la rabattait hors des fourrés et l'obligeait à marcher à la rencontre du dard empoisonné.

Parfois ils chassaient un pécari pour les colons, et l'argent qu'ils en tiraient leur permettait de se procurer une machette neuve ou un sac de sel.

Quand il ne chassait pas en compagnie de son ami Nushiño, il traquait les serpents venimeux.

Il savait s'en approcher en sifflant sur un ton aigu qui les désorientait, pour se retrouver finalement face à eux. Alors son bras répétait les mouvements du reptile jusqu'à ce que celui-ci, désorienté puis hypnotisé, finisse par répéter à son tour ces mouvements qui imitaient les siens... C'est à ce moment que l'autre bras intervenait, implacable. La main saisissait par surprise le serpent derrière la tête et l'obligeait à livrer le venin de ses crocs plantés dans le bord d'une calebasse creuse.

Quand il avait rendu sa dernière goutte, le reptile détendait ses anneaux, sans force pour continuer à haïr, ou comprenant que sa haine était désormais inutile, et Antonio José Bolivar le rejetait avec mépris dans le feuillage.

Le venin était bien payé. Deux fois par an, un agent du laboratoire où l'on préparait le sérum antivenimeux venait acheter les flacons mortels.

Il arrivait parfois que le reptile se révèle plus rapide que lui, mais cela lui était égal. Il savait qu'il enflerait comme un crapaud et qu'il délirerait de fièvre pendant quelques jours, mais qu'il ne risquait plus rien. Il était immunisé et aimait fanfaronner devant les colons en leur montrant ses bras couverts de cicatrices.

La vie dans la forêt avait trempé chaque centimètre de son corps. Il avait acquis des muscles de félin qui se durcirent avec les années. Sa connaissance de la forêt valait celle d'un Shuar. Il nageait aussi bien qu'un Shuar. Il savait suivre une piste comme un Shuar. Il était comme un Shuar, mais il n'était pas un Shuar.

C'est pourquoi il devait s'absenter régulièrement : ils lui avaient expliqué qu'il était bon qu'il ne soit pas vraiment l'un des leurs. Ils aimaient le voir, ils aimaient sa compagnie, mais ils voulaient aussi sentir son absence, la tristesse de ne pouvoir lui parler, et les battements joyeux de leur cœur quand ils le voyaient revenir.

Pluies et soleil, les saisons se succédaient. Avec leur passage, il apprit les rites et les secrets de ce peuple. Il participait à l'hommage rendu quotidiennement aux têtes réduites des ennemis morts en guerriers valeureux, et entonnait avec ses hôtes les *anents,* chants de remerciements pour le courage ainsi transmis, et prières pour une paix durable.

Il partagea le festin fastueux offert par les anciens

qui avaient décidé que l'heure était venue de « partir » et, une fois ceux-ci endormis sous l'effet de la chicha et de la natema dans la félicité des visions hallucinatoires qui leur ouvraient les portes d'une existence future déjà déterminée, il aida à les porter dans une cabane éloignée et à enduire leur corps de miel de palme très doux.

Le lendemain, tout en chantant les *anents* destinés à les accompagner dans leur nouvelle vie de poissons, de papillons ou d'animaux sages, il ramassa avec les autres les ossements blanchis, parfaitement nettoyés, restes désormais inutiles des anciens transportés dans l'autre vie par les mandibules implacables des fourmis.

Tant qu'il vécut chez les Shuars, il n'eut pas besoin de romans pour connaître l'amour.

Il n'était pas des leurs et, pour cette raison, il ne pouvait prendre d'épouse. Mais il était comme eux, et c'est pourquoi le Shuar qui l'hébergeait pendant la saison des pluies le priait d'accepter l'une de ses femmes, pour le plus grand honneur de sa caste et de sa maison.

La femme offerte l'emmenait sur la berge du fleuve. Là, tout en entonnant des *anents,* elle le lavait, le parait et le parfumait, puis ils revenaient à la cabane s'ébattre sur une natte, les pieds en l'air, doucement chauffés par le foyer, sans cesser un instant de chanter les *anents,* poèmes nasillards qui décrivaient la beauté de leurs corps et la joie du plaisir que la magie de la description augmentait à l'infini.

C'était l'amour pur, sans autre finalité que l'amour pour l'amour. Sans possession et sans jalousie.

– Nul ne peut s'emparer de la foudre dans le ciel, et nul ne peut s'approprier le bonheur de l'autre au moment de l'abandon.

C'est ce que lui avait expliqué son ami Nushiño.

À voir couler le Nangaritza, on pouvait penser que le temps avait oublié ces confins de l'Amazonie, mais les oiseaux savaient que, venues de l'occident, des langues puissantes progressaient en fouillant le corps de la forêt.

D'énormes machines ouvraient des routes et les Shuars durent se faire plus mobiles. Désormais, ils ne demeuraient plus trois ans de suite sur le même lieu avant de se déplacer pour permettre à la nature de se reformer. À chaque changement de saison, ils démontaient leurs cabanes et reprenaient les ossements de leurs morts pour s'éloigner des étrangers qui s'installaient sur les rives du Nangaritza.

Les colons, attirés par de nouvelles promesses d'élevage et de déboisement, se faisaient plus nombreux. Ils apportaient aussi l'alcool dépourvu de tout rituel et, par là, la dégénérescence des plus faibles. Et, surtout, se développait la peste des chercheurs d'or, individus sans scrupules, venus de tous les horizons sans autre but que celui d'un enrichissement rapide.

Les Shuars se déplaçaient vers l'orient en cherchant l'intimité des forêts impénétrables.

Un matin, Antonio José Bolivar rata un tir de sarbacane et s'aperçut qu'il vieillissait. Pour lui aussi, le moment approchait de partir.

Il prit la décision de s'installer à El Idilio et d'y vivre de la chasse. Il se savait incapable de fixer lui-même l'instant de sa mort et de se laisser dévorer par les fourmis. Et même s'il y arrivait, ce serait une cérémonie triste.

Il était comme eux, mais il n'était pas des leurs, et

il n'y aurait pour lui ni fête, ni départ dans les hallucinations.

Un jour qu'il s'activait à la construction d'une pirogue dont il voulait que la résistance soit à toute épreuve, il entendit une explosion qui venait d'un bras du fleuve, et ce fut le signal qui accéléra son départ.

Il courut jusqu'au lieu d'où provenait le bruit et y trouva un groupe de Shuars en pleurs. Ils lui montrèrent la masse des poissons morts qui flottaient à la surface et le groupe d'étrangers sur la plage qui pointaient leurs armes à feu.

C'était un groupe de cinq aventuriers qui avaient fait sauter le barrage de retenue d'une frayère pour pratiquer un passage dans le courant.

Tout alla très vite. Rendus nerveux par l'arrivée des Shuars, les Blancs tirèrent, touchèrent deux indigènes et prirent la fuite dans leur embarcation.

Il sut que les Blancs étaient perdus. Les Shuars prirent un sentier de traverse, les guettèrent du bord d'un étroit défilé, et les dards empoisonnés atteignirent facilement leurs proies. L'un des Blancs, cependant, réussit à sauter, nagea jusqu'à la rive opposée et se perdit dans l'épaisseur de la forêt.

Il fallut d'abord s'occuper des Shuars qui avaient été atteints.

L'un était mort, la tête arrachée par la balle presque à bout portant, et l'autre agonisait, la poitrine ouverte. C'était son ami Nushiño.

– Sale manière de partir, souffla Nushiño dans une grimace de douleur, en lui indiquant d'une main tremblante la calebasse de curare. Je ne partirai pas en paix, frère. Tant que sa tête ne pendra pas à un pieu, j'irai comme un triste perroquet aveugle me cogner aux arbres. Aide-moi, frère.

Les Shuars l'entourèrent. Il était le seul à connaître les coutumes des Blancs, et les paroles affaiblies de Nushiño lui disaient que l'heure était venue de payer aux Shuars la dette contractée le jour où ils l'avaient sauvé de la morsure du serpent.

Cela lui parut juste et, s'armant d'une sarbacane, il traversa le fleuve à la nage pour se lancer dans sa première chasse à l'homme.

Il n'eut guère de mal à trouver la piste. Dans son désespoir, le chercheur d'or avait laissé des empreintes si visibles qu'il n'eut même pas besoin de chercher.

Il le découvrit quelques minutes plus tard, terrorisé, devant un boa endormi.

– Pourquoi vous avez fait ça ? Pourquoi vous avez tiré ?

L'homme pointa son fusil dans sa direction.

– Les Jivaros ? Où sont les Jivaros ?

– Sur l'autre rive. Ils ne te suivent pas.

Soulagé, le chercheur d'or baissa son arme et Antonio José Bolivar en profita pour lui décocher un dard de sarbacane.

Il s'y prit mal. Le chercheur d'or vacilla sans tomber, ne lui laissant d'autre solution que le corps à corps.

L'homme était fort. Il parvint pourtant à lui arracher son fusil.

Il n'avait jamais tenu d'arme à feu, mais en voyant la main de l'homme tâtonner à la recherche de sa machette il trouva sans hésiter l'endroit où il devait appuyer le doigt, et la détonation provoqua un envol d'oiseaux affolés.

Surpris par la puissance de la déflagration, il s'approcha de l'homme. Celui-ci avait reçu la double décharge en plein ventre et se tordait de douleur. Sans prêter attention à ses hurlements, il le traîna par les chevilles jusqu'au fleuve et, dès les premières brasses, il sentit que le malheureux était mort.

Les Shuars l'attendaient sur l'autre rive. Ils l'aidèrent à sortir de l'eau mais, à la vue du cadavre, ils attaquèrent un chant de lamentations qu'il ne put s'expliquer.

Ce n'était pas à cause de l'étranger qu'ils pleuraient. C'était à cause de Nushiño.

Antonio José Bolivar n'était pas des leurs, mais il était comme eux. En conséquence, il aurait dû tuer l'homme d'un dard de sarbacane empoisonné après lui avoir donné la possibilité de se battre courageusement ; alors, paralysé par le curare, tout son courage serait demeuré dans son expression, concentré à tout jamais dans la tête réduite, paupières, nez et bouche cousus pour qu'il ne puisse s'échapper.

Mais comment réduire cette tête, maintenant que sa vie s'était figée dans une grimace d'épouvante et de douleur ?

Par sa faute, Nushiño ne partirait pas. Nushiño resterait comme un perroquet aveugle à se cogner aux arbres, suscitant la haine de ceux qui ne l'avaient pas connu en venant buter contre leurs corps, troublant les rêves des boas endormis, faisant fuir le gibier par son vol sans but.

Il s'était déshonoré et, ce faisant, il était responsable du malheur éternel de son ami.

Sans cesser de pleurer, ils lui donnèrent la meilleure pirogue. Sans cesser de pleurer, ils l'embrassèrent, le chargèrent de provisions et lui dirent qu'à dater de ce jour il ne serait plus le bienvenu. Il pourrait passer par les foyers shuars, mais il n'aurait pas le droit de s'y arrêter.

Les Shuars poussèrent la pirogue dans le courant, puis ils effacèrent ses traces sur la plage.

4

Au bout de cinq jours de navigation, Antonio José Bolivar parvint à El Idilio. Le lieu avait changé. Face au fleuve s'alignait une rue d'une vingtaine de maisons dont la dernière, un peu plus grande, portait au-dessus de sa porte un écriteau jaune avec le mot MAIRIE.

Il y avait aussi un quai en bois, qu'il évita en suivant le courant jusqu'à ce que la fatigue le dépose à l'endroit où il construisit sa cabane.

Au début, en le voyant s'enfoncer dans la jungle armé de la Remington calibre quatorze, héritage du seul homme qu'il ait tué – et mal tué, de surcroît –, les habitants le considérèrent comme un sauvage et l'évitèrent. Mais très vite ils découvrirent la chance que sa présence représentait pour eux.

Colons ou chercheurs d'or, tous commettaient dans la forêt des erreurs stupides. Ils la dévastaient sans prendre la moindre précaution et, du coup, certains animaux devenaient féroces.

Parfois, pour gagner quelques mètres de terrain, ils déboisaient n'importe comment, laissant sans gîte un gypaète qui se rattrapait en leur tuant une mule, ou alors ils faisaient l'erreur d'attaquer les pécaris à collier à l'époque de la reproduction, ce qui transformait ces petits sangliers en monstres redoutables. Et puis il y avait les gringos venus des installations pétrolières.

Ceux-là arrivaient en bandes bruyantes, avec assez d'armes pour équiper un bataillon, et pénétraient dans la jungle prêts à tirer sur tout ce qui bougeait. Ils s'acharnaient sur les ocelots sans se préoccuper de savoir s'il s'agissait de petits ou de femelles enceintes, puis ils se photographiaient devant des douzaines de peaux clouées sur des planches, avant de repartir.

Les gringos s'en allaient, les peaux restaient à pourrir jusqu'à ce qu'une main charitable les jette dans le fleuve, et les ocelots survivants se vengeaient en étripant des bœufs faméliques.

Antonio José Bolivar essayait de mettre des limites à l'action des colons qui détruisaient la forêt pour édifier cette œuvre maîtresse de l'homme civilisé : le désert.

Mais les animaux se faisaient rares. Les espèces survivantes devenaient plus rusées et, à l'exemple des Shuars et d'autres cultures amazoniennes, les bêtes s'enfonçaient à leur tour dans les profondeurs de la forêt, en un irrésistible exode vers l'orient.

Antonio José Bolivar Proaño, qui avait désormais tout son temps pour lui, découvrit qu'il savait lire au moment où ses dents se mirent à se gâter.

Ce dernier point commença à le préoccuper lorsqu'il se rendit compte que sa bouche exhalait une haleine fétide et qu'il ressentait des douleurs persistantes dans les maxillaires.

Il avait souvent assisté aux séances semestrielles du docteur Loachamín, mais il ne s'était jamais imaginé assis dans son fauteuil, jusqu'au jour où les douleurs devinrent insupportables et où il ne put faire autrement que de monter à son tour sur la « consultation ».

— C'est simple, docteur. Il ne m'en reste pas beaucoup. Je me suis arraché moi-même celles qui m'emmerdaient trop, mais pas celles du fond, c'est trop difficile. Alors nettoyez-moi la bouche, après quoi on discutera du prix d'un de vos jolis dentiers.

Cette fois-là, le *Sucre* avait amené deux fonctionnaires de l'État qui s'installèrent derrière une table sous le porche de la mairie, ce qui les fit prendre pour des collecteurs d'un impôt inédit.

Devant le manque d'enthousiasme des habitants, le maire se vit dans l'obligation de faire appel au peu de force de conviction qui lui restait pour traîner les récalcitrants jusqu'à la table gouvernementale. Là, les deux envoyés moroses du pouvoir recueillaient les suffrages secrets des citoyens d'El Idilio pour les élections présidentielles qui devaient avoir lieu le mois suivant.

Antonio José Bolivar défila comme tout le monde devant la table.

— Tu sais lire ? lui demanda-t-on.

— Je me rappelle plus.

— On va voir. Qu'est-ce qui est écrit là ?

— Mon-si-eur-monsieur-le-le-can-di-dat-candidat.

— Eh bien, tu vois : tu as le droit de voter.

— Le droit de quoi ?

— De voter. Au suffrage universel et secret. Pour choisir démocratiquement entre les trois candidats qui se présentent à la magistrature suprême. Tu comprends ?

— Je comprends rien du tout. Ça va me coûter combien, ce droit ?

— Rien. Puisque c'est un droit.

– Et pour qui je dois voter ?
– Pour celui qui sera président. Pour Son Excellence le candidat du peuple.

Antonio vota pour le vainqueur et reçut une bouteille de Frontera en contrepartie de l'exercice de son droit.

Il savait lire.

Ce fut la découverte la plus importante de sa vie. Il savait lire. Il possédait l'antidote contre le redoutable venin de la vieillesse. Il savait lire. Mais il n'avait rien à lire.

À contrecœur, le maire accepta de lui prêter quelques vieux journaux qu'il conservait ostensiblement comme autant de preuves de ses liens privilégiés avec le pouvoir central, mais Antonio José Bolivar les trouva sans intérêt.

La reproduction de passages des discours prononcés au Congrès, dans lesquels l'honorable Bucaram prétendait qu'un autre honorable représentant n'avait rien dans son pantalon, l'article qui donnait tous les détails sur la manière dont Artemio Mateluna avait tué son meilleur ami de vingt coups de poignard, mais sans haine, la chronique qui dénonçait l'orgueil délirant des supporters de Manta, lesquels avaient émasculé un arbitre en plein stade, ne lui paraissaient pas des stimulants suffisants pour le convaincre de continuer à lire. Tout ça se passait dans un monde lointain, sans références qui le lui rendent intelligible et sans rien qui lui donne envie de l'imaginer.

Un beau jour le *Sucre* débarqua, en même temps que les caisses de bière et les bonbonnes de gaz, un malheureux prêtre expédié en mission par les autorités ecclésiastiques pour baptiser les enfants et mettre fin aux concubinages. Au bout de trois jours, le frère n'avait rencontré personne qui soit disposé à le conduire aux habitations des colons. Anéanti par une telle indifférence de sa clientèle, il était allé s'asseoir sur le quai en attendant le départ du bateau qui le tirerait de là. Pour tuer les heures de la canicule, il sortit un vieux livre de sous sa soutane et essaya de lire, mais la torpeur le terrassa.

Ce livre entre les mains du curé fascina Antonio José Bolivar. Il attendit patiemment que le curé vaincu par le sommeil le laisse échapper.

C'était une biographie de saint François qu'il feuilleta furtivement avec l'impression de commettre une sorte de larcin.

Il épela les syllabes, puis sa soif de saisir tout ce qui était contenu dans ces pages le fit répéter à mi-voix les mots ainsi formés.

Le prêtre se réveilla et observa, amusé, Antonio José Bolivar, le nez dans son livre.

– C'est intéressant ? demanda-t-il.

– Excusez-moi, Monseigneur. Mais vous dormiez et je ne voulais pas vous déranger.

– Ça t'intéresse ? répéta le prêtre.

– On dirait que ça parle surtout d'animaux, répondit-il timidement.

– Saint François aimait les animaux. Et toutes les créatures de Dieu.

– Moi aussi je les aime. À ma manière. Vous connaissez saint François ?

– Non, Dieu ne m'a pas donné cette joie. Saint François est mort il y a très longtemps. Je veux dire qu'il a quitté cette vie terrestre pour aller auprès du Créateur jouir de la vie éternelle.

– Comment vous le savez ?
– Parce que j'ai lu le livre. C'est un de ceux que je préfère.

Le prêtre soulignait ses paroles en caressant le cartonnage usé. Antonio José Bolivar l'écoutait avec ravissement et sentait poindre la morsure de l'envie.

– Vous avez lu beaucoup de livres ?
– Un certain nombre. Autrefois, quand j'étais jeune et que mes yeux n'étaient pas fatigués, je dévorais toutes les œuvres qui me tombaient sous la main.

– Tous les livres parlent de saints ?
– Non. Il y a dans le monde des millions et des millions de livres. Dans toutes les langues et sur tous les sujets, y compris certains que les hommes ne devraient pas connaître.

Antonio José Bolivar ne comprit pas ce problème de censure. Il continuait à fixer les mains du prêtre, des mains grassouillettes, blanches sur le cartonnage noir.

– De quoi parlent les autres livres ?
– Je viens de te le dire. D'un tas de choses. D'aventures, de science, de la vie de personnages vertueux, de technique, d'amour…

Ce dernier point l'intéressa. L'amour, il n'en connaissait que ce que disent les chansons, particulièrement les *pasillos* que chantait Julito Jaramillo, dont la voix, issue des quartiers pauvres de Guayaquil, s'échappait parfois d'une radio à piles et rendait les hommes mélancoliques. Ces chansons-là disaient que l'amour était comme la piqûre d'un taon que nul ne voyait mais que tous recherchaient.

– C'est comment, les livres d'amour ?

– Ceux-là, je crains de ne pouvoir t'en parler. Je n'en ai pas lu plus de deux.

– Ça ne fait rien. C'est comment ?

– Eh bien, ils racontent l'histoire de deux personnes qui se rencontrent, qui s'aiment et qui luttent pour vaincre les difficultés qui les empêchent d'être heureux.

L'appel du *Sucre* annonça l'appareillage et il n'osa pas demander au prêtre de lui laisser le livre. Mais ce que celui-ci lui laissa, en revanche, ce fut un désir de lecture plus fort qu'auparavant.

Il passa toute la saison des pluies à ruminer sa triste condition de lecteur sans livre, se sentant pour la première fois de sa vie assiégé par la bête nommée solitude. Une bête rusée. Guettant le moindre moment d'inattention pour s'approprier sa voix et le condamner à d'interminables conférences sans auditoire.

Il lui fallait de la lecture, ce qui impliquait qu'il sorte d'El Idilio. Peut-être n'était-il pas nécessaire d'aller très loin, peut-être rencontrerait-il à El Dorado quelqu'un qui possédait des livres, et il se creusait la cervelle pour trouver le moyen de les obtenir.

Quand les pluies faiblirent, quand les animaux réapparurent dans la forêt, il quitta sa cabane et, muni de son fusil, de plusieurs mètres de corde et de sa machette dûment affûtée, il partit dans la jungle.

Il resta là-bas environ deux semaines, sur les territoires des animaux que recherche l'homme blanc.

Dans la région des ouistitis, terre de haute végétation, il vida plusieurs douzaines de noix de coco pour préparer les pièges. Il l'avait appris des Shuars et ce n'était pas difficile. Il suffisait de vider les noix en y pratiquant une ouverture d'un pouce de diamètre au maximum, de faire de l'autre côté un petit trou pour y passer une corde, et de bloquer celle-ci au moyen d'un nœud très serré. Il attachait l'autre bout de la corde à un tronc d'arbre et disposait ensuite quelques cailloux dans la coque creuse. À peine s'était-il éloigné que les singes, qui l'avaient observé d'en haut, descendaient pour voir ce qu'il y avait dans les noix. Ils les prenaient, les agitaient, et à force de les secouer et d'entendre le bruit produit par les cailloux, finissaient par y plonger la main pour essayer de les retirer. Et quand ils en avaient attrapé un, ils ne voulaient plus le lâcher et se débattaient vainement sans réussir à l'extirper.

Ses pièges posés, il chercha un papayer de grande taille, de ces arbres que l'on appelle à juste titre des papayers à singes, parce que seuls les ouistitis peuvent atteindre les fruits délicieusement mûris au soleil et très sucrés qui les couronnent.

Il secoua le tronc jusqu'à ce que tombent deux fruits à la pulpe odorante et les serra dans sa gibecière.

Puis il se remit en route pour la région des aras, des perroquets et des toucans, recherchant les clairières et tâchant d'éviter les mauvaises rencontres.

Une succession de vallées le conduisit jusqu'à la zone de végétation épaisse, peuplée de guêpes et de ruches d'abeilles ouvrières, souillée sur toutes ses surfaces par les déjections des oiseaux. Dès qu'il y eut pénétré, le silence se fit et se prolongea plusieurs heures, le temps pour les oiseaux de s'habituer à sa présence.

Il fabriqua deux cages en tressant étroitement des lianes et des tiges de bougainvillées, et chercha des pieds de yahuasca.

Après quoi il écrasa les papayes pour mélanger

l'odorante pulpe jaune des fruits au suc des racines de la plante exprimé à coups de manche de machette, et attendit en fumant que la mixture fermente. Il la goûta. Elle était forte et sucrée. Satisfait, il alla camper au bord d'un ruisseau où il se rassasia de poissons.

Le lendemain, il partit relever ses pièges.

Dans la région des singes, il trouva une douzaine d'animaux épuisés par leurs efforts stériles pour libérer leurs mains prisonnières des noix de coco. Il sélectionna trois couples de jeunes, les enferma dans une cage et libéra les autres.

Ensuite il revint à l'endroit où il avait laissé les fruits fermentés et y trouva une multitude d'aras, de perroquets et d'oiseaux de toutes sortes endormis dans les positions les plus invraisemblables. Certains tentaient de faire quelques pas en titubant, d'autres essayaient de s'envoler en battant maladroitement des ailes.

Il mit en cage un couple de guacayamos, des grands perroquets bleus et or, et un autre de petits aras shapul, très appréciés pour leurs dons de parleurs, et abandonna les autres en leur souhaitant un bon réveil. Il savait que leur ivresse durerait plusieurs jours.

Son butin sur le dos, il regagna El Idilio et attendit que l'équipage du *Sucre* ait fini le chargement pour s'approcher du patron.

– J'ai besoin d'aller à El Dorado et je n'ai pas d'argent. Vous me connaissez. Prenez-moi, je vous paierai plus tard, quand j'aurai vendu mes bêtes.

Le patron jeta un œil sur les cages et fourragea dans sa barbe de plusieurs jours avant de répondre.

– Donne-moi un petit perroquet, et je m'estimerai payé. Ça fait un bail que j'en promets un à mon fils.

– Dans ce cas je vous donne un couple et ça paye aussi le retour. Ces oiseaux-là meurent de tristesse quand on les sépare.

Pendant le voyage, il bavarda avec le docteur Rubincondo Loachamín et le mit au courant des raisons de son déplacement. Le dentiste l'écoutait, amusé.

– Mais si tu voulais avoir des livres, pourquoi tu ne m'en as pas chargé ? Je suis sûr que je t'en aurais trouvé à Guayaquil.

– Merci, docteur. Le problème c'est que je ne sais pas encore quels livres je veux lire. Mais dès que je saurai, je profiterai de votre proposition.

El Dorado n'était certes pas une grande ville. On y trouvait une centaine de maisons dont la majorité s'alignaient le long du fleuve, et il ne devait son importance qu'à son poste de police, à quelques officines administratives, une église et une école publique peu fréquentée. Pour Antonio José Bolivar qui n'avait pas quitté la forêt depuis quarante ans, c'était revenir au monde immense qu'il avait connu jadis.

Le dentiste le présenta à la seule personne capable de l'aider, l'institutrice, et il obtint également pour le vieux la permission de dormir dans l'enceinte de l'école, une grande habitation de bambou pourvue d'une cuisine, en échange de son aide pour les travaux domestiques et la confection d'un herbier.

Quand il eut vendu les ouistitis et les perroquets, l'institutrice lui montra sa bibliothèque.

Il fut ému de voir tant de livres rassemblés. L'institutrice possédait une cinquantaine de volumes rangés sur des étagères et il éprouva un plaisir indicible à les passer en revue en s'aidant de la loupe qu'il venait d'acquérir.

Cinq mois durant, il put ainsi former et polir ses goûts de lecteur, tout en faisant alterner les doutes et les réponses.

En parcourant les textes de géométrie, il se demandait si cela valait vraiment la peine de savoir lire, et il ne conserva de ces livres qu'une seule longue phrase qu'il sortait dans les moments de mauvaise humeur : « Dans un triangle rectangle, l'hypoténuse est le côté opposé à l'angle droit. » Phrase qui, par la suite, devait produire un effet de stupeur chez les habitants d'El Idilio, qui la recevaient comme une charade absurde ou une franche obscénité.

Les textes d'histoire lui semblèrent un chapelet de mensonges. Était-il possible que ces petits messieurs pâles, avec leurs gants jusqu'aux coudes et leurs culottes collantes de funambules, aient été capables de gagner des batailles ? Il lui suffisait de voir leurs boucles soigneusement frisées flottant au vent pour comprendre que ces gens-là étaient incapables de tuer une mouche. Ce fut ainsi que les épisodes historiques se trouvèrent exclus de ses goûts de lecteur.

Edmondo de Amicis et son *Cœur* occupèrent pratiquement la moitié de son séjour à El Dorado. Là, il était à son affaire. C'était un livre qui lui collait aux mains et aux yeux, qui lui faisait oublier la fatigue pour continuer à lire, encore et toujours, jusqu'à ce qu'un soir, il finisse par se dire qu'il n'était pas possible qu'un seul corps endure tant de souffrances et contienne tant de malchance. Il fallait être vraiment un salaud pour prendre plaisir aux malheurs d'un pauvre garçon tel que le Petit Lombard, et c'est alors, après avoir cherché dans toute la bibliothèque, qu'il trouva enfin ce qui lui convenait vraiment.

Le *Rosaire* de Florence Barclay contenait de l'amour, encore de l'amour, toujours de l'amour. Les personnages souffraient et mêlaient félicité et malheur avec tant de beauté que sa loupe en était trempée de larmes.

L'institutrice, qui ne partageait pas tout à fait ses goûts, lui permit de prendre le livre pour retourner à El Idilio, où il le lut et le relut cent fois devant sa fenêtre, comme il se disposait à le faire maintenant avec les romans que lui avait apportés le dentiste et qui l'attendaient, insinuants et horizontaux, sur la table haute, étrangers au passé désordonné auquel Antonio José Bolivar préférait ne plus penser, laissant béantes les profondeurs de sa mémoire pour les remplir de bonheurs et de tourments d'amour plus éternels que le temps.

5

Le déluge survint avec les premières ombres du soir et, en quelques minutes, il devint impossible de voir plus loin que l'extrémité de son bras tendu. Le vieux se coucha dans son hamac en attendant le sommeil, bercé par la rumeur violente et monocorde de l'eau omniprésente.

Antonio José Bolivar dormait peu. Jamais plus de cinq heures par nuit et de deux heures de sieste. Le reste de son temps, il le consacrait à lire les romans, à divaguer sur les mystères de l'amour et à imaginer les lieux où se passaient ces histoires.

En lisant les noms de Paris, Londres ou Genève, il devait faire un énorme effort de concentration pour se les représenter. La seule grande ville qu'il eût jamais visitée était Ibarra, et il ne se souvenait que confusément des rues pavées, des pâtés de maisons basses, identiques, toutes blanches, et de la *Plaza de Armas* pleine de gens qui se promenaient devant la cathédrale.

Là s'arrêtait sa connaissance du monde et, en suivant les intrigues qui se déroulaient dans des villes aux noms lointains et sérieux tels que Prague ou Barcelone, il avait l'impression que le nom d'Ibarra n'était pas celui d'une ville faite pour les amours immenses.

Au cours de son voyage vers l'Amazonie en compagnie de Dolores Encarnación del Santísimo Sacramento Estupiñán Otavalo, il avait traversé deux villes, Loja et Zamora, mais il n'avait fait que les entrevoir, de sorte qu'il n'était pas en mesure de dire si l'amour pouvait y trouver un terrain propice.

Mais ce qu'il aimait par-dessus tout imaginer, c'était la neige.

Enfant, il l'avait vue comme une peau de mouton mise à sécher au balcon du volcan Imbabura, et ces personnages de romans qui marchaient dessus sans crainte de la salir lui semblaient parfois d'une extravagance impardonnable.

Les nuits où il ne pleuvait pas, il laissait son hamac pour descendre au fleuve se laver. Puis il se préparait des portions de riz pour la journée, faisait frire des tranches de banane verte, et, s'il avait de la viande de singe, il en ajoutait quelques bons morceaux.

Les colons n'appréciaient pas la viande de singe. Ils ne comprenaient pas que cette viande dure et nerveuse était beaucoup plus riche en protéines qu'une viande de porc ou de vaches nourries d'herbes flottantes, qui n'était que de l'eau et n'avait aucun goût. Et puis la viande de singe devait être mastiquée longtemps, et plus encore par ceux qui n'avaient plus leurs dents d'origine, leur donnant de la sorte l'impression d'avoir mangé beaucoup sans charger inutilement leur corps.

Il arrosait ses repas de café grillé dans un brûloir en fer et moulu sous la pierre, qu'il sucrait avec de la cassonade et renforçait d'une petite dose de Frontera.

Pendant la saison des pluies, les nuits étaient plus longues et il prenait plaisir à paresser dans son hamac jusqu'à ce que le besoin d'uriner ou la faim l'obligent à l'abandonner.

Ce qu'il y avait de bien dans la saison des pluies, c'était qu'il suffisait de descendre au fleuve, d'entrer dans l'eau, de retourner quelques pierres et de fouiller dans la vase pour disposer d'une douzaine de gros crabes au petit déjeuner.

C'est ce qu'il fit ce matin-là. Il se déshabilla, noua une corde à sa ceinture, en attacha solidement l'autre extrémité à un pilotis afin de se protéger d'une crue soudaine ou du heurt d'un tronc à la dérive et, quand il eut de l'eau jusqu'aux tétons, il plongea.

L'eau était opaque jusqu'au fond, mais ses mains expertes déplacèrent une pierre et explorèrent la vase jusqu'à ce qu'il sente les crabes lui pincer les doigts entre leurs puissantes tenailles.

Il fit surface avec une poignée de crabes qui s'agitaient frénétiquement, et il s'apprêtait à sortir de l'eau quand il entendit des cris.

– Une pirogue ! Une pirogue qui arrive !

Il plissa les yeux pour essayer de découvrir l'embarcation, mais la pluie brouillait tout. La chape de pluie qui tombait inlassablement perforait la surface du fleuve de millions de piqûres d'épingle avec une telle intensité que celles-ci n'avaient même pas le temps de faire des auréoles.

Qui cela pouvait-il être ? Seul un fou pouvait se risquer à naviguer sous ce déluge.

Il écouta les cris qui continuaient et aperçut des formes courant vers le quai.

Il s'habilla, laissa les crabes sous un pot retourné

devant la porte de sa cabane, se couvrit d'un carré de plastique et prit la même direction.

Les hommes se rangèrent pour laisser passer le maire. Le gros était sans chemise et tout son corps ruisselait sous son grand parapluie noir.

– Qu'est-ce qui se passe ? cria le maire en arrivant sur la berge.

Pour toute réponse on lui montra la pirogue attachée à un pilier. Sa mauvaise construction portait la marque des chercheurs d'or. Elle était arrivée à moitié submergée, ne flottant encore que parce qu'elle était en bois. À son bord se balançait le corps d'un homme, gorge ouverte et bras lacérés. Les mains crispées sur le bordage avaient les doigts mordus par les poissons, et il n'avait plus d'yeux. Les coqs de rochers, ces oiseaux rouges, petits et vigoureux, les seuls capables de voler sous le déluge, s'étaient chargés de lui ôter toute expression.

Le maire donna l'ordre de hisser le corps et, quand celui-ci fut sur les planches du quai, on l'identifia à sa bouche.

C'était Napoléon Salinas, un chercheur d'or qui s'était fait soigner la veille par le dentiste. Salinas était l'un des rares individus à ne pas se faire arracher les dents gâtées, préférant se les faire consolider avec de l'or. Il avait la bouche pleine d'or mais, sous la pluie qui lissait ses cheveux, ses dents affichant un dernier sourire ne provoquaient plus l'admiration.

Le maire chercha le vieux du regard.

– Et alors ? Encore la chatte ?

Antonio José Bolivar s'accroupit devant le mort sans cesser de penser aux crabes qu'il avait laissés prisonniers. Il écarta la plaie du cou, examina les lacérations des bras et acquiesça d'un hochement de tête.

— Eh bien, ça en fait un de moins, conclut le maire. Tôt ou tard, le diable l'aurait emporté.

Le gros avait raison. Pendant la saison des pluies, les chercheurs d'or restaient enfermés dans leurs cases mal construites, à guetter les rares éclaircies qui ne duraient jamais longtemps et cédaient vite la place à un redoublement de trombes d'eau.

Ils prenaient à la lettre la maxime « le temps c'est de l'or » et, puisque la pluie leur en laissait le loisir, ils jouaient à la *tute* avec des cartes graisseuses dont les figures étaient presque impossibles à reconnaître. La haine montait, ils voulaient tous s'approprier le roi de trèfle, ils se soupçonnaient tous mutuellement et, avant la fin des pluies, il y en avait toujours quelques-uns qui avaient disparu sans que l'on sache s'ils avaient été avalés par le fleuve ou par la forêt vorace.

Parfois, depuis le quai d'El Idilio, on voyait passer un cadavre gonflé parmi les branches et les troncs arrachés par la crue, et personne ne se souciait de lui lancer un grappin.

Napoléon Salinas avait la tête qui pendait et seuls ses bras déchiquetés indiquaient qu'il avait cherché à se défendre.

Le maire lui vida les poches. Il trouva une carte d'identité déteinte, quelques pièces, un peu de tabac et un petit sac en cuir. Il l'ouvrit et compta vingt pépites, petites comme des grains de riz.

— Eh bien, l'expert, qu'est-ce que tu en penses ?

— La même chose que vous, Excellence. Il est parti d'ici tard, assez bourré, il a été surpris par la pluie et s'est amarré à la berge pour y passer la nuit. C'est là que la femelle l'a attaqué. Il a réussi à remonter dans sa pirogue malgré ses blessures, mais il était saigné à blanc.

– Je suis heureux que nous soyons d'accord, dit le gros.

Le maire donna l'ordre à l'un des assistants de tenir son parapluie pour lui laisser les mains libres et répartit les pépites entre les hommes présents. Puis il récupéra le parapluie, poussa le mort du pied et l'envoya rouler dans l'eau la tête la première. Le cadavre s'enfonça lourdement et la pluie empêcha de voir où il refaisait surface.

Satisfait, le maire secoua le parapluie en signe de départ, mais voyant que personne ne le suivait et que tous regardaient le vieux, il cracha, mécontent.

– Eh bien quoi ? La séance est terminée. Qu'est-ce que vous attendez ?

Les hommes continuaient à regarder le vieux, qui fut obligé de parler.

– Supposez que quelqu'un soit surpris par la nuit sur le fleuve, il doit accoster de quel côté pour attendre le jour ?

– Du côté le plus sûr. Le nôtre, répondit le gros.

– Vous l'avez dit, Excellence. Le nôtre. On s'arrête toujours de ce côté-ci, parce que si on perd sa pirogue, on a encore la possibilité de revenir au village en se taillant la route à coups de machette. Et c'est ce qu'a pensé ce pauvre Salinas.

– Et alors ? Qu'est-ce que ça fait, maintenant ?

– Ça fait beaucoup. Si vous réfléchissez un peu, vous comprendrez que l'animal se trouve, lui aussi, de notre côté. Vous croyez peut-être que les ocelots traversent le fleuve par un temps pareil ?

Les paroles du vieux soulevèrent des commentaires nerveux. Les hommes attendaient une réponse du maire. Après tout, il fallait bien que l'autorité serve à quelque chose.

Le gros ressentait cette attente comme une agression et faisait semblant de se concentrer en courbant sa nuque d'obèse sous le parapluie noir. La pluie redoubla soudain et les sacs de plastique qui couvraient les hommes leur collèrent au corps comme une seconde peau.

– L'animal est loin. Vous avez vu le cadavre ? Sans yeux et à moitié mangé par les bêtes. Ça ne s'est pas fait en une heure, ni même en cinq. Je ne vois pas de raison de faire dans vos pantalons, plastronna le maire.

– Peut-être bien. Mais ce qui est sûr aussi, c'est que le mort n'était pas raide et qu'il ne sentait pas, rétorqua le vieux.

Il n'en dit pas davantage et n'attendit pas la suite. Il fit demi-tour et s'en alla, en se demandant s'il allait manger les crabes frits ou bouillis.

Tout en rentrant chez lui, il put voir à travers les nappes d'eau la silhouette solitaire et obèse du maire sous son parapluie, comme un champignon énorme et sombre qui aurait soudain poussé sur les planches du quai.

6

Après avoir mangé les crabes délicieux, le vieux nettoya méticuleusement son dentier et le rangea dans son mouchoir. Après quoi il débarrassa la table, jeta les restes par la fenêtre, ouvrit une bouteille de Frontera et choisit un roman.

La pluie qui l'entourait de toutes parts lui ménageait une intimité sans pareille.

Le roman commençait bien.

« Paul lui donna un baiser ardent pendant que le gondolier complice des aventures de son ami faisait semblant de regarder ailleurs et que la gondole, garnie de coussins moelleux, glissait paisiblement sur les canaux vénitiens. »

Il lut la phrase à voix haute et plusieurs fois.

– Qu'est-ce que ça peut bien être, des gondoles ?

Ça glissait sur des canaux. Il devait s'agir de barques ou de pirogues. Quant à Paul, il était clair que ce n'était pas un individu recommandable, puisqu'il donnait un « baiser ardent » à la jeune fille en présence d'un ami, complice de surcroît.

Ce début lui plaisait.

Il était reconnaissant à l'auteur de désigner les

méchants dès le départ. De cette manière, on évitait les malentendus et les sympathies non méritées.

Restait le baiser – quoi déjà ? – « ardent ». Comment est-ce qu'on pouvait faire ça ?

Il se souvenait des rares fois où il avait donné un baiser à Dolores Encarnación del Santísimo Sacramento Estupiñán Otavalo. Peut-être, sans qu'il s'en rende compte, l'un de ces baisers avait-il été ardent, comme celui de Paul dans le roman. En tout cas il n'y avait pas eu beaucoup de baisers, parce que sa femme répondait par des éclats de rire, ou alors elle disait que ça devait être un péché.

Un baiser ardent. Un baiser. Il avait découvert récemment qu'il n'en avait guère donné, et seulement à sa femme, car les Shuars ne connaissent pas le baiser.

Il existe chez eux, entre hommes et femmes, des caresses sur tout le corps, sans se préoccuper de la présence de tiers. Même quand ils font l'amour, ils ne se donnent pas de baisers. La femme préfère s'accroupir sur l'homme, en affirmant que cette position lui fait mieux sentir l'amour et que les *anents* qui accompagnent l'acte en sont d'autant plus puissants.

Non, chez les Shuars le baiser n'existe pas.

Il se souvenait aussi d'avoir vu, une fois, un chercheur d'or culbuter une femme jivaro, une pauvresse qui rôdait chez les colons et les aventuriers en mendiant une gorgée d'aguardiente. Tous les hommes qui en avaient envie pouvaient l'emmener dans un coin et la posséder. Abrutie par l'alcool, la malheureuse ne se rendait pas compte de ce qu'on faisait d'elle. Cette fois-là, un aventurier l'avait prise sur la plage et avait cherché à coller sa bouche à la sienne.

La femme avait réagi comme un animal sauvage. Elle avait fait rouler l'homme couché sur elle, lui avait lancé une poignée de sable dans les yeux et était allée ostensiblement vomir de dégoût.

Si c'était cela, un baiser ardent, alors le Paul du roman n'était qu'un porc.

Quand arriva l'heure de la sieste, il avait lu environ quatre pages et réfléchi à leur propos, et il était préoccupé de ne pouvoir imaginer Venise en lui prêtant les caractères qu'il avait attribués à d'autres villes, également découvertes dans des romans.

À Venise, apparemment, les rues étaient inondées et les gens étaient obligés de se déplacer en gondoles.

Les gondoles. Le mot « gondole » avait fini par le séduire et il pensa que ce serait bien d'appeler ainsi sa pirogue. La Gondole du Nangaritza.

Il en était là de ses pensées quand la torpeur de la mi-journée l'envahit, et il s'étendit sur le hamac avec un sourire amusé à l'idée de ces gens qui risquaient de tomber directement dans la rivière dès qu'ils franchissaient le seuil de leur maison.

Plus tard dans l'après-midi, après un nouveau festin de crabes, il voulut poursuivre sa lecture, mais il en fut distrait par des cris qui l'obligèrent à sortir la tête sous la pluie.

Une mule affolée galopait sur le sentier en poussant des braiments épouvantables et en envoyant des ruades à ceux qui essayaient de l'arrêter. Piqué par la curiosité, il jeta son carré de plastique sur ses épaules et partit voir ce qui se passait.

Après beaucoup d'efforts, les hommes étaient parvenus à cerner la bête fugitive et rétrécissaient leur cercle en évitant les coups de sabots. Certains glissaient et se relevaient couverts de boue, mais finalement l'animal, pris par la bride, se trouva immobilisé.

La mule portait des plaies profondes aux flancs et saignait abondamment par une entaille qui allait de la tête au pelage ras du poitrail.

Le maire, sans parapluie cette fois, donna l'ordre de la faire tomber et lui expédia le coup de grâce. L'animal reçut la décharge, lança quelques ruades en l'air et ne bougea plus.

– C'est la mule d'Alkaseltzer Miranda, dit quelqu'un.

L'assistance acquiesça. Miranda était un colon installé à quelque sept kilomètres d'El Idilio. Il avait cessé de cultiver ses terres occupées par la jungle pour tenir un misérable comptoir de vente d'aguardiente, sel, tabac et Alkaseltzer – de là son surnom – où s'approvisionnaient les chercheurs d'or qui ne voulaient pas aller jusqu'au village.

La mule était sellée, signe qu'il devait y avoir quelque part un cavalier.

Le maire donna l'ordre de préparer pour le lendemain matin une expédition en direction du comptoir de Miranda et chargea deux hommes de dépecer la bête.

Les machettes entrèrent en action sous la pluie. Elles taillaient avec précision dans les chairs faméliques, en ressortaient ensanglantées et, le temps d'y pénétrer de nouveau pour vaincre la résistance d'un os, l'eau du ciel les avait déjà lavées.

La viande ainsi découpée fut portée sous le porche de la mairie où le gros la distribua aux personnes présentes.

– Et toi, le vieux, quel morceau tu veux ?

Antonio José Bolivar répondit qu'il voulait seulement un peu de foie, tout en comprenant que la sollicitude du gros l'incluait dans l'expédition.

Son morceau de foie encore chaud à la main, il reprit le chemin de sa cabane, suivi par les hommes qui portaient la tête et les parties inutilisables de l'animal pour les jeter dans le fleuve. La nuit tombait et, par-dessus la rumeur de la pluie, on entendait les aboiements des chiens qui se disputaient les tripes de la nouvelle victime répandues dans la boue.

Tout en faisant frire le foie agrémenté de brins de romarin, il maudit l'incident qui le tirait de sa tranquillité. Impossible désormais de se concentrer sur sa lecture, obligé qu'il était de penser à l'expédition du lendemain avec le maire à sa tête.

Tout le monde savait que le maire le tenait à l'œil, et son animosité avait certainement encore augmenté après l'affaire des deux Shuars et du gringo mort.

Le gros pouvait lui causer des problèmes, il en avait déjà fait l'expérience.

En maugréant, il mit son dentier et mastiqua les morceaux de foie. Il avait souvent entendu dire que la vieillesse apporte la sagesse, et il avait attendu avec confiance cette vertu qui devait lui donner ce qu'il désirait le plus : le pouvoir de maîtriser le fil de ses souvenirs et de ne pas tomber dans les pièges que lui tendait parfois sa mémoire.

Mais cette fois encore, il ne put résister, tandis que s'estompait la rumeur monotone de la pluie.

Bien des années le séparaient de cette matinée où un bateau comme on n'en avait encore jamais vu était venu s'amarrer au quai d'El Idilio. Une barque plate à moteur qui permettait à huit personnes de voyager commodément, assises deux par deux et non en file indienne, les membres ankylosés, comme dans les pirogues.

Cette embarcation moderne amenait quatre Américains équipés d'appareils photo, de vivres et d'instruments à l'usage inconnu. Ils passèrent plusieurs jours à faire la cour au maire en l'abreuvant de whisky, jusqu'à ce que le gros, tout bouffi de vanité, désigne le vieux comme le meilleur connaisseur de l'Amazonie et les conduise à la porte de sa cabane.

Le gros empestait la boisson et ne cessait de l'appeler son ami et collaborateur, pendant que les gringos le photographiaient, lui et tout ce qui tombait sous leurs objectifs.

Ils entrèrent dans la cabane sans demander la permission et l'un d'eux, après avoir ri aux éclats, insista pour acheter le tableau qui le représentait avec Dolores Encarnación del Santísimo Sacramento Estupiñán Otavalo. Le gringo eut même l'impudence de le décrocher et de le mettre dans son sac en posant sur la table une poignée de billets.

Le vieux eut du mal à se maîtriser et à trouver ses mots.

– Dis à ce salopard que s'il ne remet pas le portrait où il l'a pris je lui mets deux balles et il pourra dire adieu à ses couilles. Et dis-lui aussi que mon fusil est toujours chargé.

Les intrus comprenaient l'espagnol et n'eurent pas besoin que le maire leur détaille les intentions du vieux. Le gros protesta de son amitié, demanda leur compréhension, expliqua que dans ces contrées les souvenirs de famille étaient sacrés, les supplia de ne pas prendre mal la chose, les assura que les Équatoriens en général, et lui en particulier, aimaient beaucoup les Américains du Nord et que, s'ils voulaient se procurer de bons souvenirs, il se chargerait personnellement de leur en trouver.

Quand le portrait eut retrouvé sa place de toujours, le vieux fit jouer les percuteurs de son fusil et leur intima l'ordre de filer.

— Espèce de vieux con. Tu me fais rater une affaire importante. Et toi aussi tu rates une affaire importante. On t'a rendu ton portrait. Qu'est-ce que tu veux de plus ?

— Qu'ils s'en aillent. Je ne fais pas d'affaires avec des gens qui ne savent pas respecter la maison des autres.

Le maire voulut ajouter quelque chose mais il vit la moue de mépris que faisaient les visiteurs avant de tourner les talons, et la colère l'emporta.

— C'est toi qui vas t'en aller, vieille merde.
— Je suis chez moi.
— Ah oui ? Tu ne t'es jamais demandé à qui appartient le terrain où tu as construit ta saloperie de trou à rat ?

La question le prit de court. Il avait eu jadis un papier officiel qui l'accréditait comme le possesseur de deux hectares de terre, mais ceux-ci se trouvaient à plusieurs lieues en amont.

— À personne. Il n'y a pas de propriétaire.

Le maire eut un rire triomphant.

— Eh bien tu te trompes. Toutes les terres situées sur une bande de cent mètres le long du fleuve appartiennent à l'État. Et au cas où tu ne serais pas au courant, ici l'État, c'est moi. On en reparlera. Je ne suis pas près d'oublier ce que tu m'as fait, et le pardon et moi, ça fait deux.

Le vieux réprima son envie d'appuyer sur la détente. Il imaginait la double décharge trouant l'énorme bedaine, arrachant une partie du dos et faisant jaillir les tripes.

Le gros vit ses yeux brillants et jugea préférable de vider hâtivement les lieux pour rejoindre en courant le groupe des Américains.

Le lendemain, quand la vedette s'éloigna du quai, elle comptait des passagers supplémentaires, un colon et un Jivaro recommandés par le maire pour leur bonne connaissance de la forêt.

Antonio José Bolivar Proaño attendit la visite du gros, le fusil prêt.

Mais le gros restait à distance de la cabane. En revanche, il reçut la visite d'Onecén Salmundio, un octogénaire natif de Vilcabamba et qui lui témoignait de l'amitié à cause de leurs origines montagnardes communes.

– Qu'est-ce qui se passe, pays ? demanda Onecén en le saluant.

– Rien, pays. Et vous, qu'est-ce qui vous amène ?

– J'ai appris des choses, pays. La Limace est venue me demander d'accompagner les gringos dans la jungle. J'ai eu du mal à le convaincre qu'à mon âge je les mènerais pas loin. Il fallait entendre les compliments qu'il m'a faits, la Limace. Il n'arrêtait pas de me répéter combien les gringos seraient heureux de m'avoir, vu que j'ai moi-même un nom de gringo.

– Comment ça, pays ?

– Eh oui. Onecén, c'est le nom d'un saint des gringos. Il est sur leurs pièces de monnaie. Ça s'écrit en deux mots, avec un t à la fin : *One cent.*

– Quelque chose me dit que vous n'êtes pas venu me voir pour me parler de votre nom, pays.

– C'est vrai. Je suis venu vous dire de faire attention. La Limace vous a pris en grippe. Il a demandé devant moi aux gringos d'aller voir, en rentrant, le commissaire d'El Dorado pour qu'il envoie deux gardes ruraux. Il veut vous expulser de chez vous, pays.

– J'ai assez de munitions pour les recevoir tous, affirma-t-il sans conviction. Et les nuits suivantes, il ne parvint pas à dormir.

Le remède contre l'insomnie arriva une semaine plus tard, avec le retour de la barque à fond plat. Son accostage manqua d'élégance. Elle vint heurter les pilotis du quai et personne ne se préoccupa du déchargement. Elle ne ramenait que trois Américains qui, dès qu'ils furent à terre, partirent en courant à la recherche du maire.

Peu de temps après, il reçut la visite du gros qui venait faire la paix.

– Écoute, entre chrétiens, on parle et on finit toujours par s'entendre. Ce que je t'ai dit est vrai. Ta maison est construite sur un terrain de l'État et tu n'as pas le droit de rester ici. Je devrais même t'arrêter pour occupation illégale, mais on est amis. Aussi vrai qu'on dit qu'une main lave l'autre et que les deux lavent le cul, on doit s'entraider.

– Et qu'est-ce que vous voulez, maintenant ?

– D'abord que tu m'écoutes. Je vais te raconter ce qui est arrivé. Dès le deuxième bivouac, le Jivaro a filé avec des bouteilles de whisky. Tu connais les sauvages. Ils pensent qu'à voler. Le colon leur a dit que ça n'avait pas d'importance. Les gringos voulaient s'enfoncer très loin pour photographier les Shuars. Je ne sais pas ce qui leur plaît tellement chez ces Indiens tout nus. En tout cas, le colon les a guidés sans problème jusqu'aux contreforts du Yacuambi, et ils disent que c'est là que les singes les ont attaqués. J'ai pas tout compris, parce qu'ils sont complètement hystériques et qu'ils causent tous les trois à la fois. Ils disent que les singes ont tué le colon et un des leurs. J'arrive pas à y croire. Depuis quand est-ce que les ouistitis tuent les hommes ? Avec une gifle on en envoie valser une douzaine. Pour moi c'est les Jivaros. Qu'est-ce que tu en penses ?

– Vous savez bien que les Shuars évitent les histoires. Les gringos n'en ont certainement pas vu un seul. Si, comme ils le disent, le colon les a conduits jusqu'au pied du Yacuambi, il faut que vous sachiez aussi que les Shuars n'y vivent plus depuis longtemps. Et sachez encore que les singes attaquent. C'est vrai qu'ils sont petits, mais à mille, ils sont capables de dépecer un cheval.

– Je n'y comprends rien. Les gringos ne chassaient pas. Ils n'avaient même pas d'armes.

– Il y a trop de choses que vous ne comprenez pas. Moi, j'ai des années de jungle. Écoutez. Vous savez comment font les Shuars quand ils entrent sur le territoire des singes ? D'abord ils ôtent toutes leur parures, ils ne portent rien qui peut attirer leur curiosité, et ils noircissent leurs machettes avec de la suie de palme brûlée. Vous vous rendez compte : avec leurs appareils photo, leurs montres, leurs chaînes en argent, leurs boucles de ceinture, leurs couteaux, les gringos ont tout fait pour provoquer la curiosité des singes. Je connais la région et je connais leur comportement. Je peux vous dire que si vous oubliez un détail, si vous avez sur vous la moindre chose qui attire la curiosité d'un ouistiti et s'il descend de son arbre pour vous le prendre, vous avez intérêt à le laisser faire. Si vous résistez, le ouistiti se met à hurler et en quelques secondes des centaines, des milliers de petits démons poilus et furieux vous dégringolent du ciel.

Le gros écoutait en épongeant sa transpiration.

– Je te crois. Mais tout ça c'est de ta faute, parce que tu as refusé de les accompagner, de leur servir de guide. Avec toi, il ne se serait rien passé. Et ils avaient une lettre de recommandation du gouverneur. Je suis dans la merde jusqu'au cou et il faut que tu m'aides à en sortir.

– Ils ne m'auraient pas écouté. Les gringos savent toujours tout. Mais vous ne m'avez toujours pas dit ce que vous voulez de moi.

Le maire sortit de sa poche revolver un flacon de whisky et lui en offrit une gorgée. Le vieux accepta, rien que pour en connaître le goût, et tout de suite il eut honte de sa curiosité de ouistiti.

– Ils demandent quelqu'un pour aller ramasser les restes de leur compagnon. Je te jure qu'ils sont prêts à payer un bon prix pour ça, et tu es le seul à pouvoir le faire.

– D'accord. Mais je ne veux pas être mêlé à vos affaires. Je vous ramène ce qui reste du gringo, et vous, vous me laissez tranquille.

– Bien sûr, vieux. Je te disais bien qu'entre chrétiens, on parle et on finit toujours par s'entendre.

Il n'eut pas de grands efforts à faire pour retrouver l'endroit où les gringos avaient passé leur première nuit, puis il se tailla à coups de machette un chemin jusqu'au Yacuambi, dans la forêt haute, riche en fruits sylvestres, territoire de nombreuses colonies de singes. Là, il n'eut même pas besoin de chercher les traces. Dans leur fuite, les Américains avaient abandonné une telle quantité d'objets qu'il lui suffit de les suivre pour trouver les restes des malheureux.

Il repéra d'abord le colon. Il le reconnut à son crâne sans dents. L'Américain gisait quelques mètres plus loin. Les fourmis avaient fait un travail impeccable et n'avaient laissé que les os, nets, pareils à de la craie. Elles étaient en train de terminer le squelette. Telles des bûcheronnes minuscules et cuivrées, elles transportaient un à un les cheveux jaune paille pour étayer le cône d'entrée de leur fourmilière.

Il alluma un cigare avec des mouvements lents et fuma en contemplant le travail des insectes indifférents à sa présence. Il entendit un bruit qui venait des hauteurs et ne put refréner un éclat de rire. Un tout petit ouistiti dégringolait d'un arbre, entraîné par le poids d'un appareil photo qu'il ne voulait pas lâcher.

Il acheva son cigare. Avec sa machette il aida les fourmis à nettoyer le crâne et mit les ossements dans un sac.

Le malheureux Américain n'avait réussi à garder qu'un seul objet : sa ceinture, dont les singes n'avaient pu défaire la boucle argentée en forme de fer à cheval.

Il rentra à El Idilio livrer les restes, le maire le laissa tranquille et il fit tout pour sauvegarder cette paix, car c'était d'elle que dépendaient les moments de bonheur passés face au fleuve, debout devant la table haute, à lire lentement les romans d'amour.

Et voilà que la paix était de nouveau menacée par le maire qui l'obligeait à participer à son expédition et par des griffes acérées qui se cachaient quelque part dans les profondeurs de la forêt.

7

Les hommes se rassemblèrent à l'aube, dont on devinait les premières lueurs au-dessus des nuages épais. Ils arrivaient l'un après l'autre, pieds nus et pantalon retroussé jusqu'aux genoux, en sautant pour éviter la boue du sentier.

Le maire ordonna à sa femme de servir du café et des bananes vertes pendant qu'il distribuait les munitions. Trois doubles charges par homme, plus une poignée de cigares attachés ensemble, des allumettes soufrées et une bouteille de Frontera.

– C'est l'État qui paye. Vous me signerez un reçu au retour.

Les hommes mangeaient et s'envoyaient les premières rasades de la journée.

Antonio José Bolivar Proaño se tenait un peu à l'écart du groupe sans toucher au plat en fer-blanc.

Il avait déjeuné très tôt et savait qu'il n'est pas bon de chasser le ventre trop plein. Le chasseur doit toujours avoir un peu faim, car la faim avive les sens. Il aiguisait sa machette en crachant régulièrement sur la lame, puis fermait un œil pour vérifier la perfection du tranchant d'acier.

– Vous avez un plan ? demanda quelqu'un.
– On va d'abord chez Miranda. Après, on verra.

Le gros n'était évidemment pas un grand stratège. Après avoir ostensiblement vérifié que sa Smith & Wesson était chargée, il engloutit son corps dans un ciré bleu qui ne fit qu'en souligner les boursouflures.

Les quatre hommes ne risquèrent aucun commentaire. Ils prenaient seulement plaisir à le voir transpirer comme un robinet rouillé condamné à couler pour l'éternité.

« Tu vas voir, Limace. Tu vas voir comme tu vas être bien au chaud dans ton imperméable. Tes couilles vont bouillir, là-dedans. »

Sauf le maire, ils étaient tous pieds nus. Ils avaient doublé leurs chapeaux de paille de sacs en plastique, tandis que cigares, munitions et allumettes étaient à l'abri dans leurs gibecières de toile caoutchoutée. Ils portaient leurs fusils déchargés en bandoulière.

– Si je peux me permettre : les bottes en caoutchouc vont vous gêner pour marcher.

Le gros fit semblant de ne pas avoir entendu et donna le signal du départ.

Ils eurent bientôt laissé la dernière habitation d'El Idilio et pénétrèrent dans la forêt. Il y pleuvait moins, mais l'eau tombait en lourdes rigoles. La pluie était arrêtée par le toit végétal. Elle s'accumulait sur les feuilles et, quand les branches finissaient par céder sous son poids, l'eau se précipitait, chargée de toutes sortes de senteurs.

Ils allaient lentement à cause de la boue, des branches et des plantes qui envahissaient l'étroit sentier avec une vigueur nouvelle.

Ils s'étaient divisés pour progresser plus aisément.

Deux hommes ouvraient le chemin à coups de machette, suivis du maire haletant, aussi mouillé au-dedans qu'au-dehors, et les deux derniers fermaient la marche en coupant ce qui avait échappé aux premiers.

Antonio José Bolivar faisait partie de cette arrière-garde.

– Armez les fusils, ordonna le gros. Mieux vaut se tenir prêts.

– Pour quoi faire ? Les cartouches sont bien au sec dans les sacs.

– C'est moi qui commande, ici.

– À vos ordres, Excellence. C'est vrai que les cartouches sont à l'État.

Les hommes firent semblant de charger leurs fusils.

Au bout de cinq heures de marche, ils avaient parcouru un peu plus d'un kilomètre. À plusieurs reprises, ils avaient dû s'arrêter à cause des bottes du gros. Régulièrement, ses pieds s'enfonçaient dans la vase avec des bruits de succion, comme si elle allait avaler tout le corps obèse. Il se débattait tellement maladroitement qu'il ne parvenait qu'à s'enfoncer davantage. Les hommes le sortaient en le prenant sous les aisselles et, quelques pas plus loin, il se retrouvait dans la boue jusqu'aux genoux.

Soudain, il perdit une botte. Le pied libéré apparut, blanc et obscène, mais, pour garder son équilibre, il le plongea aussitôt dans le trou où la botte avait disparu.

Le vieux et son compagnon l'aidèrent à sortir de là.

– Ma botte. Trouvez-moi ma botte, ordonna le gros.

– On vous avait bien dit qu'elles allaient vous

gêner. Elle a disparu. Faites comme nous, marchez sur les branches mortes. Pieds nus c'est plus facile et on va plus vite.

Furieux, le maire se pencha et essaya de creuser la boue avec les mains. Tâche impossible. Il ne faisait que ramener des poignées de matière noire et dégoulinante sans parvenir à ouvrir un trou dans la surface lisse.

– À votre place, je ferais pas ça, dit un homme. On ne sait jamais quelles bestioles sont en train de dormir tranquillement là-dessous.

– C'est vrai, renchérit le vieux. Des scorpions, par exemple. Ils s'enterrent jusqu'à la fin des pluies et ils détestent qu'on les dérange. Ces putains d'animaux ont mauvais caractère.

Le maire, toujours courbé, lui jeta un regard haineux.

– Vous croyez que je vais gober vos conneries ? Vous voulez me faire peur avec vos histoires de bonnes femmes ?

– Non, Excellence. Attendez un peu.

Le vieux coupa une branche, en fendit une extrémité pour faire une fourche et la plongea à plusieurs reprises dans l'eau gargouillante. Puis il la retira, la nettoya précautionneusement avec sa machette et fit tomber sur le sol un scorpion adulte. L'insecte était couvert de vase, mais on voyait parfaitement sa queue venimeuse dressée.

– Vous voyez ? Suant et salé comme vous l'êtes, vous êtes une véritable invitation à souper pour ces bestioles.

Le maire ne répondit pas. Il fixait le scorpion qui essayait de replonger dans la paix de la vase. Il dégaina son revolver et déchargea les six balles sur l'insecte. Puis il ôta l'autre botte et la lança dans le feuillage.

Le gros enfin déchaussé, la marche devint un peu plus rapide, mais ils continuaient à perdre du temps dans les montées. Après avoir grimpé sans difficulté, il leur fallait s'arrêter pour regarder le maire à quatre pattes qui faisait deux pas et en glissait de quatre.

– Montez à reculons, Excellence, lui criaient-ils. Regardez-nous. Écartez bien les jambes avant de poser le pied. Vous ne les ouvrez pas plus haut que les genoux. Vous marchez comme une bonne sœur quand elle passe devant une caserne. Ouvrez-les bien et marchez à reculons.

Le gros, les yeux rouges de rage, essayait de monter à sa façon, mais son corps informe le trahissait toujours, et les hommes devaient former la chaîne pour le hisser à bout de bras.

Les descentes étaient rapides. Le maire les faisait assis, ou sur le dos, ou sur le ventre. Il arrivait toujours bon premier, couvert de boue et de débris de plantes.

Au milieu de l'après-midi, d'énormes nuages s'amassèrent de nouveau dans le ciel. Ils ne pouvaient pas les voir, mais ils les devinaient à l'obscurité qui rendait la forêt plus impénétrable encore.

– Impossible de continuer. On n'y voit plus rien, dit le maire.

– Voilà une parole raisonnable, répondit le vieux.

– Alors on s'arrête ici, ordonna le maire.

– Attendez-moi. Je vais chercher un endroit sûr. Je ne serai pas long. Fumez, comme ça je pourrai m'orienter en revenant.

Le vieux donna son fusil à un homme. Il disparut,

englouti par l'obscurité, et les autres restèrent à fumer leurs cigares en les protégeant de leurs mains.

Il trouva rapidement un terrain plat. Il fit quelques pas pour le mesurer et sonda la végétation avec sa machette. Soudain la machette rendit un son métallique et le vieux eut un soupir de satisfaction. Il rejoignit le groupe, guidé par l'odeur du tabac, et annonça qu'il avait trouvé un endroit où passer la nuit.

Le groupe arriva sur le terre-plein et deux hommes coupèrent des feuilles de bananier sauvage. Ils en tapissèrent le sol et s'assirent, satisfaits, pour boire un coup de Frontera bien mérité.

– Dommage qu'on ne puisse pas faire de feu, se plaignit le maire. On serait davantage en sécurité.

– C'est mieux comme ça, fit un homme.

– Je n'aime pas ça. Je n'aime pas l'obscurité. Même les sauvages font du feu pour se protéger, plaida le maire.

– Écoutez, Excellence, on est en lieu sûr. Supposons que la bête soit dans le coin : on ne peut pas la voir, mais elle non plus, elle ne peut pas nous voir. Si on fait du feu, ça lui permettra de nous voir, mais nous on ne la verra toujours pas, parce que les flammes nous éblouiront. Restez tranquille et tâchez de dormir. On a tous besoin d'un bon somme. Et surtout, il faut éviter de parler.

Les hommes approuvèrent ses paroles et, après s'être brièvement concertés, ils se distribuèrent les tours de garde. Le vieux prit le premier.

La fatigue de la marche eut vite raison des hommes. Ils dormaient en chien de fusil, les bras autour des jambes et le chapeau rabattu sur le visage. Le bruit de la pluie recouvrait celui de leur respiration tranquille.

Antonio José Bolivar était assis, adossé à un arbre et jambes croisées. Il caressait de temps en temps la lame de sa machette et suivait attentivement les rumeurs de la forêt. Des chocs répétés, le bruit d'une masse volumineuse frappant l'eau lui indiquèrent qu'ils étaient près d'un bras du fleuve ou d'un arroyo en crue. À la saison des pluies le déluge faisait tomber des branches les insectes par milliers, et les poissons faisaient bombance. Ils sautaient de joie, repus et satisfaits.

Il se souvint de la première fois qu'il avait vu un vrai poisson de fleuve. Il y avait longtemps de cela. Il était encore novice dans la forêt.

Un soir de chasse, il avait senti son corps tellement acide et puant à force de sueur qu'en arrivant au bord d'un arroyo il avait voulu piquer une tête. Par chance un Shuar l'avait vu à temps et lui avait lancé un cri d'avertissement.

– Ne fais pas ça. C'est dangereux.
– Les piranhas ?

Non, lui avait expliqué le Shuar : les piranhas vivent en eau calme et profonde, jamais dans les courants rapides. Ce sont des poissons lents et ils ne deviennent vifs que sous l'effet de la faim ou de l'odeur du sang. De fait, il n'avait jamais eu de problème avec les piranhas. Les Shuars lui avaient appris qu'il suffisait de s'enduire le corps de sève d'hévéa pour les tenir à distance. La sève d'hévéa pique, brûle comme si elle allait arracher la peau, mais la démangeaison s'en va dès que l'on est au contact de l'eau fraîche, et les piranhas s'enfuient quand ils sentent l'odeur.

– Pire que les piranhas, avait dit le Shuar, en désignant un point à la surface de l'arroyo. Il avait vu une tache sombre de plus d'un mètre de long qui glissait rapidement.

– Qu'est-ce que c'est ?

– *Bagre guacayamo.*

Un silure-perroquet. Un poisson énorme. Par la suite, il avait péché des spécimens qui atteignaient deux mètres et dépassaient soixante-dix kilos, et il avait aussi appris que cet animal n'est pas méchant, mais mortellement affectueux.

Quand il voit un être humain dans l'eau, il s'approche pour jouer avec lui et ses coups de queue sont capables de lui briser la colonne vertébrale.

Les chocs sourds dans l'eau continuaient. Peut-être s'agissait-il d'un silure-perroquet se gavant de termites, de hannetons, de phasmes, de sauterelles, de grillons, d'araignées ou de minces couleuvres volantes, arrachés par la pluie.

C'était, dans l'obscurité, le bruit de la vie. Comme disent les Shuars : le jour, il y a l'homme et la forêt. La nuit, l'homme est forêt.

Il l'écouta avec plaisir jusqu'à ce qu'il s'éteigne.

L'homme qui devait le relever se réveilla avant l'heure, s'étira en faisant craquer ses os et vint le rejoindre.

– J'ai assez dormi. Va prendre ma place. Je te l'ai chauffée.

– Je ne suis pas fatigué. Je préfère dormir quand il fera un peu plus clair.

– Il y avait quelque chose qui sautait dans l'eau, non ?

Le vieux allait lui parler des poissons, mais il fut interrompu par un bruit nouveau, venant des fourrés.

– Tu as entendu ?
– Chut. Parle plus bas.
– Qu'est-ce que c'est ?
– Je ne sais pas. Mais c'est sûrement sérieux. Réveille les autres sans faire de bruit.

L'homme n'eut pas le temps de se lever car ils furent tous deux éblouis par une lumière blanche, rendue plus aveuglante encore par sa réfraction dans l'humidité de la végétation.

C'était le maire qui s'approchait, alerté par le bruit, lanterne allumée.

– Éteignez ça, ordonna énergiquement le vieux sans hausser la voix.

– Pourquoi ? Il y a quelque chose, et je veux voir ce que c'est, répondit le gros, en envoyant le faisceau lumineux dans toutes les directions et en armant son revolver.

– Je vous dis d'éteindre cette saloperie. D'un coup de poing, le vieux envoya valser la lanterne.

– De quel droit...

Les paroles du gros se perdirent dans un bruyant battement d'ailes, et une cataracte fétide s'abattit sur le groupe.

– Félicitations. On n'a plus qu'à lever le camp en vitesse, si on ne veut pas que les fourmis viennent nous disputer la merde fraîche.

Le maire demeura interdit. Il tâtonna pour retrouver la lanterne et suivit comme il put le groupe qui abandonnait les lieux.

Les hommes maudissaient la stupidité du gros en maugréant des insultes inintelligibles.

Ils marchèrent jusqu'à une clairière où la pluie vint les frapper de plein fouet.

– Qu'est-ce qui s'est passé ? Qu'est-ce que c'était ? demanda le gros quand ils s'arrêtèrent.

– De la merde. Vous la sentez pas ?

– Je sais bien que c'est de la merde. On était sous une bande de singes ?

Une fragile lumière commençait à rendre visibles les silhouettes des hommes et les formes de la forêt.

– Si ça peut vous être utile, Excellence, quand on bivouaque dans la forêt, il faut se mettre près d'un tronc brûlé ou pétrifié. Les chauves-souris qui y nichent sont le meilleur signal d'alarme. En s'envolant dans la direction opposée au bruit, ces bestioles nous auraient montré d'où il venait. Mais vous leur avez fait peur avec votre lampe et vos cris, alors elles se sont envolées en nous chiant dessus. Elles sont très sensibles, comme tous les rongeurs, et, au moindre signe de danger, elles lâchent tout ce qu'elles ont dans le ventre pour s'alléger. Allez, frottez-vous bien le crâne, si vous ne voulez pas être bouffé par les moustiques.

Le maire imita les autres en nettoyant les excréments pestilentiels. Quand ils eurent terminé, il faisait assez jour pour se remettre en route.

Ils marchèrent pendant trois heures, toujours vers l'orient, franchissant des ruisseaux en crue, des ravins, des clairières qu'ils traversaient en tendant leur visage vers l'eau du ciel pour se rafraîchir, et ils firent halte au bord d'une lagune afin de manger quelque chose.

Ils ramassèrent des fruits et des crabes que le gros refusa de manger crus. Toujours enveloppé de son imperméable bleu, il grelottait de froid et continuait à se plaindre de ne pouvoir allumer un feu.

– On est tout près, dit un homme.

– Oui. Mais on va faire un détour pour arriver par-derrière. Ça serait plus facile d'y aller directement en longeant le fleuve, mais la bête est intelligente et elle peut nous réserver une surprise, expliqua le vieux.

Les hommes acquiescèrent et firent descendre leur nourriture avec quelques gorgées de Frontera.

En voyant le gros s'éloigner un peu et se cacher derrière un arbuste, ils se donnèrent des coups de coude.

– Sa Seigneurie ne veut pas nous montrer son cul.

– Il est tellement con qu'il va s'asseoir sur une fourmilière en la prenant pour un trône.

– Je parie qu'il va demander du papier pour s'essuyer, ajouta un autre au milieu des éclats de rire.

Ils riaient dans le dos de la Limace – comme ils ne manquaient jamais de l'appeler dès qu'il n'était pas là. Les rires furent coupés net par un cri de terreur suivi d'une série de coups de feu. Six à la file, vidant généreusement le revolver.

Le maire reparut en remontant son pantalon et en les appelant :

– Venez ! Venez ! Je l'ai vue. Elle était derrière moi et elle allait m'attaquer. Je l'ai touchée. Venez ! On va la chercher.

Ils armèrent leurs fusils et se lancèrent dans la direction indiquée par le gros. Ils suivirent une large traînée de sang qui redoubla l'euphorie du maire et arrivèrent devant un animal à long museau que secouaient les derniers spasmes de l'agonie. Le beau pelage jaune moucheté était souillé de sang et de boue. L'animal les regardait en ouvrant des yeux immenses, et une faible plainte sortait de son museau en trompette.

– C'est un ours à miel. Vous ne pouvez pas regarder, avant de tirer avec votre sale jouet ? Ça porte malheur, de tuer un ours à miel. Même le dernier des imbéciles sait ça. Il n'y a pas d'animal plus inoffensif dans toute la forêt.

Les hommes hochaient la tête, émus par la malchance de la pauvre bête, tandis que le maire rechargeait son arme sans rien trouver pour sa défense.

Midi était passé quand ils virent la réclame déteinte d'Alkaseltzer qui indiquait le comptoir de Miranda. C'était un rectangle de laiton bleu aux lettres presque illisibles que le propriétaire avait cloué très haut sur l'arbre voisin de sa cabane.

Ils trouvèrent le colon à quelques mètres de la porte. Il avait le dos ouvert par deux coups de griffes qui allaient des omoplates à la ceinture. Le cou atrocement déchiqueté laissait voir les vertèbres cervicales.

Le mort était à plat ventre et tenait encore sa machette.

Les hommes le traînèrent dans le poste, sans se soucier des prouesses techniques des fourmis qui avaient construit en une nuit un pont de feuilles et de branches pour exploiter le cadavre à leur aise. À l'intérieur, une lampe à carbure brûlait faiblement et cela puait la graisse brûlée.

En s'approchant du réchaud à kérosène, ils découvrirent la source de l'odeur. L'appareil était encore tiède. Il ne restait plus une goutte de combustible et la mèche était consumée. Une poêle contenait les restes de deux queues d'iguane carbonisées.

Le maire contemplait le cadavre.

– Je ne comprends pas. Miranda était un vétéran, il n'avait rien d'un trouillard, et on dirait qu'il était tellement paniqué qu'il n'a même pas pensé à éteindre son réchaud. Pourquoi ne pas s'enfermer, en attendant l'ocelot ? Son fusil est resté accroché. Pourquoi ne pas s'en servir ?

Les autres se posaient les mêmes questions.

Le maire enleva son ciré et une cascade de sueur dégoulina jusqu'à ses pieds. Tout en continuant à regarder le mort, ils fumèrent, ils burent, l'un d'eux répara le réchaud et, avec l'autorisation du maire, ils ouvrirent des boîtes de sardines.

– C'était pas un mauvais bougre, dit un homme.

– Depuis que sa femme l'a quitté, il vivait plus seul qu'un bâton d'aveugle, ajouta un autre.

– Il avait de la famille ? demanda le maire.

– Non. Il est arrivé avec son frère, qui est mort de la malaria il y a longtemps. Sa femme est partie avec un photographe ambulant et on dit qu'elle vit à Zamora. Peut-être que le patron du bateau saura où elle est.

– Je suppose que son comptoir lui rapportait quelque chose. Vous savez ce qu'il faisait de son argent ? questionna encore le gros.

– Son argent ? Il le jouait aux cartes et il gardait tout juste de quoi réapprovisionner son stock. C'est comme ça, ici, au cas où vous ne seriez pas au courant. C'est la forêt qui nous entre dans les tripes. Si on n'a pas un point fixe pour s'y accrocher, on n'en finit plus de tourner en rond.

Les hommes approuvèrent avec une sorte d'orgueil pervers. Là-dessus, le vieux entra.

– Il y a un autre cadavre dehors.

Ils sortirent précipitamment et, trempés par la pluie, ils découvrirent le second mort. Il était étendu, pantalon baissé. Ses épaules avaient été labourées par les griffes et sa gorge ouverte offrait un spectacle qui commençait à leur être familier. La machette plantée en terre disait qu'il n'avait pas eu le temps de s'en servir.

– Je crois que j'ai compris, dit le vieux.

Ils entouraient le corps et suivaient, dans le regard du maire, les efforts qu'il faisait pour trouver, lui aussi, une explication.

– Le mort, c'est Placencio Puñán, un type qui ne se montrait pas beaucoup, et ils allaient probablement manger ensemble. Vous avez vu les queues d'iguane brûlées ? C'est Placencio qui les a apportées. On ne trouve pas ces bêtes-là dans le coin et il a dû les chasser à plusieurs journées de marche dans la jungle. Vous ne le connaissiez pas. C'était un prospecteur. Il ne cherchait pas de l'or comme cette bande de dingues, il était convaincu que très loin, dans l'intérieur, on peut trouver des émeraudes. Je me rappelle, il parlait de la Colombie et de pierres vertes grosses comme le poing. Pauvre type. Il a dû avoir envie de se vider les intestins et il est sorti. C'est comme ça que la bête l'a surpris. Accroupi et cramponné à sa machette. Elle a attaqué de face, elle lui a planté ses griffes dans les épaules et ses crocs dans la gorge. Miranda a dû entendre les cris et arriver juste à temps pour assister au pire, alors il n'a pensé qu'à seller sa mule et à s'enfuir. On a vu qu'il n'est pas allé loin.

Un homme retourna le cadavre. Son dos portait des traces d'excréments.

– Encore heureux qu'il a eu le temps de chier, dit l'homme, et ils laissèrent le cadavre à plat ventre pour que la pluie implacable lave les vestiges de son ultime acte en ce monde.

8

Ils passèrent le reste de la journée à s'occuper des morts.

Ils les enveloppèrent dans le hamac de Miranda, face à face, pour leur éviter d'entrer dans l'éternité comme des étrangers solitaires, puis ils cousirent ce suaire improvisé et attachèrent de grosses pierres aux quatre coins.

Ils traînèrent leur fardeau jusqu'à un marécage proche, le soulevèrent, le balancèrent pour lui donner l'élan nécessaire et le lancèrent dans les joncs et les roses des marais. Le paquet s'enfonça en faisant de lourdes bulles et en entraînant des végétaux et des crapauds surpris.

Ils revinrent au comptoir alors que l'obscurité prenait possession de la forêt et le gros distribua les tours de garde.

Il désigna deux hommes pour veiller pendant quatre heures, relevés ensuite par les deux autres. Quant à lui, il dormirait sans interruption jusqu'au matin.

Avant de se coucher, ils firent cuire du riz aux bananes et, le repas terminé, Antonio José Bolivar nettoya son dentier pour le ranger dans son mouchoir.

Ses compagnons le virent hésiter un moment et, à leur surprise, le remettre.

Comme il était du premier quart, le vieux s'appropria la lampe à carbure.

Perplexe, son coéquipier le regardait parcourir avec sa loupe les signes réguliers du livre.

– C'est vrai que tu sais lire, camarade ?
– Un peu.
– Et tu lis quoi ?
– Un roman. Mais tais-toi. Quand tu parles, tu fais bouger la flamme et moi je vois bouger les lettres.

L'autre s'éloigna pour ne pas le gêner, mais l'attention que le vieux portait au livre était telle qu'il ne supporta pas de rester à l'écart.

– De quoi ça parle ?
– De l'amour.

À cette réponse du vieux, il se rapprocha, très intéressé.

– Sans blague ? Avec des bonnes femmes riches, chaudes et tout ?

Le vieux ferma le livre d'un coup sec qui fit trembler la flamme de la lampe.

– Non. Ça parle de l'autre amour. Celui qui fait souffrir.

L'homme se sentit déçu. Il courba les épaules et s'éloigna de nouveau. Avec ostentation, il but une longue gorgée, alluma un cigare et se mit à affûter sa machette.

Il passait la pierre, crachait sur le métal, la repassait, puis éprouvait le tranchant du doigt.

Le vieux s'était replongé dans son livre, sans se laisser distraire par le bruit âpre de la pierre sur l'acier, en marmottant comme s'il priait.

– Allez, lis un peu plus fort.
– Sérieusement ? Ça t'intéresse ?
– Bien sûr que oui. J'ai été une fois au cinéma, à Loja, et j'ai vu un film mexicain, un film d'amour. Comment t'expliquer, camarade ? Qu'est-ce que j'ai pu pleurer.
– Alors il faut que je te lise depuis le début, comme ça tu sauras qui sont les bons et les méchants.

Antonio José Bolivar retourna à la première page. À force de la relire, il la savait par cœur.

« Paul lui donna un baiser ardent, pendant que le gondolier complice des aventures de son ami faisait semblant de regarder ailleurs et que la gondole, garnie de coussins moelleux, glissait paisiblement sur les canaux vénitiens. »

– Pas si vite, camarade, dit une voix.

Le vieux leva les yeux. Les trois hommes l'entouraient. Le maire était allongé un peu plus loin, sur un matelas de sacs.

– Il y a des mots que je ne comprends pas, expliqua celui qui venait de parler.

– Tu les comprends tous, toi ? demanda un autre.

Le vieux entreprit d'expliquer à sa manière les mots inconnus.

Gondolier, gondole, puis baiser ardent, parurent un peu plus clairs au bout de deux heures d'un échange d'opinions entrecoupées d'anecdotes piquantes. Mais le mystère de la ville où les gens devaient se servir de bateaux pour se déplacer demeurait inexplicable.

– Peut-être qu'il pleut tout le temps.
– Ou alors que les rivières sont en crue.
– Ils doivent être encore plus mouillés que nous.
– Vous vous rendez compte. On se tape son Fron-

tera, on a besoin de sortir pour pisser, et qu'est-ce qu'on voit ? Les voisins qui vous regardent avec des gueules de poisson.

Les hommes riaient, fumaient et buvaient. Le maire s'agita dans son lit.

– Pour votre gouverne, Venise est une ville construite sur une lagune. Et elle se trouve en Italie, beugla-t-il de son lit.

– Ça alors ! Et les maisons flottent comme des radeaux, renchérit quelqu'un.

– Si c'est comme ça, pourquoi des bateaux ? Ils ont qu'à se servir de leurs maisons pour naviguer, fit remarquer un autre.

– Ce que vous pouvez être cons ! Ce sont des maisons en dur. Il y a même des palais, des cathédrales, des châteaux, des ponts, des rues pour les gens. Tous les immeubles ont des fondations en pierre, déclara le maire.

– Et comment vous le savez ? Vous y êtes allé ? demanda le vieux.

– Non. Mais moi j'ai de l'instruction. C'est même pour ça que je suis maire.

Les explications du gros compliquaient les choses.

– Si je vous comprends bien, Excellence, ces gens-là ont des pierres qui flottent, comme les pierres ponces, mais même comme ça, même si on construit une maison en pierre ponce, elle ne flotte pas, ça j'en suis sûr. Ils mettent certainement des planches dessous.

Le maire se prit la tête à deux mains.

– Mais vous êtes vraiment plus cons que nature ! Pensez ce que vous voudrez. La forêt vous a rendus complètement idiots. Le bon Dieu lui-même ne peut rien à votre connerie. Et puis autre chose : vous allez arrêter de m'appeler Excellence. Depuis que vous avez entendu le dentiste, vous n'avez plus que ce mot-là à la bouche.

– Et comment vous voulez qu'on vous appelle ? On dit Votre Honneur au juge, Monseigneur au curé. Vous, c'est pareil, il faut bien qu'on vous donne un nom, Excellence.

Le gros voulut ajouter quelque chose, mais un geste du vieux l'arrêta. Les hommes comprirent, empoignèrent leur arme, éteignirent les lampes et attendirent.

De l'extérieur vint le bruit ténu d'un corps se déplaçant avec précaution. Les pas étaient imperceptibles, mais ce corps frôlait les arbustes et les plantes. L'eau s'arrêtait de couler sur son passage pour reprendre ensuite son ruissellement plus fort.

Le corps en mouvement décrivait un demi-cercle autour de la cabane. Le maire s'approcha du vieux à quatre pattes.

– C'est la bête ?
– Oui. Et elle nous a sentis.

Le gros se redressa brusquement. Malgré l'obscurité, il trouva la porte et vida son revolver à l'aveuglette contre la jungle.

Les hommes allumèrent la lampe. Ils hochaient la tête sans faire de commentaires et regardaient le maire recharger son arme.

– C'est de votre faute si je l'ai manquée. Vous passez la nuit à déconner comme des pédés au lieu de monter la garde.

– On voit que vous avez de l'instruction, Excellence. La bête n'avait aucune chance. Il fallait la laisser tourner jusqu'à ce qu'on arrive à calculer à quelle distance elle était. Deux passages encore, et on l'avait à portée.

– Bien sûr. Vous savez toujours tout. Je l'ai peut-être touchée, se justifia le gros.

– Allez voir, si vous y tenez. Et si un moustique vous attaque, ne lui tirez pas dessus, ça troublera notre sommeil.

Au petit matin, ils profitèrent de la lumière blafarde qui filtrait par le toit de la forêt pour inspecter les environs. La pluie n'avait pas effacé les traces laissées par l'animal en écrasant les plantes. On ne voyait pas de sang sur le feuillage et la piste se perdait dans les profondeurs de la jungle.

Ils retournèrent à la cabane et burent du café noir.

– Ce que j'aime le moins, dit le maire, c'est que cette bête rôde à moins de cinq kilomètres d'El Idilio. Combien de temps peut mettre un ocelot pour faire le trajet ?

– Moins que nous. Il a quatre pattes, il sait sauter par-dessus les mares et il a pas de bottes, répondit le vieux.

Le maire comprit qu'il s'était suffisamment discrédité auprès de ces hommes. Rester plus longtemps avec ce vieux de plus en plus sarcastique ne ferait qu'augmenter sa réputation d'inutile et peut-être de lâche.

Il trouva une échappatoire qui avait une apparence de logique tout en couvrant ses arrières.

– Écoute, Antonio José Bolivar, on va faire un pacte. Tu es un vétéran de la jungle. Tu la connais mieux que toi-même. Nous ne faisons que te gêner. Suis sa piste et tue-la. L'État te paiera cinq mille sucres. Tu restes ici et tu fais comme tu veux. Nous, pendant ce temps, on rentre protéger le village. Cinq mille sucres. Qu'est-ce que tu en dis ?

Le vieux écouta la proposition du gros sans broncher.

En réalité la seule chose raisonnable à faire, c'était de rentrer à El Idilio. En poursuivant sa chasse à l'homme, l'animal ne tarderait pas à se diriger vers le village et là, il serait facile de lui tendre un piège. La femelle chercherait nécessairement de nouvelles victimes, et il était stupide de prétendre lui disputer son propre territoire.

Le maire voulait se débarrasser de lui. Ses reparties avaient blessé ses principes d'animal autoritaire et il avait trouvé une formule élégante pour ne plus l'avoir sur le dos.

Le vieux ne se souciait pas outre mesure de ce que pouvait penser le gros couvert de sueur. La récompense ne l'intéressait pas beaucoup non plus. Il avait d'autres soucis en tête.

Quelque chose lui disait que la bête n'était pas loin. Peut-être même qu'en ce moment précis elle était en train de les observer. En outre, depuis quelque temps, il se demandait pourquoi toutes ces victimes le laissaient indifférent. C'était probablement sa vie passée chez les Shuars qui lui faisait voir ces morts comme un acte de justice. Un acte sanglant, mais inéluctable, œil pour œil.

Ce fauve, le gringo lui avait assassiné ses petits et peut-être aussi son mâle. D'un autre côté, sa conduite laissait penser qu'en s'approchant dangereusement des hommes comme elle l'avait fait la nuit précédente et, avant, pour tuer Placencio et Miranda, elle cherchait la mort.

Une volonté inconnue lui dictait que la tuer était un acte de pitié inéluctable, mais qui n'avait rien à voir avec la pitié de ceux qui pardonnent comme on fait une aumône. La femelle cherchait une occasion de mourir dans un combat à découvert, dans un duel que ni le maire ni aucun de ses hommes ne pouvaient comprendre.

– Qu'est-ce que tu en dis, vieux ? répéta le maire.

– C'est d'accord. Mais laissez-moi des cigares, des allumettes et des cartouches supplémentaires.

Le maire eut un soupir de soulagement et lui donna ce qu'il demandait.

Le groupe eut vite fait de régler les détails du retour. Ils se dirent adieu, et Antonio José Bolivar s'occupa de bien fermer la porte et la fenêtre de la cabane.

L'obscurité vint dès le milieu de l'après-midi, et le vieux reprit sa lecture et son attente sous la lumière taciturne de la lampe, entouré du ruissellement de l'eau à travers le feuillage.

Il avait recommencé à la première page.

Il était mécontent de ne pas arriver à comprendre l'intrigue. Il faisait défiler les phrases qu'il savait par cœur et elles sortaient de sa bouche dénuées de sens. Ses pensées voyageaient dans toutes les directions à la recherche d'un point quelconque sur lequel se fixer.

– Peut-être que j'ai peur.

Il pensa au proverbe shuar qui conseillait de se cacher de la peur et il éteignit la lampe. Il s'allongea sur les sacs, dans le noir, son fusil armé sur la poitrine, et laissa toutes ses pensées s'apaiser comme les cailloux quand ils touchent le fond du fleuve.

Voyons, Antonio José Bolivar. Qu'est-ce qui t'arrive ?

Ce n'est pas la première fois que tu affrontes un fauve pris de folie. Qu'est-ce qui te rend si impatient ? L'attente ? Tu préférerais qu'il apparaisse tout de suite, qu'il défonce la porte et que le dénouement soit rapide ? Tu sais bien que c'est impossible. Tu sais qu'aucun animal n'est assez stupide pour attaquer une tanière étrangère. Et pourquoi es-tu si sûr que c'est toi, précisément, que va chercher la bête ? Tu ne penses pas qu'avec toute l'intelligence dont elle a déjà fait preuve, elle va plutôt choisir le groupe d'hommes ? Elle peut les suivre et les éliminer un par un avant qu'ils n'arrivent à El Idilio. Tu sais qu'elle en est capable et tu aurais dû les avertir, leur dire : « Ne vous quittez pas d'un mètre. Restez éveillés, bivouaquez sans dormir et toujours sur la berge du fleuve. » Tu sais que, même comme ça, il serait facile au fauve de les guetter, de leur sauter dessus, d'en égorger un, et, avant que les autres ne soient remis de leur panique, de se cacher pour préparer l'attaque suivante. Tu crois peut-être que l'ocelote te considère comme son égal ? Ne sois pas vaniteux, Antonio José Bolivar. Souviens-toi que tu n'es pas un chasseur, que tu as toi-même toujours refusé ce qualificatif, et que les félins suivent les véritables, les authentiques chasseurs à l'odeur de peur et de sexe en érection qui émane d'eux. Non, tu n'es pas un vrai chasseur. Souvent les habitants d'El Idilio parlent de toi en t'appelant le Chasseur, et tu leur dis que ce n'est pas vrai, parce que les chasseurs tuent pour vaincre la peur qui les rend fous et les pourrit de l'intérieur. Combien de fois tu as vu apparaître des bandes d'individus enfiévrés, bien armés, qui s'enfonçaient dans la forêt. Quelques semaines plus tard tu les voyais revenir avec des ballots de peaux de fourmiliers, de loutres, d'ours à miel, de boas, de lézards, de petits chats sauvages, mais jamais avec la dépouille d'un véritable adversaire comme la femelle que tu attends. Tu les as vus se saouler devant leurs tas de peaux pour dissimuler la peur que leur inspirait la certitude d'avoir été vus, sentis et méprisés par un ennemi digne de ce nom dans les profondeurs de la forêt. C'est vrai que les chasseurs se font moins nombreux, parce que les animaux se sont enfoncés vers l'orient en franchissant des montagnes impraticables, loin, si loin que le dernier anaconda aperçu habite en territoire brésilien. Et pourtant tu as vu et tu as chassé des anacondas non loin d'ici.

La première de ces chasses a été un acte de justice, ou de vengeance. Tu as beau retourner la chose dans tous les sens, tu n'arrives pas à faire la différence. Le reptile avait surpris le fils d'un colon pendant qu'il se baignait. Tu aimais l'enfant. Il n'avait pas douze ans et l'anaconda l'a laissé flasque comme une outre. Tu te souviens ? Tu as suivi la piste en pirogue et tu as trouvé la plage où il prenait le soleil. Alors tu as disposé des loutres mortes en appât et tu as attendu. En ce temps-là tu étais jeune, agile, et tu savais que cette agilité constituait ta seule chance de ne pas être transformé en nouveau festin du dieu des eaux. Un beau saut. La machette à la main. Un seul coup net. La tête du serpent tombant sur le sable et, avant qu'il ait le temps de te toucher, toi bondissant à l'abri des fourrés, évitant les soubresauts du corps puissant. Onze ou douze mètres de haine. Onze ou douze mètres de peau olive foncée avec des cercles noirs, tentant encore de tuer alors qu'il était déjà mort.

La seconde chasse a été pour témoigner ta gratitude au sorcier shuar qui t'avait sauvé la vie. Tu te souviens ? Tu as refait le coup de laisser de la viande sur la plage et tu as attendu, perché sur un arbre, de le voir sortir du fleuve. Cette fois, c'était sans haine. Tu l'as regardé avaler les rongeurs et tu as préparé ton dard, tu as emmailloté de toiles d'araignées la pointe acérée, tu l'as enduit de curare, tu l'as introduit dans la sarbacane, et tu as visé en cherchant la base du crâne.

Le reptile a reçu le dard, il s'est dressé presque aux trois quarts et, de l'arbre où tu te cachais, tu as vu le regard de ses yeux jaunes, de ses pupilles verticales, qui te cherchait et qui n'a pas eu le temps de t'atteindre parce que le curare agit très vite.

Puis il y a eu la cérémonie de l'écorchement, il a fallu faire quinze, vingt pas en ouvrant à la machette l'animal dont la chair rose et froide s'imprégnait de sable.

Tu te souviens ? Quand tu leur as donné la peau, les Shuars t'ont dit que tu n'étais pas des leurs mais que tu étais d'ici.

Et les ocelots non plus ne te sont pas étrangers, sauf que tu n'as jamais tué un petit, pas plus celui d'un ocelot que celui d'une autre espèce. Seulement des animaux adultes, comme le veut la loi shuar. Tu sais que les ocelots sont des animaux étranges, au comportement imprévisible. Ils n'ont pas la force des jaguars, mais ils font preuve d'une intelligence raffinée.

« Si la piste est trop facile et que tu crois tenir l'ocelot, c'est qu'il est derrière toi, les yeux fixés sur ta nuque », disent les Shuars, et c'est vrai.

Une fois, à la demande des colons, tu as pu mesurer la ruse du grand chat moucheté. Un très gros spécimen faisait un carnage de vaches et de mules et ils t'ont demandé ton aide. La traque a été difficile. D'abord l'animal s'est laissé suivre en te guidant jusqu'aux contreforts de la cordillère du Condor, terre de végétation basse, idéale pour les embuscades au ras du sol. Quand tu as compris le piège, tu as essayé de retourner dans la forêt profonde, mais l'ocelot te coupait le chemin en se montrant, sans jamais te laisser le temps de le viser. Tu as tiré deux ou trois fois sans l'atteindre, et tu as fini par réaliser que le félin voulait te fatiguer avant l'assaut final. Il t'a fait comprendre qu'il savait attendre et qu'il savait peut-être, aussi, que tu n'avais plus beaucoup de munitions.

Cette lutte-là a été digne. Tu te souviens ? Tu attendais sans bouger un muscle, en te donnant de temps en temps des gifles pour écarter le sommeil. Trois jours d'attente, jusqu'à ce que l'ocelot se sente suffisamment sûr de lui pour se lancer à l'attaque. Un bon truc, celui d'attendre allongé par terre, le fusil armé.

Pourquoi tous ces souvenirs ? Parce que cette femelle occupe toutes tes pensées ? Ou parce que, peut-être, vous savez tous les deux que vous êtes pareils ? Après quatre assassinats, elle en connaît autant sur les hommes que toi sur les ocelots. Ou peut-être que tu en connais moins qu'elle. Les Shuars ne chassent pas l'ocelot. La viande n'est pas comestible et la peau d'une seule bête suffit pour faire des parures qui durent des générations. Les Shuars : est-ce que tu aimerais en avoir un avec toi ? Oui, bien sûr, Nushiño, ton ami.

– Frère, tu suis la piste ?

Le Shuar refusera. En crachant beaucoup, pour que tu saches bien qu'il dit la vérité, il te dira que ça ne l'intéresse pas. Ce n'est pas son affaire. Tu es le chasseur des Blancs, tu as un fusil, tu violes la mort en l'entourant de douleur. Ton ami Nushiño te dira que les seuls animaux que les Shuars tuent pour tuer sont les paresseux.

– Et pourquoi, frère ? Les paresseux passent leur temps à dormir accrochés aux arbres.

Avant de te répondre, ton ami Nushiño lâchera un pet sonore pour être sûr qu'aucun paresseux ne l'écoute et il te dira que, il y a de cela bien longtemps, un chef shuar est devenu méchant et sanguinaire. Il tuait les bons Shuars sans raison, et les anciens ont décidé sa mort. Quand il s'est vu menacé, Tñaupi le chef sanguinaire a pris la fuite en se transformant en paresseux et ceux-ci, comme les singes, se ressemblant tous, on ne peut pas savoir dans lequel se cache le Shuar condamné. Voilà pourquoi il faut tuer tous les paresseux.

– Ça s'est passé comme ça, dira l'ami Nushiño en crachant une dernière fois avant de s'en aller, parce que les Shuars s'en vont toujours quand ils ont fini de raconter une histoire, évitant les questions génératrices de mensonges.

D'où te viennent toutes ces pensées ? Allons, Antonio José Bolivar. Allons, vieux. Sous quelles plantes sont-elles à l'affût ? Est-ce que la peur t'a trouvé, est-ce que tu ne peux plus rien faire pour t'en cacher ? Si c'est ça, alors les yeux de la peur peuvent te voir, comme tu vois les lueurs de l'aube entrer par les fentes entre les bambous.

Il but plusieurs pots de café noir, puis commença ses préparatifs. Il fit fondre des chandelles et plongea ses cartouches dans le suif. Ensuite il les égoutta jusqu'à ce qu'elles ne soient plus recouvertes que d'une fine pellicule. De cette manière, même si elles tombaient dans l'eau, elles demeureraient au sec.

Il s'appliqua le reste du suif sur le front en couvrant plus particulièrement les sourcils de façon à former comme une visière. Ainsi, au cas où il aurait à affronter l'animal dans une clairière, sa vue serait protégée de la pluie.

Enfin, après avoir vérifié le tranchant de sa machette, il sortit dans la forêt pour repérer une piste.

Il traça d'abord un rayon de deux cents pas à partir de la cabane en direction de l'orient, en suivant les marques trouvées la veille.

Arrivé à l'extrémité du rayon, il décrivit un arc de cercle en direction du sud-ouest.

Il découvrit des plantes écrasées, tiges enterrées dans la boue. C'était là que l'animal s'était tapi avant de marcher vers la cabane, et ces îlots de végétaux blessés se répétaient à distance régulière pour disparaître enfin sur une pente de la montagne.

Il négligea ces traces anciennes et continua sa recherche.

Sous les grandes feuilles d'un bananier sauvage, il trouva les empreintes bien marquées des pattes de l'animal. Elles étaient grandes, presque de la taille d'un poing d'homme adulte et, à côté de ces traces de pas, il releva d'autres détails qui lui parlèrent du comportement de l'animal.

La femelle ne chassait pas. Les tiges brisées autour des empreintes de pattes étaient contraires à la manière de chasser de n'importe quel félin. La femelle agitait la queue, frénétique jusqu'à l'imprudence, excitée par le voisinage de ses victimes. Non, elle ne chassait pas. Elle se déplaçait avec la certitude d'avoir affaire à une espèce inférieure.

Il l'imagina à cette même place, amaigrie, haletante, angoissée, yeux fixes, regard pétrifié, tous muscles bandés, et la queue battant avec sensualité.

– Bien, ma bête, maintenant je sais comment tu te déplaces. Reste à savoir où tu es.

Il avait parlé à la forêt et seule la pluie lui répondit.

Augmentant son rayon d'action, il s'éloigna de la cabane pour atteindre une légère élévation de terrain qui lui permettait, malgré la pluie, d'avoir un bon point de vue sur tout l'espace qu'il avait parcouru. Au-delà, la végétation redevenait basse et épaisse, en contraste avec la zone des grands arbres qui le protégeait d'une attaque au ras du sol. Il décida d'abandonner cette petite hauteur et de marcher en ligne droite vers l'ouest, vers le Yacuambi qui coulait à peu de distance.

Un peu avant midi la pluie s'arrêta et cela l'alarma. Il fallait que la pluie continue, sinon l'évaporation commencerait et la forêt disparaîtrait dans un brouillard épais qui l'empêcherait de respirer et d'y voir à plus d'un pas.

Soudain des millions d'aiguilles argentées trouèrent le toit de la forêt en éclairant intensément les points où elles tombaient. Il se trouvait juste sous une éclaircie dans les nuages, pris dans les reflets des rayons du soleil qui frappaient la végétation humide. Il se frotta les yeux en jurant et, environné de cent arcs-en-ciel éphémères, se hâta de s'éloigner avant que ne commence l'évaporation redoutée.

C'est alors qu'il la vit.

Alerté par un bruit d'eau tombant à l'improviste, il se retourna et put la voir qui se déplaçait vers le sud, à une cinquantaine de mètres.

Elle se déplaçait avec lenteur, la gueule ouverte et la queue fouettant ses flancs. Il calcula qu'elle mesurait bien deux mètres de la tête à la queue et que, dressée sur ses pattes de derrière, elle dépassait la taille d'un chien de berger.

L'animal disparut derrière un arbuste et réapparut presque immédiatement. Cette fois il se dirigeait vers le nord.

– Je connais le truc. Si tu veux qu'on règle ça ici, d'accord, je reste. Dans le nuage de vapeur, toi non plus tu n'y verras rien, lui cria-t-il, et il se mit en garde, en s'adossant à un arbre.

L'arrêt de la pluie provoqua immédiatement l'arrivée des moustiques. Ils attaquèrent en cherchant les lèvres, les paupières, le moindre coin de peau sensible. Minuscules, ils entraient dans les narines, les oreilles, se prenaient dans les cheveux. En hâte, il mit un cigare dans sa bouche, le mâcha, en fit une bouillie et appliqua cette pâte pleine de salive sur son visage et ses bras.

Par chance l'éclaircie dura peu et la pluie reprit, plus intense. Avec elle revint le calme, et l'on n'entendit plus que le bruit de l'eau pénétrant dans le feuillage.

La femelle se montra à plusieurs reprises, se déplaçant toujours sur une trajectoire nord-sud.

Le vieux continuait à l'étudier. Il suivait les mouvements de l'animal pour découvrir le point, dans les fourrés, où il faisait demi-tour vers le nord pour le provoquer de nouveau.

– Je suis là. C'est moi, Antonio José Bolivar Proaño, et de la patience, j'en ai à revendre. Tu es un animal étonnant, ça ne fait aucun doute. Je me demande si ta conduite est intelligente ou désespérée. Pourquoi tu ne me tournes pas autour, pourquoi tu ne fais pas semblant de m'attaquer ? Pourquoi tu ne pars pas vers l'orient pour m'entraîner à ta suite ? Tu vas du nord au sud, tu tournes à l'ouest, et tu refais le même trajet dans l'autre sens. Tu me prends pour un con ? Tu me coupes le chemin du fleuve. C'est ça, ton plan. Tu veux me voir fuir à l'intérieur de la forêt et m'y poursuivre. Je ne suis pas si con, mon amie. Et toi tu n'es pas aussi intelligente que je le croyais.

Il la regardait se déplacer et fut plusieurs fois sur le point de tirer. Mais il ne le fit pas. Il savait que son tir devait être sûr et définitif. S'il la blessait seulement, la femelle ne lui laisserait pas le temps de recharger son arme. Or un défaut des percuteurs faisait partir les deux coups à la fois.

Les heures passèrent et, quand la lumière diminua, il sut que le jeu de l'animal ne consistait pas à le pousser vers l'orient. Elle le voulait ici, en cet endroit, et elle attendait l'obscurité pour l'attaquer.

Le vieux calcula qu'il disposait encore d'une heure de lumière, et il devait profiter de ce délai pour gagner la berge de la rivière et y chercher un lieu sûr.

Il attendit le moment où, parvenue à l'extrémité sud de son parcours, la femelle effectuait sa volte-face, pour se lancer en courant dans la direction de la rivière.

Il arriva sur un terrain anciennement défriché qui

lui permit de prendre de la vitesse et le traversa, fusil serré sur la poitrine. Avec un peu de chance, il pouvait atteindre la rivière avant que la femelle ne découvre sa tentative d'évasion. Il savait qu'il n'était pas loin d'un camp de chercheurs d'or abandonné où il pourrait se réfugier.

Il se réjouit en entendant la rivière en crue. Elle était tout près. Il ne lui restait plus qu'à descendre une pente d'une quinzaine de mètres couverte de fougères pour atteindre la berge, quand l'animal attaqua.

La femelle, lorsqu'elle avait découvert sa fuite, avait dû se mouvoir tellement vite et tellement silencieusement qu'elle avait réussi à courir parallèlement à lui sans qu'il s'en aperçoive, jusqu'à se retrouver à sa hauteur.

Il reçut le choc des pattes de devant et roula le long de la pente en tournoyant sur lui-même.

Nauséeux, il se releva en brandissant sa machette à deux mains, et attendit le combat final.

Au-dessus de lui, la femelle agitait frénétiquement la queue. Ses petites oreilles vibraient, captant tous les bruits de la forêt, mais elle n'attaquait pas.

Surpris, le vieux bougea doucement pour récupérer son fusil.

– Pourquoi tu n'attaques pas ? C'est quoi, ce jeu ?

Il arma les percuteurs et visa. À cette distance, il ne pouvait la rater.

Là-haut, la bête ne le quittait pas des yeux. Soudain, elle poussa un rugissement triste et fatigué, et se dressa sur ses pattes.

La réponse affaiblie du mâle se fit entendre, tout près, et le vieux n'eut pas de mal à le repérer.

Plus petit que la femelle, il était étendu à l'abri d'un

tronc d'arbre mort. Sa peau collait aux os et un coup de feu lui avait presque arraché une cuisse. Il respirait à peine et l'on voyait que son agonie était très douloureuse.

– C'est ça que tu voulais ? Que je lui donne le coup de grâce ? cria le vieux, et la femelle disparut dans la végétation.

Il s'approcha du mâle blessé et lui caressa la tête. L'animal souleva lourdement une paupière. En examinant plus attentivement la blessure le vieux vit que les fourmis avaient commencé à le dévorer.

Il posa les deux canons du fusil sur le poitrail de l'animal.

– Excuse-moi, camarade. Cette ordure de gringo nous a tous gâché la vie. Et il tira.

Il ne voyait pas la femelle mais il la devinait au-dessus de lui, cachée, secouée par des sanglots presque humains.

Il rechargea son arme et marcha sans précautions jusqu'au rivage tant désiré. Il n'avait pas fait cent mètres qu'il put voir la femelle qui descendait rejoindre le mâle mort.

Quand il parvint au poste abandonné des chercheurs d'or, la nuit était presque tombée et il découvrit que les pluies avaient emporté la construction en bambou. Il jeta un rapide coup d'œil autour de lui et fut content de trouver une pirogue délabrée retournée sur la plage.

Il trouva également un sac contenant des tranches de bananes séchées, s'en remplit les poches et se glissa sous le ventre de la pirogue. Il soupira d'aise en s'allongeant sur le dos, en sécurité.

– On a eu de la chance, Antonio José Bolivar. Tu

aurais pu te casser plusieurs os, en tombant. Oui, une vraie chance, ce matelas de fougères.

Il disposa le fusil et la machette à portée de main. Le ventre de la pirogue ménageait une hauteur suffisante pour qu'il puisse s'accroupir au cas où il aurait besoin d'avancer ou de reculer. La pirogue mesurait environ neuf mètres de long et montrait des déchirures dues aux pierres acérées des rapides.

Ainsi installé, il mangea une poignée de bananes séchées, alluma un cigare et fuma avec délices. Il était très fatigué et ne tarda pas à s'endormir.

Il fit un rêve étrange. Il se voyait, le corps peint aux couleurs chatoyantes du boa, assis au bord du fleuve pour jouir des effets de la natema.

En face de lui, quelque chose se mouvait dans l'air, dans la végétation, à la surface des eaux tranquilles, au fond même du fleuve. Une chose qui semblait avoir toutes les formes et se nourrir en même temps d'elles. Elle changeait constamment sans laisser aux yeux hallucinés le temps de s'accoutumer. Elle prenait brusquement l'apparence d'un ara, puis passait à celle d'un silure-perroquet qui sautait la gueule ouverte, avalait la lune et retombait dans l'eau avec la violence d'un gypaète fondant sur un homme. Cette chose n'avait aucune forme définie, précise, mais toujours, quelles que soient les apparences qu'elle prenait, demeuraient les yeux jaunes et brillants.

– C'est ta propre mort qui s'est déguisée pour te surprendre. Si elle l'a fait, c'est parce que l'heure n'est pas encore venue de partir. Chasse-la, ordonnait le sorcier shuar, en massant son corps las avec de la cendre froide.

La forme aux yeux jaunes se déplaçait dans toutes

les directions. Elle s'éloignait, absorbée par la ligne verte, diffuse et toujours proche de l'horizon, et les oiseaux se remettaient à tournoyer en chantant leurs messages de bien-être et de plénitude. Et puis elle réapparaissait dans un nuage noir qui descendait avec violence, et une pluie d'yeux jaunes tombait sur la forêt, s'accrochant aux branches et aux lianes, illuminant la jungle d'un jaune incandescent qui l'entraînait de nouveau dans la frénésie de la peur et de la fièvre. Il voulait crier, mais les rongeurs de la panique lui déchiquetaient la langue à coups de dents. Il voulait manger, mais les minces serpents volants lui ligotaient les jambes. Il voulait retourner à sa cabane, reprendre sa place dans le tableau qui le représentait à côté de Dolores Encarnación del Santísimo Sacramento Estupiñán Otavalo et abandonner ces terres de cruauté, mais les yeux jaunes étaient partout et lui coupaient la route, oui, partout à la fois, et en ce moment même il sentait qu'ils étaient juste au-dessus de la pirogue, celle-ci bougeait, oscillait sous le poids de ce corps qui marchait sur l'épiderme de bois.

Il retint sa respiration pour comprendre ce qui se passait.

Non. Il n'était plus dans le monde des rêves. La femelle se trouvait effectivement au-dessus de lui, elle allait et venait, et comme le bois était très lisse, poli par le frottement incessant de l'eau, l'animal s'accrochait avec ses griffes pour passer de la poupe à la proue et on entendait, tout proche, son halètement inquiet.

Le bruit de la rivière, de la pluie et des mouvements de l'animal était tout ce qui le reliait à l'univers. La nouvelle attitude de la bête l'obligeait à réfléchir très vite. Elle s'était montrée trop intelligente pour croire maintenant qu'il allait accepter le défi et sortir l'affronter en pleine obscurité.

Quelle était cette nouvelle ruse ? Peut-être les Shuars avaient-ils raison, quand il parlaient de l'odorat des fauves ?

– L'ocelot capte l'odeur de mort que beaucoup d'hommes portent sur eux sans le savoir.

Quelques gouttes, puis un ruissellement pestilentiel se mêlèrent à l'eau qui entrait par les déchirures de la coque.

Le vieux comprit que l'animal était devenu fou. Il lui urinait dessus. Il le marquait comme sa proie, il le considérait comme mort avant même de l'avoir affronté.

De longues et lourdes heures passèrent ainsi, jusqu'à ce qu'une timide clarté se risque à l'intérieur de son refuge.

Lui, dessous, allongé, vérifiant que le fusil était bien chargé, et elle, dessus, avec son va-et-vient infatigable, le pas de plus en plus court et de plus en plus nerveux.

À en juger par la lumière, il devait être près de midi quand il sentit que l'animal descendait. Il guetta les nouveaux mouvements jusqu'au moment où, sur un flanc, un bruit l'avertit qu'elle creusait sous les pierres servant de support à l'embarcation.

Puisqu'il ne répondait pas à son défi, la femelle avait décidé de le forcer dans son réduit.

En rampant sur le dos, il recula jusqu'à l'autre extrémité de la pirogue, juste à temps pour éviter les griffes qui venaient d'apparaître et lançaient des coups à l'aveuglette.

Il releva la tête, appuya la crosse du fusil contre sa poitrine et tira.

Il put voir le sang jaillir de la patte de l'animal tandis qu'une intense douleur au pied droit lui apprenait qu'il avait mal calculé l'écartement de ses jambes : plusieurs chevrotines l'avaient atteint au pied.

Ils étaient à égalité. Tous les deux blessés.

Il l'entendit s'éloigner et, s'aidant de la machette, souleva un peu la pirogue, juste assez pour la voir, à quelque cent mètres, qui léchait sa patte blessée.

Alors il rechargea son arme et, d'un coup, renversa la pirogue.

Quand il se redressa, la blessure lui causa une douleur atroce, et l'animal, surpris, s'allongea sur les rochers en calculant son assaut.

– Me voici. Finissons ce maudit jeu une fois pour toutes.

Il s'entendit crier d'une voix qu'il ne connaissait pas et sans bien savoir s'il l'avait fait en shuar ou en espagnol, puis il la vit courir sur la plage comme une flèche mouchetée, malgré sa patte blessée.

Le vieux s'agenouilla et l'animal, arrivé à cinq mètres de lui, fit un bond prodigieux, griffes et crocs sortis.

Une force inconnue l'obligea à attendre que la femelle ait atteint l'apogée de son vol. Alors il appuya sur la détente. L'animal s'arrêta en l'air, son corps se tordit, et il tomba lourdement, le poitrail ouvert par la double décharge.

Antonio José Bolivar Proaño se releva lentement. Il s'approcha de l'animal mort et fut ému de voir que le coup l'avait déchiqueté. Sa poitrine n'était qu'une immense plaie, et des débris de tripes et de poumons lui sortaient du dos.

Elle était plus grande encore qu'il ne l'avait pensé

quand il l'avait vue pour la première fois. Malgré sa maigreur c'était une bête superbe, une beauté, un chef-d'œuvre de grâce impossible à reproduire, même en imagination.

Le vieux la caressa, oubliant la douleur de son pied blessé, et il pleura de honte, se sentant indigne, avili, et en aucun cas vainqueur dans cette bataille.

Les yeux brouillés de larmes et de pluie, il poussa le corps de l'animal jusqu'au bord de la rivière et les eaux l'emportèrent dans les profondeurs de la forêt, vers les territoires jamais profanés par l'homme blanc, vers le confluent de l'Amazone, vers les rapides où des poignards de pierre se chargeraient de le lacérer, à tout jamais hors d'atteinte des misérables nuisibles.

Puis il jeta rageusement le fusil et le regarda s'enfoncer sans gloire. Bête de métal honnie de toutes les créatures.

Antonio José Bolivar ôta son dentier, le rangea dans son mouchoir et sans cesser de maudire le gringo, responsable de la tragédie, le maire, les chercheurs d'or, tous ceux qui souillaient la virginité de son Amazonie, il coupa une grosse branche d'un coup de machette, s'y appuya, et prit la direction d'El Idilio, de sa cabane et de ses romans qui parlaient d'amour avec des mots si beaux que, parfois, ils lui faisaient oublier la barbarie des hommes.

Artatore, Yougoslavie, 1987
Hambourg, Allemagne, 1988.

COURT ROMAN
D'UN ROMAN COURT

Commentaire

Quand on publie son premier livre, on le cherche dans les librairies, on le regarde avec orgueil, qui dit le contraire est un menteur. Mais ensuite les livres se multiplient et on les oublie, et si on les voit en vitrine on ressent la même chose que lorsqu'on voit son reflet dans un miroir par surprise – tiens, c'est moi, ça. Il y a quelque temps je suis passé dans une librairie à Barcelone et j'ai vu sur la table des nouveautés mon roman *Le Vieux qui lisait des romans d'amour*, publié il y a plus de dix ans. J'avoue que cela m'a fait plaisir et sur le chemin du retour à l'hôtel, je me suis souvenu que j'avais commencé à écrire ce roman alors que j'avais vingt-huit ans et aucune certitude de pouvoir fêter d'autres anniversaires. Je venais de quitter la forêt amazonienne après avoir passé sept mois chez les Shuars, une expérience qui m'a marqué pour toujours et m'a fait d'abord douter puis modifier ma conception de l'homme et du monde. Mon patrimoine de l'époque était assez restreint : ma mémoire, un document froissé et abîmé par les pluies amazoniennes qui me reconnaissait le statut de réfugié politique en Équateur, et le désir d'écrire quelque chose, je ne savais ni ne voulais savoir la forme que prendrait ce texte, je l'imaginais comme un hommage très personnel aux gens extraordinaires que j'avais connus dans la forêt, les Shuars qui m'avaient sauvé la vie et avaient tout partagé avec moi, ainsi qu'à cette Amazonie menacée qui m'avait prodigué toute sa tendre violence pendant la courte période où elle avait été ma patrie.

Lorsque je suis revenu à Quito avec des cheveux jusque sur les épaules, une barbe qui me couvrait la moitié de la poitrine et un collier de perles protectrices autour du cou, j'écoutais avec mauvaise humeur ceux qui me conseillaient d'améliorer mon aspect puisque j'étais un « homme civilisé » et je préférais me réfugier sur la partie la plus haute du mont Panecillo. De là je regardais vers l'orient, vers l'endroit où j'avais volontairement abandonné une façon de vivre qui me paraissait pleine et même souvent heureuse. Là, naviguant sur les eaux calmes du souvenir, j'ai commencé à écrire l'histoire d'un vieux qui vivait seul dans la forêt, sans autre compagnie que ses romans d'amour. Je faisais cela sans papier et sans machine à écrire car les Shuars m'ont appris que le narrateur, celui qui le soir près du foyer relate le jour qui s'achève et ce faisant raconte l'univers, se le raconte à lui-même pour le comprendre dans son infinie complexité.

Pendant dix ans j'ai ruminé cette histoire, me la racontant sans cesse, certains de mes amis l'ont aussi entendue, en particulier Chico Mendes, et alors que je venais d'avoir trente-huit ans j'ai senti que les mots avaient trouvé leur ordre, que la trame avait pris le caractère fluvial indispensable pour parler de la forêt vierge.

Un jour de juillet 1987, je me trouvais à Mali Losinj, une île de l'Adriatique, appelé à la rescousse pour le scénario d'un film qui n'a jamais été tourné. Je louais à Artatore une maison, sans électricité ni téléphone, et j'étais assez heureux de me nourrir de ce que je pêchais, d'huile d'olive, de fromage de chèvre et d'un merveilleux vin rouge monténégrin. Je me souviens que dans la nuit du 19 juillet j'avais bu à la santé de tous mes amis tués au Nicaragua pendant la révolution sandiniste et que le lendemain matin je me suis réveillé en proie à une étrange inquiétude : pendant la nuit, un orage d'été avait éclaté, et l'air et la terre, tout, sentait la forêt. Le ciel était encore couvert et gris, mais cela m'était égal.

Tandis que l'eau du café chauffait sur le fourneau, j'ai installé une table dans le jardin, j'y ai placé ma chère Olivetti de Luxe, du papier et des cigarettes, et je me suis mis à écrire : « Le ciel était une panse d'âne gonflée qui pendait très bas, menaçante, au-dessus des têtes… » Ce jour-là sont nées les quatre-vingts pages qui contenaient l'histoire que je voulais raconter. Je reconnais que je suis un perfectionniste, de ceux qui dans les temps avant l'ordinateur – ah le temps béni de la machine à écrire – enlevaient la feuille à la moindre faute et la changeaient, mais ce jour-là j'ai oublié tous ces détails, coquilles et fautes d'orthographe, et sentant que les quatre doigts de mon incompétence dactylographique étaient les affluents qui amenaient les secrets de mon Amazonie jusqu'au grand fleuve du papier blanc, j'ai laissé l'histoire couler avec la liberté incontrôlable de l'eau.

Des mois plus tard, à Hambourg, j'ai entrepris le lent travail de polissage de la version qui s'est imposée comme définitive. J'avais un texte de trois cents et quelques pages que je devais transformer en roman de la forêt, et l'unique présence de l'auteur, du « je » narrateur, qui m'est apparue légitime a été d'attribuer au personnage le plus terrible de mes signes d'identité. C'est ainsi le Vieux, exilé de deux mondes, habitant d'une terre qui n'appartient à personne, m'a permis de raconter cette longue journée qu'est ma vie et de comprendre mon propre exil.

Le roman impeccablement mis au propre a passé quelques mois dans ma cuisine, sur un buffet à côté de la corbeille à pain. Je le regardais tous les jours et je ressentais la satisfaction du travail bien fait. Je supposais qu'un jour mes fils le liraient et je n'étais pas pressé de le publier. J'avais mis dix ans à l'écrire et j'étais prêt à attendre dix ans de plus, mais un ami m'a parlé d'un prix littéraire pour les romans inédits à Oviedo, dans les Asturies, et convaincu qu'il n'est pire démarche que celle qu'on ne fait pas, j'ai fait les photocopies nécessaires à Altona.

Six mois plus tard, j'étais sur le point de partir à l'aéroport pour aller au Salvador où j'étais le correspondant d'un magazine allemand lorsque le facteur m'a remis un télégramme. C'était mon cher ami Pedro da Silva Jovellanos, alors président de la région des Asturies, qui me félicitait car j'avais reçu le prix Tigre Juan de roman. C'est ainsi que le Vieux a entamé un chemin plein d'accidents, comme les sentiers de la forêt.

En 1989, il fut publié par Jucar, une maison d'édition asturienne, et comme en Espagne seuls les livres publiés à Madrid ou à Barcelone existent, il fut largement ignoré, mais un exemplaire partit pour le Chili et mes camarades de la revue *Analisis*, dont j'étais un collaborateur, décidèrent de célébrer la fin de mon exil et mon retour au pays avec une édition qui s'épuisa rapidement mais un exemplaire partit pour la France et le Vieux continua son chemin.

Maintenant, en écrivant ces lignes, je regarde du coin de l'œil la bibliothèque qui contient les éditions successives et les traductions dans presque toutes les langues de la terre, et ma tendresse pour le monde vert qui m'a accueilli reste inchangée.

Parfois, sur le rivage de la mer Cantabrique, je laisse mon regard se perdre à l'horizon. Je sais que de l'autre côté, en remontant le grand fleuve Amazone et les mille fleuves qui l'alimentent, au cœur de la forêt, Antonio José Bolivar Proaño, avec vingt ans de plus sur les épaules, est debout, un livre ouvert sur sa table, en train de lire lentement ses romans d'amour, à l'abri de l'infatigable barbarie humaine.

LE NEVEU D'AMÉRIQUE

NOTES SUR CES NOTES

Préambule

Dans la maison mexicaine de Mari Carmen et Paco Ignacio Taibo I, il y a une table immense autour de laquelle peuvent se réunir vingt-quatre invités. C'est là qu'un beau jour j'ai entendu prononcer la phrase qui donne son titre à un livre de Taibo I : « *Pour arrêter les eaux de l'oubli.* » Lorsque plus tard j'ai lu le livre, j'ai senti croître ma tendresse et mon admiration pour l'écrivain asturien et j'ai appris du même coup qu'on a beau aimer certains textes et les considérer comme une part fondamentale de son intimité, on ne peut éviter de s'en séparer.

J'ai décidé de me séparer de ces notes, compagnes d'une longue route, qui surent toujours me rappeler que je n'avais guère le droit de me sentir seul, déprimé ou abattu.

Elles ont été écrites en divers lieux et circonstances. Je n'ai jamais su comment les baptiser et ne le sais encore pas.

Quelqu'un m'a dit un jour que je devais sûrement avoir de nombreux textes dans mes tiroirs ; surpris par le propos, je demandai des explications.

– Des fonds de tiroirs, de ces annotations qu'on

écrit sans savoir pour qui ni pourquoi, répondit mon interlocuteur.

Eh bien, non. Ce ne sont pas des fonds de tiroirs, car ils impliqueraient l'existence d'un tiroir, c'est-à-dire d'un bureau, or je n'ai pas de bureau. Je n'en ai pas ni ne veux en avoir, car j'écris sur une grosse table héritée d'un vieux boulanger de Hambourg.

Par un après-midi de skatt – un jeu de cartes du nord de l'Allemagne – le vieux boulanger annonça à ses compagnons que l'arthrite l'obligeait à jeter l'éponge et à fermer la boulangerie.

– Et qu'est-ce que tu vas faire maintenant, vieux radin ? demanda aimablement un des joueurs.

– Comme aucun de mes enfants ne veut prendre la relève et que mes machines ont été jugées bonnes pour la casse, je préfère tout envoyer au diable et offrir les objets auxquels je tiens encore, répondit le vieux Jan Keller, qui nous invita aussitôt après à faire la fête dans sa boulangerie.

C'est ainsi que j'ai hérité de la grosse table sur laquelle il avait pétri le pain pendant cinquante années, et c'est sur elle que je pétris mes histoires. J'aime cette table qui sent la levure, le sésame, le gingembre et le plus noble des métiers. Un bureau ? Pourquoi diable aurais-je voulu un bureau ?

Ces notes, que je ne sais comment nommer, oubliées sur un coin d'étagère et couvertes de poussière, je les retrouvais parfois, en cherchant de vieilles photos ou des documents, et j'avoue que je les relisais avec un mélange de tendresse et de fierté, car ces pages, griffonnées ou désastreusement dactylographiées, s'efforçaient de comprendre deux choses essentielles, si bien définies par Julio Cortázar : le sens de la condition humaine et celui de la condition de l'artiste.

Il est vrai qu'on trouvera ici le récit d'expériences personnelles, mais il ne faut pas y voir pour autant un exorcisme contre la maladie d'Alzheimer, car il n'est pas dans mes projets d'écrire un livre de mémoires.

Je me sépare donc de ces notes, qui abandonnèrent parfois leurs cachettes pour être publiées dans des anthologies, des revues et, dernièrement, en une édition partielle en Italie.

Elles trouvent enfin leur place dans ce volume que vous, lecteur, lectrice, tenez entre vos mains, grâce aux conseils avisés et fraternels de Beatriz de Moura.

Je vous invite à m'accompagner dans un voyage sans itinéraire fixe, en compagnie de personnages hors du commun comme le sont tous ceux qui apparaissent ici avec leur nom, et desquels j'ai tant appris et continue d'apprendre.

Lanzarote. Îles Canaries. Août 1995.

Première partie

Notes sur un voyage
à nulle part

1

Le billet pour nulle part fut un cadeau de mon grand-père. Mon bizarre et terrible grand-père. Je venais tout juste d'avoir onze ans, je crois, quand il m'a donné ce billet.

Nous marchions dans Santiago un matin d'été. Le vieux m'avait déjà payé six limonades et autant de glaces qui me gonflaient l'estomac et je savais qu'il guettait le moment où j'aurais envie d'uriner. Peut-être se faisait-il véritablement du souci pour mes reins lorsqu'il me demanda :

– Alors, petit ? T'as pas envie de pisser, bordel ? Avec tout ce que tu as bu !...

Ma réponse logique, celle que j'avais l'habitude de souligner en serrant les jambes, aurait dû avoir l'accent d'une affirmation dramatique. Et lui, crachant le mégot de Farias qui pendait à ses lèvres, aurait soupiré avant de s'exclamer sur le ton le plus didactique :

– Attends, petit. Attends et retiens-toi jusqu'à ce qu'on trouve la bonne église.

Mais ce jour-là, j'avais décidé de mouiller mon pantalon, s'il le fallait, plutôt que de supporter encore une fois les engueulades d'un curé. Le gag consistant à me remplir de limonade pour ensuite me faire pisser à la porte des églises, nous l'avions maintes fois répété depuis que j'avais commencé à marcher et le vieux avait fait de moi son compagnon d'aventures, le petit complice de ses mauvais coups d'anarchiste à la retraite.

Que de portes d'églises j'avais arrosées ! Et combien de curés et de bigotes avaient pu m'insulter !

– Petit saligaud ! Il n'y a pas de cabinets chez toi ?

C'était ce que je m'entendais dire de plus modéré.

– Comment oses-tu insulter mon petit-fils, un homme libre ? Parasite ! Racaille ! Fossoyeur de la conscience sociale ! ripostait mon grand-père tandis que je secouais ma dernière goutte en me jurant que le dimanche suivant je n'accepterais pas une seule Papaya, ni une Bilz, ni une Orange Crush, ni aucune de ces limonades qu'il m'offrait avec tant de générosité.

Ce matin-là, je me montrai ferme avec le vieux :

– Si, j'ai très envie, Pépé. Mais je voudrais pisser aux cabinets.

Le vieux mordit ce qui restait de son Farias avant de le cracher. Puis il grommela « putain de merde ! », s'éloigna de quelques pas, mais revint aussitôt et me caressa la tête.

– C'est à cause de dimanche dernier ? me demanda-t-il en sortant un autre Farias de la poche.

– Oui, Pépé. Le curé il voulait te tuer.

– C'est que ces fils de pute sont dangereux, petit. Mais, puisque c'est comme ça, on va passer à quelque chose de plus conséquent.

Le dimanche précédent, j'avais vidé ma vessie contre la porte centenaire de l'église San Marcos. Ce n'était pas la première fois que ces planches vénérables me servaient d'urinoir, mais apparemment le curé me guettait, car il m'interrompit au meilleur moment, quand il n'est plus possible de retenir le jet, et m'attrapant par le bras, il m'obligea à me tourner vers mon grand-père. Alors, montrant d'un doigt prophétique mon zizi ruisselant, le curé se mit à gueuler :

– C'est bien ton petit-fils ! On remarque la petitesse congénitale !

Quel dimanche ! J'achevai donc de pisser sur les marches de l'église, atterré de voir mon grand-père tomber la veste, relever ses manches de chemise et défier le curé aux poings, duel qui fut heureusement évité par les enfants de chœur et les bigots de la paroisse, car le curé avait lui aussi retroussé les manches de sa soutane. Quel dimanche !

Après que je me fus soulagé dans l'urinoir respectable d'un bar, le vieux décida que la meilleure façon de terminer la matinée était de nous rendre au Centre asturien, qui pavoisait le dimanche en annonçant « Haricots du pays et *cabrales*[1] de l'exil républicain ».

Pour moi, le *cabrales* était une espèce de pâte répugnante et puante que seuls pouvaient apprécier ces petits vieux à béret, qui passaient chez mes grands-parents en leur posant toujours la même question :

– Alors, il est mort le salaud ?

Pendant que je faisais honneur à un riz au lait, je me demandais ce qu'avait voulu dire mon grand-père en parlant de passer à quelque chose de « plus conséquent » et je frémissais en imaginant des intentions scatologiques dans les paroles du vieux. Mais mes

---

1. Fromage de vache comparable au bleu.

craintes se dissipèrent lorsque je le vis entrer en compagnie de trois convives dans le salon orné du drapeau rouge et noir de la CNT. C'était de cette pièce que provenaient les livres d'Emilio Salgari, de Jules Verne et de Fenimore Cooper, que ma grand-mère me lisait les après-midi.

Je le vis ressortir avec un livre de format plus petit que les autres. Il m'appela et tandis qu'il me parlait je lus sur la couverture : *Et l'acier fut trempé.* Nicolaï Ostrovski.

– Bon, petit, ce livre tu le liras tout seul. Mais avant de te le donner, je veux que tu me fasses deux promesses.

– Toutes celles que tu voudras, Pépé.

– Ce livre est une invitation à un grand voyage. Promets-moi que tu le feras.

– Promis. Mais j'irai où, Pépé ?

– Probablement nulle part, mais je t'assure que ça vaut la peine.

– Et la deuxième promesse ?

– Un jour, tu iras à Martos.

– Martos ? C'est où Martos ?

– Ici, dit-il en se frappant la poitrine.

2

Une vieille chanson chilienne dit : « Le chemin a deux bouts et aux deux quelqu'un m'attend. » L'ennui c'est que ces deux bouts ne limitent pas un chemin rectiligne, mais tout en courbes, lacets, ornières et détours, qui ne conduisent nulle part.

La lecture de *Et l'acier fut trempé* – lecture lente, laborieuse – me conduisit pour la première fois dans cette région des rêves qui s'appelle nulle part. Comme tous les adolescents qui ont lu le livre d'Ostrovski, je voulus moi aussi être Pavel Kortchaguine, le héros éprouvé, le camarade Komsomol qui, au péril de sa vie, ne recule pas devant les sacrifices que lui impose sa mission de jeune prolétaire. Je rêvais que j'étais Pavel Kortchaguine, et pour faire de ce rêve réalité je devins militant des Jeunesses communistes.

Mon grand-père accepta en rechignant la perte dominicale de son petit-fils et pesta pendant des mois contre le traducteur en espagnol de *Et l'acier fut trempé*. La lecture de ce livre était censée m'entraîner sur le sentier des idées libertaires, premier pas du voyage vers nulle part.

Le dépit de mon grand-père dura jusqu'au jour où je

lui annonçai que je n'irais pas en classe parce que nous, les élèves, avions décrété une journée de grève en solidarité avec les mineurs des puits de charbon. Je ne l'ai vu qu'une seule fois boire plus que de raison et ce fut le jour de cette grève. Éméché par le vin, il réprimait de grosses larmes en murmurant :

– Mon petit-fils fait grève, putain, c'est mon sang.

Mon grand-père. Je me souviens de la première fois où je l'obligeai à acheter un exemplaire de *Gente Joven,* la revue des Jeunesses communistes. Il lut attentivement les quatre pages et il déclara que, bien qu'elle fût publiée par une bande de suppôts du pouvoir stalinien, ce n'était pas mauvais comme premier pas vers la compréhension de l'ordre véritable :

– Pas celui que l'État impose, État de mes deux ! mais l'ordre naturel, celui de la fraternité entre les hommes.

Que je sois devenu un jeune communiste combla mes parents de bonheur, parce qu'un jeune communiste devait être le premier à l'école, le meilleur sportif, le plus cultivé, le plus poli, et à la maison, un monument de responsabilité et de travail. En chaque jeune communiste germait l'être social, collectif et solidaire, qui serait celui de la nouvelle société. Je devins ainsi une sorte de moine rouge, ascétique et ennuyeux. Un vrai fléau, me dirait des années plus tard une fille à qui j'avais demandé, fort étonné, pourquoi elle ne voulait pas sortir avec moi.

Être un jeune communiste pendant plus de six ans signifia posséder cousu sur la peau un billet pour nulle part. Tous mes amis d'enfance connaissaient déjà leur cap ; certains iraient étudier aux États-Unis, d'autres en Uruguay ou en Europe, d'autres enfin se mettraient à travailler. Je n'aspirais qu'à ne pas bouger de mon poste de combat.

J'avais dix-huit ans lorsque je voulus suivre l'exemple de l'homme le plus universel qu'ait donné l'Amérique latine : le Che. Ainsi vint le moment de payer un supplément au billet pour nulle part.

3

J'ai toujours évité d'évoquer la prison pendant la dictature au Chili. J'ai évité d'en parler parce que la vie m'ayant toujours paru passionnante et digne d'être vécue jusqu'au dernier soupir, évoquer un accident aussi obscène me semblait une façon méprisable de l'insulter. Et puis parce que trop de livres de témoignage – la plupart très mauvais, malheureusement – ont été écrits sur le sujet.

J'ai passé deux années et demie de ma jeunesse enfermé dans l'une des plus infâmes prisons chiliennes, celle de Temuco.

Le pire n'était pas l'enfermement, car à l'intérieur de la prison la vie continuait, parfois plus intéressante qu'à l'extérieur. Les *prigué*, les prisonniers de guerre, les mieux préparés – on retrouvait ici la presque totalité du corps enseignant des universités du Sud –, organisèrent plusieurs facultés, et nous fûmes ainsi nombreux à apprendre l'anglais, le français, l'allemand, le russe, les mathématiques, la physique quantique, l'histoire universelle, l'histoire de l'art et la philosophie. Un professeur nommé Iriarte dirigea pendant deux semaines un séminaire passionnant sur Keynes et la pensée politique des économistes contemporains, auquel assistaient, outre une centaine de prisonniers, plusieurs officiers de l'armée. À la stupéfaction de la soldatesque qui surveillait l'atelier de cordonnerie, que nous avions baptisé Grand Amphithéâtre de l'Athénée de Temuco, Andrès Müller, journaliste et écrivain, disserta sur les erreurs militaires des communards de Paris. Genaro Avendaño, un autre illustre *prigué* – qui a été « disparu » en 1979 – bouleversa prisonniers et militaires en déclamant le discours d'Unamuno à Salamanque.

Nous pûmes même disposer d'une petite bibliothèque comportant des ouvrages sévèrement interdits à l'extérieur, grâce à l'étrange censure pratiquée par le sous-officier chargé de filtrer les livres que nous envoyaient les amis et les parents. Nous ne le remercierons jamais assez d'avoir catalogué parmi les ouvrages de secourisme *Les Veines ouvertes de l'Amérique latine*[1], véritable joyau de notre bibliothèque. Nous eûmes même des cours de grande cuisine. Comment oublier la passion avec laquelle Julio Garcés, ex-cuisinier du Club de l'Union, La Mecque de l'aristocratie chilienne, préconisait l'adjonction, à ses yeux indispensable, de fine graisse de lapin pour réussir une bonne fricassée de foie du même animal, et considérait comme fondamental de préparer le congre au court-bouillon avec le vin blanc qui serait servi à table. Des années plus tard, j'ai rencontré Garcés en Belgique. Il était le chef d'un prestigieux restaurant de Bruxelles et il me montra avec fierté les diplômes par lesquels le Guide Michelin avait récompensé son art. C'étaient deux diplômes élégants, qui en encadraient un troi-

---

1. Œuvre d'Eduardo Galeano, trad. C. Couffon, Plon.

sième, écrit à la main sur une feuille de cahier : le « Michelin de Temuco » que nous lui avions décerné pour un merveilleux *soufflé de souvenirs marins*, préparé avec amour, une boîte de moules, du pain rassis et quelques feuilles d'aromates cultivés dans un pot dont nous prenions tous grand soin, afin que les chats de la prison ne mangent pas les plantes.

J'ai passé neuf cent quarante-deux jours sur cette terre de tous et de personne. Être enfermé n'était pas ce qui pouvait nous arriver de pire. C'était une autre façon d'être en vie. Le pire arrivait, à peu près tous les quinze jours, quand on nous emmenait au régiment Tucapel pour les interrogatoires. Alors, nous comprenions que nous étions vraiment arrivés à nulle part.

4

Les militaires se faisaient une idée quelque peu exagérée de nos capacités de destruction. Ils nous interrogeaient sur des projets d'assassinats de tous les généraux d'Amérique latine, de minages de ponts et de tunnels, ainsi que sur les préparatifs de débarquement d'un redoutable ennemi extérieur qu'ils ne pouvaient identifier.

Temuco est une ville triste, grise et pluvieuse. Nul ne l'imaginerait destinée au tourisme, et pourtant le régiment Tucapel devint une sorte de congrès international de sadiques. Outre les militaires chiliens, qui tant bien que mal étaient les amphitryons, assistaient aux interrogatoires des primates de l'intelligence militaire brésilienne – les pires –, des Américains du Département d'État, des paramilitaires argentins, des néofascistes italiens et même des hommes du Mossad.

Comme oublier Rudi Weismann, un Chilien amoureux du Sud et des voiliers, qui fut torturé et interrogé dans le doux idiome des synagogues. Rudi, qui avait mis toute sa foi dans l'État d'Israël – il avait vécu dans un kibboutz, mais sa nostalgie de la Terre de Feu avait été la plus forte et il était revenu au Chili – ne put supporter cette infamie. Rudi Weismann ne put comprendre qu'Israël apportât son appui à cette bande de criminels et lui qui avait toujours été la bonne humeur personnifiée, sécha sur pied comme une plante oubliée. Un matin nous le trouvâmes mort dans son sac de couchage. L'expression de ses traits rendait une autopsie inutile : Rudi Weismann était mort de tristesse.

Le commandant du régiment Tucapel – je ne cite pas son nom par un élémentaire respect du papier – était un admirateur fanatique du maréchal Rommel. Quand il trouvait un prisonnier sympathique, il l'invitait à se reposer dans son bureau. Là, après l'avoir assuré que tout ce qui se passait dans son régiment servait les intérêts sacro-saints de la patrie, il lui offrait un petit verre de Korn (il se faisait envoyer d'Allemage cet insipide alcool de blé) et l'obligeait à écouter une conférence sur l'*Afrikakorps*. Ce type avait beau être fils ou petit-fils d'Allemands, son aspect ne pouvait pas être plus chilien : trapu, court sur pattes, le cheveu noir et rebelle, il aurait très bien pu passer pour un camionneur ou un marchand de fruits. Mais lorsqu'il parlait de Rommel, il se métamorphosait en une caricature de sbire hitlérien.

À la fin de la conférence, il mimait le suicide de Rommel. Il claquait les talons, portait la main droite à son front saluant un invisible drapeau, murmurait *Adieu geliebtes Vaterland* et faisait semblant de se tirer un coup de revolver dans la bouche. Nous espérions qu'un jour il tirerait vraiment.

Le régiment comptait un autre officier bizarre : un lieutenant qui s'efforçait de camoufler une homosexualité qui transpirait par tous ses pores. Les soldats le surnommaient Margarito et il le savait.

Je crois que tous les *prigué* percevaient que Margarito souffrait de ne pouvoir orner sa tenue d'objets véritablement beaux, que le pauvre type remplaçait par la quincaillerie permise par le règlement. Ainsi portait-il un pistolet de calibre 45, deux chargeurs, un poignard à lame courbe du corps des commandos, deux grenades à main, une torche électrique, un talkie-walkie, les insignes de son grade et les ailes argentées des parachutistes. Prisonniers et soldats s'accordaient à dire qu'il ressemblait à un arbre de Noël.

Cet individu nous étonnait parfois par des gestes généreux, apparemment désintéressés. Nous ne connaissions pas encore le fameux syndrome de Stockholm comme perversion militaire. Brusquement, après un interrogatoire, il nous remplissait les poches de paquets de cigarettes ou de ces précieuses tablettes d'Aspirine Plus Vitamine C. Un après-midi, il m'invita dans son bureau.

– Alors, comme ça, vous êtes écrivain, commença-t-il en m'offrant un Coca-Cola.

– J'ai écrit quelques nouvelles, rien de plus, répondis-je.

– Je ne vous ai pas fait venir pour vous interroger. Je déplore tout ce qui se passe, mais la guerre est ainsi. J'aimerais que nous parlions d'écrivain à écrivain. Ça vous étonne ? Il y a eu de grands hommes de lettres parmi les soldats. Pensez à don Alonso de Ercilla y Zuñiga.

– Ou Cervantes, ajoutai-je.

Margarito se comptait parmi les grands. C'était là son problème. S'il recherchait la flatterie il allait être servi. Je buvais le Coca-Cola et pensais à Garcés, ou plus exactement à la poule de Garcés, car si incroyable que cela paraisse, le cuisinier avait une poule, qui s'appelait Dulcinea.

Un matin, elle avait franchi la muraille qui séparait les *prigué* des droits communs et il s'agissait apparemment d'une poule aux convictions politiques profondes puisqu'elle décida de rester avec nous. Garcés la caressait et soupirait en disant : « Si j'avais une pincée de piment et un peu de cumin, je vous ferais une volaille à l'escabèche comme vous n'en avez jamais goûté. »

– J'aimerais que vous lisiez mes poésies et que vous me donniez votre opinion la plus sincère, dit Margarito en me remettant un cahier.

Je repartis, les poches pleines de cigarettes, de bonbons, de sachets de thé et d'une boîte de confiture US Army. Ce jour-là, je commençai à croire à la fraternité entre écrivains.

Du régiment à la prison, et inversement, nous étions transportés dans une bétaillère. Les soldats vérifiaient qu'il y eût assez de bouse de vache sur le plancher avant de nous ordonner de nous allonger à plat ventre, mains sur la nuque. Ils étaient quatre à nous surveiller, un à chaque coin, armés de fusils GAL. Presque tous les soldats étaient des gamins venus des garnisons du Nord, hargneux et constamment grippés par le climat froid et rude du Sud. Ils avaient ordre de tirer dans le tas au moindre mouvement suspect ainsi que sur tout civil qui tenterait de s'approcher du camion. Mais le temps passant, la discipline se relâcha et les soldats fermaient les yeux sur le paquet de cigarettes ou le fruit qui tombaient d'une fenêtre, ou devant l'audacieuse jolie fille qui se mettait à courir à côté du camion en nous envoyant des baisers et criant : « Tenez bon camarades ! Nous vaincrons ! »

À la prison nous attendait, comme d'habitude, le comité de bienvenue présidé par le docteur Pragnan, *el Flaco*[1], aujourd'hui éminent psychiatre à Bruxelles. Il examinait d'abord ceux qui ne pouvaient pas marcher et ceux qui avaient des affections cardiaques, puis il vérifiait les os, particulièrement les côtes cassées ou foulées. Pragnan était un véritable expert pour deviner la quantité d'énergie électrique que nous avions endurée en passant sur le « gril » et gardait tout son calme pour désigner ceux qui pourraient ingérer des liquides dans les heures suivantes. Enfin, arrivait l'heure de communier avec la distribution d'Aspirine Plus Vitamine C, et les tablettes anticoagulantes destinées à résorber les hématomes.

– Les heures de Dulcinea sont comptées, dis-je à Garcés et je m'installai dans un coin pour lire le cahier de Margarito.

Ces pages écrites d'une fine calligraphie débordaient d'amour, miel, souffrances sublimes et fleurs oubliées. Je n'eus pas besoin de tourner la troisième page pour savoir que Margarito ne s'était même pas donné la peine de plagier le poète mexicain Amado Nervo, puisqu'il avait purement et simplement recopié ses vers.

J'appelai Peyuco Gálvez, un professeur d'espagnol, et je lui lus un poème.

– Qu'est-ce que tu en penses, Peyuco ?

– Amado Nervo. Le livre s'appelle *Los Jardines interiores*.

---

1. Le Maigre.

J'étais dans un sacré pétrin. Si Margarito venait à apprendre que je connaissais l'œuvre de Nervo, un poète il est vrai sirupeux, c'était moi dont les heures seraient comptées et non la poule de Garcés. L'affaire était grave, aussi la portai-je le jour même devant le Conseil des Anciens.

– Margarito, c'est un pédé passif ou actif ? demanda Iriarte.

– Fais pas chier. C'est ma peau qui est en jeu, répondis-je.

– Je suis très sérieux. Si ça se trouve il s'est amouraché de toi et il t'a donné son cahier comme il aurait laissé tomber un mouchoir de soie. Et toi tu l'as ramassé, couillon. Il a peut-être recopié ces poèmes pour que tu y découvres un message. J'ai connu pas mal de pédales qui séduisaient des gamins en leur faisant lire *Demian* de Hermann Hesse. Si Margarito fait partie des passifs, alors il te faudra être non son Amado Nervo mais son *amado nervio*[1]. Et si c'est un actif, eh bien, je pense que ça doit faire moins mal qu'un coup de pied dans les couilles.

– Où tu vois un message ? demanda Andrés Müller. Ce type t'a donné ces poèmes comme étant les siens et tu dois lui dire que tu les as beaucoup aimés. S'il avait voulu envoyer un message, il aurait donné le cahier à Garcés ; c'est le seul ici qui ait un jardin intérieur. Mais peut-être que Margarito ne sait pas que Garcés fait pousser des herbes.

– Soyons sérieux. Il faut qu'il lui dise quelque chose, mais Margarito ne doit pas soupçonner un seul

---

1. Littéralement, son nerf aimé.

instant qu'il connaît l'œuvre d'Amado Nervo, proposa le docteur Pragnan.

– Dis-lui que tu as aimé les poèmes, mais que les adjectifs te semblent un peu excessifs. Cite-lui Huidobro : « Quand l'adjectif ne donne pas la vie, il tue. » Et ainsi, tu lui prouves que tu as lu attentivement ses vers et que ta critique est celle d'un confrère à un autre, suggéra Gálvez.

Le Conseil des Anciens approuva la suggestion de Gálvez, mais moi je passai deux semaines d'angoisse. Je n'en dormais plus. Il me tardait de revenir à ma séance de coups de pied et de décharges électriques afin de rendre ce maudit cahier. J'en arrivais même à haïr ce bon Garcés :

– Écoute, si tout se passe bien et si en plus du piment et du cumin tu obtiens un petit pot de câpres, alors là, vieux ! on va faire un de ces festins !

Au bout de quinze jours, enfin, je me retrouvai sur le matelas de merde, allongé sur le ventre et mains derrière la nuque, en route pour le régiment. Je me demandai si je n'étais pas devenu fou ; j'étais heureux d'aller à la rencontre de quelque chose qu'on appelle la torture.

Régiment Tucapel. Intendance. En toile de fond, le sempiternellement vert mont Ñielol, sacré pour les Mapuche. La pièce des interrogatoires était précédée par une salle d'attente, comme dans un cabinet médical. On nous faisait asseoir sur un banc, mains liées derrière le dos et la tête recouverte d'une cagoule noire. Je n'ai jamais compris la raison de cette cagoule, car ils nous l'enlevaient à l'intérieur et nous pouvions voir nos tortionnaires, les petits soldats à l'air paniqué qui tournaient la manivelle du générateur électrique et les médecins militaires qui nous plaçaient les électrodes dans l'anus, sur les testicules, sur les gencives, sur la langue, et qui décrétaient ensuite qui était un simulateur et qui s'était vraiment évanoui sur le gril.

Lagos, un diacre, responsable des Chiffonniers d'Emmaüs, fut le premier à être interrogé ce jour-là. Depuis un an ils le harcelaient au sujet de l'origine d'une douzaine de vieux uniformes trouvés dans les entrepôts de l'association. C'était un don d'un commerçant qui vendait des fripes de l'armée. Lagos hurlait de douleur et répétait tout ce que la soldatesque voulait l'entendre dire : ces uniformes appartiennent à une armée d'invasion qui se prépare à débarquer sur les côtes chiliennes.

J'attendais mon tour. Des mains m'ôtèrent la cagoule. C'était le lieutenant Margarito.

– Suivez-moi, ordonna-t-il.

Nous entrâmes dans un bureau. Sur la table je vis une boîte de cacao et une cartouche de cigarettes, destinées de toute évidence à récompenser mes commentaires sur son œuvre littéraire.

– Vous avez lu mes poésies ? dit-il en m'indiquant une chaise.

Poésies. Margarito disait poésies et non poèmes. Un individu couvert de pistolets et de grenades ne peut parler de poésies sans que cela paraisse ridicule et efféminé. Soudain, ce type me dégoûta et je décidai que, puisque j'en étais à pisser du sang, à chuinter en parlant et à pouvoir recharger une batterie rien qu'en la touchant, je n'allais pas maintenant m'abaisser à flatter un pédé de militaire et de surcroît plagiaire.

– Vous avez une jolie calligraphie, lieutenant. Mais

ces vers ne sont pas de vous, dis-je en lui rendant son cahier.

Je le vis trembler. Ce type était en train de charger assez d'armes pour me tuer cent fois et s'il ne voulait pas tacher son uniforme, il pouvait ordonner à quelqu'un d'autre de s'en occuper. Il se redressa en tremblant de rage, jeta par terre tout ce qui se trouvait sur son bureau et hurla :

– Trois semaines de cube ! Mais avant tu passes chez le pédicure, subversif de merde !

Le pédicure était un civil, un propriétaire terrien que la réforme agraire avait privé de plusieurs milliers d'hectares et qui se dédommageait en participant bénévolement aux interrogatoires. Sa spécialité était de soulever les ongles des orteils, ce qui provoquait de terribles infections.

Je connaissais le cube. Mes six premiers mois de détention avaient consisté en un isolement total dans un habitacle souterrain de forme cubique qui mesurait un mètre cinquante de côté. Autrefois, la prison de Temuco avait abrité une tannerie et le cube servait à entreposer les graisses. Les murs de ciment puaient encore, mais au bout d'une semaine les excréments du prisonnier se chargeaient de faire du cube un lieu plus intime.

On ne pouvait s'allonger qu'en diagonale, mais les basses températures du Sud, les pluies et l'urine des soldats incitaient à se recroqueviller et à désirer devenir minuscule afin de pouvoir débarquer sur une des îles de merde flottante qui jonchaient le sol, et suggéraient des vacances de rêve. Je restai là-dedans trois semaines, me racontant des films de Laurel et Hardy, me récitant les romans de Salgari, de Stevenson, de London, jouant de longues parties d'échecs et me léchant les doigts de pied pour les protéger des infections. Dans ce cube, je me suis juré et rejuré de ne jamais me consacrer à la critique littéraire.

5

Un jour de juin 1976, mon voyage à nulle part s'acheva. Grâce aux interventions d'Amnesty International je sortis de prison et, quoique tondu et amaigri d'une vingtaine de kilos, je m'emplis les poumons de l'air grisant d'une liberté que limitait la peur de la perdre à nouveau. De nombreux compagnons qui restèrent prisonniers furent assassinés par les militaires. Ma grande fierté est de n'avoir ni oublié ni pardonné à leurs bourreaux. La vie m'a offert de nombreuses et belles satisfactions, mais aucune n'est comparable à la joie de déboucher une bouteille de vin en apprenant qu'un de ces criminels s'est fait trouer la peau au coin d'une rue. Je lève alors mon verre et dis : – Un salopard de moins, vive la vie !

Il m'est arrivé de rencontrer de par le monde certains de mes compagnons qui ont survécu, il en est d'autres que je n'ai jamais revus, mais tous occupent dans mes souvenirs une place privilégiée.

Un jour, fin 1985, dans un bar de Valence j'eus la surprise de tomber sur Gálvez. Il me raconta qu'il vivait en Italie, à Milan, qu'il avait la nationalité italienne et quatre filles magnifiques, toutes quatre italiennes. Après nous être embrassés en pleurant, nous nous mîmes à parler du bon vieux temps et naturellement Dulcinea fit irruption dans la conversation.

– Qu'elle repose en paix, dit Gálvez. J'ai été le dernier des anciens à être libéré fin 78 et je l'ai emportée avec moi. Elle a vécu heureuse et bien dodue dans ma maison de Los Angeles, jusqu'à ce qu'elle meure de vieillesse. Elle est enterrée dans le jardin, sous une pierre tombale où est écrit : « Ci-gît Dulcinea, dame de chevaliers impossibles, impératrice de nulle part. »

Deuxième partie

Notes sur un voyage d'aller

1

Je savais que la frontière était proche. Une frontière de plus, mais je ne la voyais pas. Seuls les reflets du soleil sur une construction métallique rompaient la monotonie du crépuscule andin. Ici se terminaient La Quiaca et l'Argentine. De l'autre côté commençaient Villazón et le territoire bolivien.

En un peu plus de deux mois j'avais parcouru le chemin qui relie Santiago et Buenos Aires, Montevideo et Pelotas, São Paulo et Santos, le port où mon espoir d'embarquer à destination de l'Afrique et de l'Europe s'était évanoui en fumée.

À l'aéroport de Santiago, les militaires chiliens avaient tamponné mon passeport d'une énigmatique lettre L. *Ladrón*[1] ? Lunatique ? Libre ? Lucide ? J'ignore si le mot pestiféré commence en quelque langue par un L, toujours est-il que mon passeport provoquait une réaction de répugnance chaque fois que je le montrais à une compagnie de navigation.

– Non. Nous ne voulons pas de Chiliens avec un passeport marqué d'un L.

---

1. Voleur.

– Vous pouvez me dire ce que diable signifie ce L ?

– Allons. Vous le savez mieux que moi. Au revoir.

Mieux valait faire contre mauvaise fortune bon cœur. J'avais le temps, la vie entière devant moi, je décidai donc de m'embarquer à Panamá. Quatre mille kilomètres séparaient Santos du Canal : une paille pour un type qui a envie de se balader.

À bord d'autobus déglingués, de camions et de trains poussifs, j'arrivai à Asunción, la ville de la tristesse transparente, éternellement balayée par un vent de désolation qui se traîne depuis le Chaco. Du Paraguay je revins en Argentine et, après avoir traversé la région inconnue de Humahuaca, j'arrivai à La Quiaca, avec l'idée de poursuivre jusqu'à La Paz. Ensuite, eh bien, je verrais. Il fallait laisser passer ces temps de peur, de la même manière que les bateaux se mettent à la cape en haute mer pour éviter les tempêtes côtières.

Je me sentais harcelé par ces temps de peur.

Dans chaque ville où je m'arrêtais je rendais visite à de vieilles connaissances ou tentais de me faire de nouveaux amis. À quelques exceptions près, la plupart me laissèrent un sentiment amer et uniforme : les gens vivaient dans la peur et en fonction de la peur. Ils en avaient fait un labyrinthe sans issue ; elle accompagnait leurs repas, leurs conversations, et jusqu'aux faits les plus insignifiants de la vie quotidienne étaient entourés d'une prudence honteuse. La nuit, ils ne rêvaient pas de jours meilleurs ou du passé, mais se précipitaient dans le marécage d'une peur obscure et épaisse, une peur passive qui au lever du jour les arrachait du lit les yeux cernés et encore plus effrayés.

Au cours du voyage, je passai une nuit à São

Paulo à essayer désespérément d'aimer. Ce fut un échec, duquel il faut épargner les pieds de ma compagne cherchant les miens en un langage simple d'épiderme et de petit matin.

– Quel désastre, je crois avoir dit.

– Oui. Comme si on nous avait observés, répondit-elle. Comme si nous avions utilisé des corps et du temps prêtés par la peur.

Les pieds. Ces grands inutiles se caressaient tandis que nous partagions une cigarette.

– En d'autres temps c'était facile d'arriver au pays du bonheur, ajouta-t-elle. Il ne figurait sur aucune carte, mais tout le monde savait y aller. Il y avait des licornes et des forêts de marijuana. C'est notre frontière perdue.

J'arrivai à La Quiaca aux premières heures de l'après-midi et quand je descendis du train je sentis la gifle du froid andin. Ma première idée fut d'ouvrir mon sac et de prendre un pull-over, mais je me ravisai préférant marcher rapidement pour me réchauffer. J'arrivai au pas de course devant un guichet.

– Demain, je voudrais aller à La Paz. Vous pouvez me dire à quelle heure part le train ?

Le guichetier préparait le maté. Il tenait entre les mains une grande calebasse sertie d'argent. Le maté sentait bon. Il laissait échapper cet heureux mélange d'amertume et de douceur. Je pensai au bien que me ferait un maté par ce froid.

Le guichetier m'observa, détailla mon visage d'une oreille à l'autre, du front au menton, et détourna brusquement les yeux. C'était la peur. Il regardait sur une affiche les photographies des personnes recherchées. Il ne m'offrit pas un maté et écarta la calebasse avant de me répondre.

– Ça, vous devez le demander aux Boliviens. La frontière est à deux pas mais à cette heure elle est fermée. Le guichetier avait l'accent chantant des Saltègnes ou des gens de La Rioja.

À côté de la gare, il y avait un hôtel miteux comme tous les hôtels des petites villes sans importance. Dans la chambre – un lit de bronze, un guéridon boiteux, un bougeoir avec deux doigts de chandelle, un miroir, un lavabo en fer-blanc, un broc d'eau et un torchon raide qui jurait être une serviette – j'ouvris mon sac et enfilai un gros pull-over. Il faisait aussi froid que dehors. Le lit pouvait passer pour une nuit. Les draps amidonnés à l'excès avaient la même raideur que la serviette, mais les couvertures étaient épaisses et en laine. Je me souvins de quelqu'un – mais qui était-ce ? – qui disait que le froid était le meilleur allié de l'hygiène hôtelière.

Je sortis de l'hôtel pour visiter La Quiaca et marchai dans les rues silencieuses et solitaires, entre des maisons en pisé qui se fondaient dans les montagnes toutes proches à mesure que les ombres avançaient.

Au coin d'une rue, je trouvai une gargote ouverte. Ça sentait la viande grillée et mon estomac me donna l'ordre de m'installer à une table couverte de papier d'emballage.

– Nous n'avons que de l'*asado*[1] dit le garçon. C'était un petit gros, large d'épaules, court sur pattes et sa chevelure en brosse à chaussure couronnait un visage totémique. Il parlait en prolongeant les s, comme s'il avait les dents soudées.

---

1. Viande grillée.

La viande était délicieuse. Elle dégoulinait de graisse quand on y plongeait le couteau et c'était un régal d'en enduire le pain. Le vin était un peu aigre mais il réjouissait le corps.

Quand j'eus terminé, je commandai un verre de *caña* et me laissai aller au formidable plaisir d'un rot. C'est alors que je vis le vieux.

Il portait un blouson râpé en cuir marron. Il posa sur la table des gants de travail et une lanterne en laiton.

Il fit un mouvement de tête pour passer commande au garçon, qui lui apporta une cruche de vin. Il but une longue gorgée les yeux fermés, avec la satisfaction de celui qui vient d'achever une longue et épuisante journée de travail. Je m'approchai.

– Pardon, monsieur. Vous êtes un employé du chemin de fer ?

– Oui et non, répondit-il.

La réponse me mit mal à l'aise, mais je vis aussitôt qu'il me désignait une chaise.

– Oui, pour le chemin de fer. Non en ce qui concerne l'employé. Je suis ouvrier.

– Je comprends. Excusez-moi.

– Chilien ?

– Il paraît.

– Tu veux manger quelque chose ?

Je le remerciai en lui disant que c'était fait et je lui demandai s'il connaissait l'horaire du train pour La Paz. À cet instant arriva la viande. Les yeux du vieux se mirent à briller et il nettoya fourchette et couteau avec la serviette en papier.

– Bon appétit.

– Merci. Un peu de vin ?

Sans attendre la réponse il claqua les doigts pour

demander un autre verre. Il porta le premier morceau de viande à sa bouche et prit un air songeur.

– Le meilleur du bœuf c'est l'*asado*. Ah ! Le noble animal, plein de biftecks partout ! Mais le meilleur c'est l'*asado*.

– Je suis d'accord avec vous. À la vôtre.

– À la tienne. Tu sais ce qui manque ici, au nord ? Le *chimichurri*[1]. Voilà ce qui manque. Un vers sans rime c'est comme un *asado* sans *chimichurri*.

– Totalement d'accord.

Le vieux mastiquait avec une discipline macrobiotique. Des gouttes de jus tentaient de s'échapper de la commissure des lèvres, mais la langue agissait avec une implacable rapidité. Après avoir consciencieusement mastiqué, il faisait descendre la bouchée à l'aide de grandes gorgées de vin.

– Tu dis que tu vas à La Paz. Attention à la *puna*[2] là-haut. Si tu te sens mal, mange de l'oignon. Mets de l'oignon dans le moteur. Le train pour La Paz part entre huit heures et midi. Pas très anglais comme horaire. Tu as ton billet ?

Il parlait sans me regarder. Toute son attention était concentrée sur le morceau de viande qui disparaissait dans une agonie subtile de jus, jusqu'à ce que le plat soit vide.

– Non, je ne l'ai pas encore acheté, dis-je en voulant prendre congé. Mais le vieux commanda une autre cruche de vin.

– Pardonne l'impolitesse. Mais j'avais faim. Plus de douze heures sans bouffer. Imagine.

---

1. Condiment.
2. Mal des montagnes.

– Ne vous en faites pas pour moi.

– Comme tu n'as pas de billet, tu devras te dépêcher de passer la frontière. Les soldats l'ouvrent à sept heures et il y a toujours la queue.

– J'essaierai d'arriver dans les premiers.

– Très bien. Mais ça ne suffit pas. Au guichet, les Boliviens vont te dire qu'il n'y a plus de place, que tout est vendu. Voilà ce qu'ils vont te dire, ces fils de pute. Tu sais ce que tu dois faire alors ? Montrer un billet de cinquante balles plié. Tu vois ce que je veux dire ?

– Oui. Merci pour le tuyau.

Le vieux me regarda d'un air malicieux. Du revers de son blouson il tira une longue épingle en argent et commença à se curer les dents.

– Comme ça, tu es Chilien.

– Il faut bien naître quelque part.

– Là-bas aussi les choses vont mal, non ?

« Les choses. » S'il y a quelque chose que je déteste c'est bien les questions-réponses et, par ces temps de peur, parler des « choses » n'était pas très conseillé.

– Comme partout, j'imagine.

– Tu as raison. Le monde est pourri.

Il n'était pas non plus conseillé de se mettre à philosopher sur la pourriture universelle en compagnie d'un inconnu. Je fis mine de me lever et le vieux me tapota le bras.

– Tu sais ce qu'il y a, petit Chilien ?

– Non. Qu'est-ce qu'il y a ?

– J'ai encore faim. Voilà ce qu'il y a. Et si je commandais un autre *asado* et que tu en prennes la moitié ? Qu'est-ce que tu en dis ?

Alors, je songeai à ces foutus temps de peur, à ce

long voyage où je mangeais le plus souvent seul et vite et je me dis que rester quelques heures accroché à cette table était une forme de résistance.

– D'accord. Mais je paie le vin.

– Formidable ! s'exclama le vieux en me tendant la main.

Nous avons mangé. Nous avons bu. Nous avons parlé d'un gamin qui promettait, un certain Maradona, très proche de Chamaco Valdès dans la maîtrise du ballon ; nous avons comparé les poings d'Oscar Ringo Bonavena avec ceux de Martín Vargas, nous sommes tombés d'accord pour dire que Carlitos dégageait une émotion incomparable, mais qu'en définitive aucune voix ne pouvait rivaliser avec celle de Julio Sosa, le grand du tango. Notre repas, sur cette table couverte de papier d'emballage, s'était transformé en une petite fête de famille partagée par un Argentin et un Chilien, lors d'une soirée ordinaire d'Amérique latine. Le temps de la peur était resté dehors, où un portier invisible et inflexible se chargeait, avec mépris, d'interdire l'entrée de cet hôte indésirable.

À la fin du repas, le vieux me rappela que je devais arriver de bonne heure à la frontière et ferma son poing gauche en laissant le pouce tendu, désignant un point qui pouvait tomber du ciel ou venir dans son dos.

– C'est tout près. La frontière commence là où est le train.

À l'hôtel, le lit était très froid, les draps peut-être humides, et je mis longtemps à me réchauffer. Je ressentais la fatigue du voyage et celle des cinq cruches de vin vidées avec le cheminot. J'avais envie de dormir mais j'avais peur de manquer le train. L'idée de rester un jour de plus à La Quiaca n'arrivait pas à me séduire. Heureusement, j'avais assez de cigarettes et le tabac parvint à écourter la nuit.

Le jour se leva sans prévenir, comme si une main puissante avait violemment déchiré le rideau d'ombres et une lumière blessante entra à flots par la fenêtre. Je regardai ma montre. Il était six heures du matin. Une bonne heure pour aller jusqu'à la frontière.

Au bout de quelques pas je me retrouvai devant la bizarre construction que j'avais vue la veille. Un pont de fer. À un bout, une casemate ornée du drapeau argentin ; à l'autre, une deuxième casemate semblable avec le drapeau bolivien. Sous le pont, pas de rivière.

Vers sept heures, des gendarmes argentins encore ensommeillés ouvrirent la frontière. Il y avait déjà beaucoup de gens, femmes, hommes, enfants aux visages énigmatiques, qui parlaient entre eux dans leur *aymara*[1] aux intonations sifflantes tandis que la boule de coca gonflait leurs joues. Ils portaient des ballots, des valises, des paquets d'herbes, de fruits, de légumes, des poules tête en bas, aux yeux blancs et aux ailes maladroitement déployées, des ustensiles de cuisine et des attirails indéfinissables. De l'autre côté du pont un groupe humain semblable attendait et en voyant que les voies ferrées commençaient à la casemate bolivienne, je me souvins des paroles du cheminot.

Les gendarmes argentins examinèrent mon passeport, puis comparèrent la photo avec celles des personnes recherchées et me le rendirent sans un mot. Je traversai le pont. Adieu, Argentine. Bonjour, Bolivie.

---

1. Langue parlée par les Indiens de la région du lac Titicaca.

Les Boliviens se livrèrent au même rituel, mais cette fois un soldat me posa des questions :
– Où allez-vous ?
– À La Paz.
– Montrez-moi votre billet.
– Je ne l'ai pas. C'est pour ça que je viens de bonne heure.
– Vous allez rester combien de jours en Bolivie ? Vous avez une adresse à La Paz ?
– Non. De là, je continuerai mon voyage.
– Où ?

Où ? J'hésitai. Je pensai à une petite carte scolaire d'Amérique du Sud qui était dans mon sac. Elle était couverte de noms évocateurs. J'aurais pu dire Lima, Guayaquil, Bogotá, Carthagène, Paramaribo, Belem, mais le seul mot qui me vint aux lèvres fut celui de mon grand-père.

– Martos, en Espagne.

Le soldat m'autorisa à passer, mais je sentis qu'il me lançait un regard de haine. C'étaient les yeux d'un dieu irascible. Des yeux de feu noir sur un visage de pierre.

À la gare de Villazón, je suivis les conseils du cheminot, et le billet de cinquante pesos soigneusement plié transforma le refus du guichetier en récriminations contre ceux qui arrivaient au dernier moment pour acheter leur billet. La gare de Villazón était plus petite que celle de La Quiaca. Elle avait deux quais cimentés d'une propreté impeccable.

– Le train arrive entre huit et dix, se remplit entre dix et onze et part quand il est plein, m'informa le guichetier.

J'avais un peu de temps pour visiter les lieux.

J'achetai deux *empanadas* à une vendeuse et une chope de Nescafé. Assis sur mon sac à dos, je vis la gare se transformer en une joyeuse foire de nourritures, de fruits, d'outils et d'animaux domestiques. Et je me mis à contempler avec plaisir cette réalité inconnue.

Vers huit heures, le soleil commença à taper dur. La réverbération sur les murs chaulés était aveuglante. Je nettoyais mes lunettes de soleil lorsque j'entendis une voix familière, celle du cheminot.

– Tire-toi, petit Chilien. Tire-toi.

Je me retournai. Le vieux passa à côté de moi sans me regarder, mais en murmurant entre les dents :

– Tire-toi, petit Chilien. Tire-toi avant qu'ils t'attrapent.

Le soleil andin arrêta les heures, la rotation de la planète, les mouvements capricieux de l'univers. Il n'y avait pas un seul nuage dans le ciel, pas même un oiseau, mais soudain, comme s'ils avaient entendu un signal secret, l'écho alarmant d'une trompe répercuté depuis des siècles dans la solitude des montagnes, les êtres aux visages totémiques ramassèrent leurs marchandises et leurs ballots et une indicible rafale de peur balaya le joyeux tumulte qui régnait sur les quais.

En regardant vers le commencement des voies, la frontière, je vis des soldats qui descendaient d'un camion vert. Obéissant aux gestes d'un officier ils avancèrent déployés en éventail, prêts à repousser une embuscade. Et j'étais seul, assis sur mon sac à dos.

À cet instant retentit un coup de sifflet qui m'obligea à regarder du côté opposé et je vis la vieille locomotive diesel entrer en gare. C'était un gros animal vert portant une cicatrice jaune sur le ventre, qui traînait le convoi en soufflant comme un vieux dragon. Je vis passer les wagons gris, telle une succession de poissons tristes, avec les mots « La Paz » répétés sur les écriteaux.

La locomotive s'arrêta en arrivant au pont, car ainsi que le cheminot l'avait dit, la frontière commençait avec le train. Alors on me poussa contre un mur et je restai immobile, jambes écartées et mains appuyées contre la chaux, tandis que des mains gantées vidaient mon sac et piétinaient livres, photos, souvenirs réfractaires à ces temps de peur, jusqu'à ce que les coups de pieds me fassent m'allonger à plat ventre, mains sur la nuque.

Deux heures environ s'écoulèrent, jusqu'à ce que les soldats se remettent en chasse et allongent à côté de moi un autre porteur de sac à dos. C'était un Argentin membre de la secte Hare Krishna, qui, le crâne rasé reflétant le soleil et drapé dans son extravagant accoutrement orange, ne cessait de souhaiter aux soldats une paix éternelle.

– Que se passe-t-il, frère ? me demanda-t-il à voix basse.

– Ferme-la, sinon ils vont te la fermer.

– Mais, qu'est-ce qu'on a fait, frère ?

– Peut-être appeler frères des fils uniques.

Les heures passèrent et les crampes devinrent moins douloureuses. Ce qui durait en revanche c'était mon envie de fumer et, de ma position de reptile humilié je regardais les roues du train, les pieds agiles des passagers, les fardeaux et les valises qui tout d'un coup perdaient leur poids et s'élevaient. Lorsque après le coup de sifflet les roues se mirent en mouvement, je sentis qu'elles emportaient la seule possibilité de laisser derrière moi ces temps de peur qui me retenaient prisonnier, pour toujours peut-être.

– Je leur ai dit la vérité, se plaignit le Krishna.

– Moi aussi. Mais il y a des gens qui ne croient en rien.

– Je leur ai dit qu'à La Paz je prenais l'avion pour Calcutta. Je leur ai montré le billet, les papiers, tout.

– Je te l'ai dit, il y a beaucoup de mécréants.

– Je suis à la recherche de la lumière. C'est là une épreuve, mon frère.

– Tu commences à me les gonfler.

– La lumière est à Calcutta, frère.

À cinq heures de l'après-midi, ils nous autorisèrent à nous relever. Nous avions tous les deux la peau des bras et du cou cloquée par l'insolation. Après une formalité expéditive ils nous dépouillèrent de notre argent et de nos montres et procédèrent aussitôt à notre expulsion du territoire bolivien comme individus indésirables.

De l'autre côté du pont nous attendait le vieux cheminot, avec une carafe d'eau et un pot de crème contre les brûlures.

– Vous avez eu de la chance, les gars. Ces salopards auraient pu vous embarquer à la caserne et adieu la pampa ! Vous avez eu de la chance.

– J'arriverai à Calcutta, assura le Krishna.

J'étais sûr qu'il y parviendrait et tandis que je m'éloignais avec le vieux je souhaitai de toutes mes forces qu'il y parvienne vite, car si ce routard chauve aux vêtements orange arrivait à Calcutta, il y en aurait un au moins qui retrouverait sa frontière perdue, celle qui ouvrait sur le territoire du bonheur.

2

À partir de 1973, plus d'un million de Chiliens laissèrent derrière eux leur long pays maigre et malade. Les uns contraints à l'exil, les autres fuyant la peur et la misère, et d'autres enfin simplement désireux de tenter leur chance au nord. Ces derniers n'avaient qu'un seul but : les États-Unis.

La plupart transformaient leurs maigres biens en un billet de bus pour Guayaquil ou Quito. Ils pensaient que de là il leur suffirait de faire quelques pas supplémentaires pour se retrouver au nord, sur la Terre promise.

Après plusieurs jours de voyage, ils descendaient des bus, perclus de crampes, poisseux, affamés, ils se renseignaient sur les moyens de poursuivre leur route et découvraient que l'Amérique du Sud est gigantesque et, comme pour ajouter à leur infortune, que la route panaméricaine disparaissait, avalée par la jungle colombienne. Et ils restaient au milieu du monde, comme des bateaux à la dérive, sans présent, sans avenir.

L'un de ces individus était le pianiste de l'Ali Kan ; il était grand, maigre et blanc comme un cierge. Ses yeux rougis et deux dents jaunes saillant sur sa lèvre inférieure lui donnaient un air de lapin triste.

Il ne pouvait réprimer ses larmes quand il évoquait Valparaíso, où il jouait dans l'orchestre de l'American Bar, un lieu centenaire où se retrouvaient tous les bohèmes du port et que les militaires rayèrent de la carte en imposant un couvre-feu qui dura treize ans.

– C'était vraiment une boîte bien. Les filles n'étaient pas des putains ; c'étaient des *miss*. Et les marins laissaient aux musiciens des pourboires fantastiques, pas comme dans cette porcherie ! Se plaignait-il et il se maudissait d'être tombé à Puerto Bolívar. Car, répétait-il, on n'arrive pas ici, on y tombe.

Puerto Bolívar est au bord du Pacifique, tout près de Machala, au sud de Guayaquil. La mer est présente dans la brise qui parvient par moments à dissiper les bouffées d'air humide et chaud provenant de l'intérieur des terres. On peut voir et entendre la mer, mais on ne la sent pas.

À Puerto Bolívar on embarque les bananes équatoriennes pour le monde entier. À cinq kilomètres environ de la jetée s'ouvre un trou vaste comme un stade de football et d'une profondeur inconnue. C'est là que finissent les tonnes de bananes impropres à l'exportation, soit qu'elles ont mûri trop tôt, soit qu'elles présentent des taches suspectes de parasites ou encore que le propriétaire de la plantation, ou le transporteur, a refusé de payer l'impôt prélevé par les mafias du secteur.

Le lieu se nomme La Olla[1] et il est en ébullition permanente. Les milliers de tonnes de fruits en décom-

---

1. La Marmite.

position forment une pâte épaisse, nauséabonde et troublée de bulles. Tout ce qui ne sert plus finit à La Olla et ce monstrueux ragoût ne se nourrit pas seulement de matières végétales, mais aussi des adversaires des caciques politiques qui y pourrissent avec plusieurs grammes de plomb dans le corps ou mutilés à coups de machette. La Olla mijote sans trêve. Sa puanteur est telle qu'elle repousse l'odeur de la mer et que même les charognards ne s'en approchent pas.

– Va-t-en. Va-t-en tout de suite, avant que cette maudite puanteur anéantisse ta volonté et que tu finisses comme moi, par pourrir sur pied ici, me répétait le pianiste à chacune de nos rencontres.

J'étais arrivé à Machala car je voulais quitter rapidement l'Équateur et la seule manière de précipiter un départ est de n'être rebuté par aucun travail. J'avais ainsi accepté un contrat semestriel à l'université de Machala, par lequel je m'engageais à expliquer à une poignée d'étudiants le tissu sociologique des moyens de communication. À peine étais-je arrivé que j'eus envie de repartir, mais je n'avais plus un sou en poche et il me fallait attendre la fin de mon contrat pour toucher le salaire. Une formalité bureaucratique très tropicale voulait que les professeurs invités ne soient payés qu'à la fin du semestre et ce grâce aux bons offices d'un administrateur qui empochait la moitié du fric.

Pour économiser un peu de cet argent, que nous n'avions pas, le groupe de professeurs que nous formions – les *licenciados*[1] comme nous nous

---

1. Littéralement « licenciés ». En Amérique latine le titre de *licenciado* est employé dans la conversation, soit comme marque de respect soit ironiquement.

appelions – composé d'un Uruguayen, d'un Argentin, de deux Chiliens, d'un Canadien et d'un Équatorien de Quito qui détestait les tropiques de toute son âme, décida de vivre ensemble dans une grande maison peinte en vert calypso, au toit de zinc et avec vue sur la forêt. Nous y avions suspendu six hamacs et le soir nous nous balancions en fumant, en parlant de nos projets lorsque nous serions payés, en vidant des caisses de bière et en contemplant les pales du ventilateur qui tournaient inutiles au-dessus de nos têtes.

À Machala il n'y avait presque rien à voir et moins encore à faire. Le curé, chargé de censurer les films que l'on projetait dans un cinéma en plein air, ne brillait pas par son bon goût, si bien que pour supporter la chaleur des nuits de Machala imprégnées de la puanteur de La Olla, il ne nous restait plus qu'à aller faire un tour au casino ou dans les bordels de Puerto Bolívar. Nous allions au casino pour profiter de l'air conditionné et parce que nous étions assurés de tomber sur l'un ou l'autre de nos étudiants qui perdait en quelques minutes l'argent que nous devions recevoir après avoir sué pendant un semestre.

– Servez une tournée aux *teachers*, ordonnait l'étudiant les yeux fixés sur la boule de la roulette.

Nous le remerciions et nous lui souhaitions bonne chance.

Nous aimions aller dans les bordels, particulièrement l'Ali Kan, un immense hangar en planches et au toit de zinc, administré par doña Evarista, une grosse Chilienne sexagénaire qui transpirait et pleurnichait sur nos épaules lors de ses crises de nostalgie de Buenos Aires et de Santiago, les villes où elle avait fait ses premières armes. Inviter doña Evarista à danser un tango signifiait une bouteille de whisky et une cartouche de cigarettes sur le compte de la maison. Nous dansions tous correctement le tango, sauf le Canadien, qui était toujours occupé à prendre des notes sur tout ce qu'il voyait et entendait pour un roman qui, selon lui, serait meilleur que *Cent Ans de solitude*. La grosse se consumait d'amour pour le Canadien et chaque fois qu'elle le voyait en train d'écrire elle ordonnait aux filles de se taire.

À l'Ali Kan travaillaient une vingtaine de femmes qui recevaient leurs clients dans de minuscules pièces, sur des matelas posés par terre. Parfois, lorsqu'un marin vigoureux faisait vibrer de ses transports amoureux le local construit sur pilotis, les hôtes du salon lui adressaient de chaleureux applaudissements. Ainsi passaient les nuits. Les nuits de l'Ali Kan.

Le lendemain recommençait la routine tropicale : se réveiller dans la puanteur de La Olla, sauter du hamac, parvenir à ce que l'épine dorsale reprenne sa position verticale, vider les chaussures pleines de cafards et de scorpions, prendre une longue douche, sortir dans la moiteur de la rue, boire un *tinto,* un formidable café noir, à la gargote du coin, marcher cinq cents mètres et en arrivant à l'université prendre une autre douche avant de commencer les cours.

Quinze étudiants étaient inscrits à mon cours de sociologie de la communication, mais je ne suis arrivé à en connaître que trois, et je me suis toujours demandé ce qu'ils pouvaient bien chercher là. L'un d'eux était déjà, à vingt ans, un expert en maladies vénériennes ; il les avait toutes eues et s'en vantait. Un autre, fils d'un magnat de la banane, consacrait ses matinées à l'étude consciencieuse des catalogues de voitures de sport. Et il vivait dans l'obsession de posséder une Porsche. Que la région fût presque entièrement dépourvue de routes ne lui posait pas le moindre problème. Quant au troisième, je ne suis pas sûr qu'il savait lire.

Au bout de quatre mois je commençais à donner raison au pianiste de l'Ali Kan. Il me fallait quitter ce trou pourri.

La bonne société de Machala ne nous a jamais regardés d'un bon œil ; nous étions six individus, dont cinq étrangers, qui vivaient à crédit et fréquentaient les bordels. Elle ne nous a jamais regardés d'un bon œil mais elle ne nous a jamais non plus compliqué l'existence. Elle nous gratifiait d'une sorte d'acceptation fondée sur la répulsion et la méfiance. Du moins jusqu'au jour où une des filles de l'Ali Kan nous raconta les larmes aux yeux que le curé lui avait interdit l'entrée du cinéma, à elle et deux amies du métier qui n'avaient pas pu assister à la projection de *Cat Ballou*.

– Alors qu'on adore ce salaud de Lee Marvin, précisa-t-elle en pleurnichant.

Miteux mais gentlemen. Tels six mousquetaires nous nous rendîmes aussitôt à l'église pour dire au curé ses quatre vérités.

– Le cinéma est fermé aux femmes de mauvaise vie, lança le curé.

– Le cinéma c'est la culture. Il est possible que dans un film ces femmes trouvent la valeur morale qui les fera changer de vie. Et puis c'est vous qui choisissez les films, allégua l'Argentin.

– Je ne le nie pas. Mais elles doivent venir accompagnées de personnes à la moralité éprouvée.

– En compagnie de professeurs de l'université, par exemple ? demanda le Canadien.

– Vous ? Vous risqueriez vos carrières en venant au cinéma avec des putains ? Ne me faites pas rire.

À partir de ce jour, nous assistâmes tous les vendredis aux séances de cinéma en compagnie des filles qui voulaient y aller. Debout à la porte, le curé nous jetait des regards de haine mais ne pouvait pas interdire l'entrée aux filles. Nous accomplissions ainsi notre devoir de galants hommes, mais la bonne société de Machala ne le voyait pas de cet œil. Les professeurs de la ville cessèrent de nous inviter chez eux, les policiers nous regardaient d'un air goguenard et la rumeur que nous combinions pédagogie et proxénétisme commença de circuler. Le moment de partir était venu. Le problème était de savoir comment. Le semestre était loin d'être fini.

La possibilité de reprendre la route se présenta un soir au casino. J'étais là, profitant de la fraîcheur qui arrachait des éternuements aux joueurs et permettait aux dames de Machala d'arborer leurs manteaux et leurs cols de fourrure. J'étais seul. Mes collègues étaient partis à l'Ali Kan, où la nuit précédente avait eu lieu un miracle : le Canadien, qui avait une demi-bouteille de rhum dans le sang, s'était enfin décidé à inviter la grosse Evarista à danser. Tango, salsa, merengué, valses créoles, pasillos, sanjuanitos ; il dansait tout. Transformé en toupie, le Canadien déclara que son projet de roman il n'en avait plus rien à foutre et se mit à distribuer ses pages de notes aux clients. Il allait vivre, vivre intensément et près de son grand amour, déclara-t-il en étreignant doña Evarista qui défaillait de ravissement. Elle nous invita tous au dîner de fiançailles. Bien entendu, je ne voulais pas manquer ça, mais je désirais encore sentir la merveilleuse fraîcheur du casino d'où on sortait avec plaisir. C'est ce que je m'apprêtais à faire lorsqu'une main me toucha l'épaule.

C'était un type que je connaissais de vue. Je savais qu'il dirigeait une entreprise de transport de bananes et qu'il possédait des camions et des bateaux. L'homme s'exprimait dans le parler lent et rythmé des gens de Guayaquil.

– Dites-moi, *teacher,* vous croyez à la loi des probabilités ?

– Elle a du vrai.

– Regardez : j'ai parié six fois sur le zéro et il n'est pas sorti. Vous croyez qu'il va sortir la prochaine fois ?

– La seule façon de le savoir c'est de risquer le coup.

– Voilà un vrai mec, dit-il, et il lança un trousseau de clefs sur le tapis.

– Chrysler. De l'année. Elle m'a coûté vingt mille dollars.

Le croupier s'excusa, se dirigea vers une porte, entra, puis revint au pas de course.

– Dix mille, dit-il, et cinq pour cent de commission pour la maison.

– Quinze mille et je double la commission.

– Pari accepté. Messieurs, faites vos jeux.

La boule se mit à tourner et l'homme de Guayaquil suivit sa course d'un regard impassible. Il se tenait mains appuyées sur le tapis sans trahir la moindre émotion. C'était un vrai joueur. Sa lassitude révélait son désir de perdre. Lorsque la boule s'immobilisa sur le numéro sept, il haussa les épaules.

– Quelle merde, *teacher* ! Mais au moins on a levé le doute.

– Désolé.

– C'est le jeu. Allons au bar, je vous offre un verre.

Au comptoir, nous fîmes les présentations. Le type voulut en savoir plus sur mon compte, il m'écouta en silence, puis me parla comme si j'étais dans le commerce des bananes.

– Vous tombez du ciel, *teacher*. Vous allez venir avec moi à Rocamuerte. J'ai un fils sur le point de terminer le lycée et je veux qu'il soit avocat. Vous me le préparez pour l'entrée à l'université et moi je résous tous vos problèmes économiques. Ça vous va ?

– Dans les universités équatoriennes entre qui veut.

– Mon fils va étudier aux États-Unis. Là-bas, il y a des examens d'admission et tous ces trucs compliqués. Deux mille dollars par mois ? Soyons pratiques, *teacher*, voici un chèque en blanc. Touchez-le demain. Prenez mille, deux mille dollars, tout ce qu'il vous faut. Je vous demande seulement d'être chez moi à la fin de la semaine. Et maintenant, partez, *teacher*. Quand je perds, j'aime être seul.

J'arrivai à l'Ali Kan après minuit. Doña Evarista avait préparé des douzaines d'*empanadas*, plus savoureuses que le caviar Béluga, dans cet enfer culinaire où on ne connaissait que le riz et les bananes en rondelles. Cette nuit-là fut une grande fête. Doña Evarista reconnut la signature du chèque et dit qu'il s'agissait d'un des hommes les plus riches du pays, de sorte que mes soucis étaient finis et que je pouvais me sentir de nouveau en route.

Nous nous sommes goinfrés d'*empanadas*, nous avons vidé d'innombrables bouteilles de vin chilien et après avoir chanté les tangos qui arrachaient des torrents de larmes à la grosse Evarista, le Canadien nous étonna tous par un discours qu'il prononça juché sur la table.

– Mes amis, je veux vous dire que cette femme est merveilleuse et qu'à partir de demain je vais vivre avec elle. Je vais être le *man* de cette maison et vous, camarades, mes frères, vous serez désormais considérés comme nos enfants. Vive les fils de pute !

Le lendemain, je me rendis à la banque et je retirai pas mal d'argent, je payai mes dettes, distribuai quelques billets à mes collègues et, sac au dos, je me dirigeai vers la station d'autobus. Là, m'attendait le pianiste, grand, maigre et blanc comme un cierge.

– Tu ne peux pas savoir comme ça me fait plaisir, mon ami. Bonne chance, me dit-il en me serrant la main.

Avant de monter dans le bus, je respirai profondément, me remplis les poumons de l'air pourri qui venait de La Olla, et j'entendis dans les haut-parleurs la voix du curé menaçant d'excommunier tous ceux qui iraient voir le film *Kramer contre Kramer*, qu'il accusait d'être une apologie du divorce.

– Ce soir, le cinéma sera plein, murmura le pianiste.

Quelques années plus tard, je me trouvais très loin de l'Équateur, je reconnus dans une revue littéraire québécoise le nom du Canadien de Machala. Il avait publié une nouvelle intitulée *La nuit tous les chats sont gris sous les tropiques.* Un superbe récit, dans lequel il évoquait une époque où il avait vécu en compagnie de cinq individus, dans un pays cerné par une puanteur infernale. C'était une bonne nouvelle, comme avaient été bons ces jours vécus dans l'attente d'un salaire qui n'arrivait pas, sous les pales d'un ventilateur qui ne produisait aucune brise, mais partagés avec des femmes et des hommes au grand cœur, qui m'avaient offert le meilleur d'eux-mêmes.

3

Ce matin-là, je me levai avant l'aube, emballai mes maigres affaires et dis adieu à l'estancia La Conquistada. C'était un lieu magnifique, une extraordinaire oasis de verdure en plein désert, et je me sentis ridicule, humilié de devoir partir discrètement et précipitamment comme un voleur. Mais j'y avais réfléchi pendant la nuit et, comme le dit Lichtenstein, il faut savoir prendre les décisions que nous conseille l'oreiller.

La cuisinière me vit traverser le porche de la maison et fit semblant de regarder de l'autre côté. Je trouvai le portail fermé par une grosse chaîne et un cadenas. Par chance le mur n'était pas haut et je sautai facilement de l'autre côté.

J'avais fait une centaine de pas lorsqu'un camion s'arrêta au bord du chemin.

– Où allez-vous ? demanda l'un des occupants de la cabine.

– À Barranco, pour prendre l'avion-taxi.

– Si la compagnie ne vous dérange pas, on peut vous emmener. On va à Ibarra, dit le chauffeur.

– Fantastique. Merci beaucoup, répondis-je et je grimpai à l'arrière du camion.

Il transportait des porcs énormes qui m'accueillirent comme un des leurs. Assis dans un coin, sur mon sac, je pensai que je n'avais jamais été aussi près de faire le grand saut jusqu'en Europe, mais la vie m'obligeait une fois encore à changer de cap. En guise de consolation, je me mis à admirer le panorama de montagnes et de ravins baignés de la violente luminosité de l'aube dans le désert.

Soudain, je sentis que tous les porcs avaient les yeux fixés sur moi. Je ne sais plus qui a écrit que les porcs ont un regard pervers. Ce n'était pas le cas. Ceux-ci me regardaient avec de petits yeux innocents et apeurés. Peut-être pressentaient-ils que c'était leur dernier voyage.

– Nous avons quelque chose en commun, je crois que vous l'avez remarqué. Mais moi, camarades, j'ai pu m'échapper à temps et je ne finirai pas transformé en boudins. Que voulez-vous, c'est la vie.

Trois semaines auparavant, je me trouvais à Ambato, la ville des fleurs et, à juste titre, celle des femmes les plus belles d'Équateur. J'allais vers le Coca, en Amazonie, avec l'intention de faire un reportage sur les installations pétrolières. Comme d'habitude j'étais à court d'argent et un magazine américain offrait une somme rondelette pour ce reportage. À Ambato, je devais prendre contact avec un ingénieur qui me conduirait en jeep jusqu'à Cuenca, d'où je poursuivrais le voyage dans un petit avion de la Texaco.

Je me trouvais donc à une table de café, heureux de voir passer toutes ces jolies femmes qui faisaient honneur à leur ville. Soudain, voulant reposer mes yeux de tant de beauté, je jetai un regard sur le journal et je remarquai une annonce curieusement rédigée :

On recherche jeune homme de bonne éducation, sérieux antécédents, avec des facilités d'écriture, pour collaborer à la rédaction des mémoires d'une éminente personnalité. Préférence sera donnée aux candidats d'ascendance espagnole. Pour rendez-vous, téléphoner au...

Piqué par la curiosité, j'appelai. J'entendis au bout du fil une femme à la voix autoritaire qui ne répondit à aucune de mes questions concernant l'identité de cette éminente personnalité mais qui me fit subir un interrogatoire serré, surtout au sujet de mes ancêtres espagnols. À la fin, et à ma surprise, elle dit qu'elle m'acceptait, mentionnant au passage des honoraires qui envoyèrent paître le reportage du Coca. Avant de raccrocher, elle me donna des indications pour arriver à l'hacienda, qui se trouvait à quatre-vingts kilomètres d'Ambato, et précisa qu'elle m'attendrait le lendemain.

Vingt-quatre heures plus tard, j'arrivai devant le portail de La Conquistada, une imposante bâtisse de style colonial entourée de jardins. Sous le porche de la maison étaient suspendues des dizaines de cages enfermant des oiseaux de la forêt et c'est là que je fus accueilli par la femme avec laquelle j'avais parlé la veille au téléphone.

– Ils sont à ma fille. Elle adore les oiseaux. J'espère que les chants ne vous dérangeront pas le matin. Les toucans sont particulièrement bruyants.

– Pas du tout. C'est la meilleure façon de se réveiller.

– Entrez. Je vais vous montrer votre chambre.

Dans l'entrée de la maison trônait le portrait en pied, grandeur nature, d'un individu accoutré comme Cortés, Almagro ou n'importe lequel des conquistadors. Le guerrier appuyait ses mains sur une épée.

– L'*adelantado* don Pedro de Sarmiento y Figueroa. Nous sommes ses descendants directs et nous en sommes très fiers, dit la femme.

– Mes gouttes de sang espagnol ne sont pas de si noble lignage.

– Tout sang espagnol est noble, répliqua-t-elle.

La chambre qui me fut attribuée était sobre. Elle se composait d'un lit, d'une table de nuit et d'une armoire qui clamaient leur ancienneté. Dans un coin se trouvait un curieux meuble qui me sembla d'abord être un ancêtre du portemanteau, mais le crucifix accroché en face me fit comprendre qu'il s'agissait d'un prie-Dieu.

– Maintenant installez-vous. Dans une demi-heure, nous vous attendons à la salle à manger.

Durant le déjeuner, je constatai que les descendants de l'*adelantado* n'étaient pas nombreux et qu'avec eux s'achevait la lignée.

La femme, qui était veuve, tenait les rênes de l'hacienda et éprouvait un véritable plaisir à humilier les domestiques indigènes et les hommes chargés des travaux agricoles. Elle avait une fille, Aparicia, qui approchait la quarantaine et se mouvait gauchement, comme pour s'excuser auprès des meubles de mesurer un mètre quatre-vingt-dix et de déplacer un corps qui, quoique bien proportionné, était volumineux. Dès le premier instant j'eus l'impression que cette femme sortait d'une peinture baroque ; les maîtres du baroque avaient peint des naines aux chairs généreuses. C'était comme si l'un d'eux, ayant bizarrement perdu le sens des proportions, avait représenté Aparicia sous les traits d'une grande femme opulente, puis l'avait extraite du tableau afin de ne pas trahir l'école. Son visage aurait pu être beau, mais il était déformé par un rictus d'amertume, peut-être de haine, hérité de la mère. Aparicia passait ses journées à broder, et bien que j'aie toujours détesté les comparaisons zoologiques, je ne pouvais m'approcher d'elle sans percevoir l'odeur caractéristique de lait aigre que dégagent les femelles en chaleur.

Le maître de maison était l'« éminente personnalité » de l'annonce, père de la veuve et vieux protagoniste d'affrontements pour le pouvoir survenus dans les années 20. Tout le monde lui donnait le grade garciamarquézien de colonel ; il se nourrissait de bouillies de yucca sucrées avec du miel de palme. Il y avait enfin le père Justiniano, un vieux prêtre aux allures d'urubu qui empestait l'alcool.

La vie à La Conquistada était réglée selon un rituel immuable. À sept heures du matin, je devais assister à la messe dans la chapelle familiale. Après le petit déjeuner, je discutais une heure ou deux avec le vieux colonel et le curé. Aussitôt après venait le déjeuner précédé d'une action de grâce. L'après-midi, la sieste achevée, je prenais le café avec les deux vieillards jusqu'à l'heure du rosaire. Après le dîner, nous passions au salon où Aparicia brodait, les vieux jouaient aux dominos et la veuve me racontait les exploits de l'*adelantado*.

Une semaine s'était écoulée lorsqu'un matin je sortis sous le porche et vis Aparicia qui parlait à un de ses oiseaux. Quand elle se rendit compte de ma présence, le sang envahit ses joues et sa respiration se fit haletante. Je l'avais apparemment surprise dans une situation très intime et je tentai de me tirer de ce mauvais pas par une remarque aimable.

– Vous avez de très beaux oiseaux. Comment s'appelle celui-ci ? lui demandai-je en désignant une cage au hasard.

– Oiseau-taureau, répondit-elle sans me regarder.

– Vous pouvez le faire chanter ?

– Il vaut mieux que cet oiseau ne chante pas, dit-elle.

Et elle s'éloigna laissant sous le porche des effluves de lait aigre.

Je restai devant la cage. L'oiseau enfermé mesurait une vingtaine de centimètres. Son plumage était d'un noir bleuté et brillant. Sa tête était surmontée d'une aigrette de plumes vertes et grises et sa gorge s'ornait d'un pectoral de plumes semblables à celles du paon. J'approchai une main et l'oiseau, sans doute effrayé, gonfla sa poitrine comme un crapaud et lança un cri totalement étranger à sa beauté fragile. Un cri grossier, bestial, semblable au mugissement d'un bovin à l'approche de l'orage.

Une femme de ménage s'approcha feignant de nettoyer la poussière sur la balustrade.

– Ne le faites pas chanter, patron. C'est un oiseau très malheureux. Chaque fois qu'il chante là-bas, dans la forêt, les autres oiseaux s'en vont et le laissent seul. Pauvre petit. C'est le préféré de mademoiselle Aparicia.

Les après-midi, la veuve souriait, satisfaite de me voir travailler sur mon cahier de notes, mais je commençais à considérer tout cela comme une perte de temps très bien payée. Les souvenirs de l'éminente personnalité se révélèrent affadis par l'artériosclérose et la censure du curé. Le pauvre vieux n'avait plus grand-chose du libéral qu'il avait été et il confondait parfois des épisodes vécus avec d'autres qui venaient de ses lectures. Ainsi il ne fallait pas s'étonner qu'il parle de l'assassinat d'Eloy Alfaro comme d'une conséquence des guerres napoléoniennes.

Au bout de quinze jours, je me dis que la vie à La Conquistada était les premières vacances que je prenais depuis de nombreuses années. Je mangeais bien, je dormais comme jamais, je respirais le meilleur air qui fût, je buvais de bons vins espagnols, la veuve me mettait au courant du commerce florissant de l'élevage et grâce à Aparicia j'avais toujours des vêtements propres et impeccablement repassés. Parfois, son odeur de femelle en chaleur me remuait le sang et je pensais qu'après une ou deux bouteilles, je me risquerais à entrer dans le lit de la brodeuse.

Chaque matin, à la messe, Aparicia s'asseyait à côté de moi. Je n'ai jamais pu comprendre ce qu'elle disait agenouillée devant une Vierge sculptée par Capiscara, qui faisait l'orgueil de la famille. Je ne comprenais pas ses paroles, mais je pouvais deviner à son expression que, loin de prier, elle proférait des imprécations, blasphémait peut-être, maudissait le triste sort qui avait fait d'elle une femme si grande et si corpulente.

Au cours de ces deux semaines, je remplis plusieurs cahiers des souvenirs du colonel et des commentaires du curé. Du groupe, le vieux prêtre était celui qui m'intéressait le plus. En fin d'après-midi, à l'heure du rosaire, il avait déjà ingurgité plusieurs bouteilles d'alcool et il laissait alors libre cours à sa rancœur contre les habitants de l'Amazonie, qu'il traitait de sauvages, d'hérétiques, de dégénérés et accusait d'être les responsables de sa perdition. J'étais d'autant plus attiré par ce personnage de curé alcoolique que la cuisinière m'avait raconté qu'il avait été, dans sa jeunesse, missionnaire chez les Indiens :

– Il voulait être un saint, mais les Indiennes lui ont fait perdre la tête et la chasteté. Comme elles sont jolies et vivent nues, il a oublié le célibat. On dit qu'il a eu cinq enfants avec elles. Après, il est devenu fou en pensant que ces pauvres bâtards allaient tout nus, mangeaient de la viande crue et sautaient d'arbre en arbre comme les singes.

J'essayais de lui délier la langue, mais l'ivrogne était avare de paroles. Quand la *caña* ne lui permettait plus de tenir sur ses jambes, la veuve et Aparicia le transportaient sur une civière jusqu'à son lit. Puis elles revenaient en minimisant la dipsomanie de son Éminence ; la veuve m'offrait un verre de cognac et nous parlions des Mémoires du colonel, du temps que me prendrait la rédaction définitive et de la joie qu'elle éprouverait de les voir publiés.

La nuit qui précéda mon piteux départ de La Conquistada, elle me proposa un nouveau travail. Il s'agissait cette fois d'écrire la biographie de don Pedro de Sarmiento y Figueroa, l'*adelantado*. Sa proposition me fit frémir, car elle impliquait un voyage en Europe.

– Il vous faudra naturellement aller en Espagne pour vous documenter dans les archives des Indes. Mais nous en reparlerons quand les Mémoires du colonel auront vu le jour.

Cette nuit-là, j'eus beau me tourner et me retourner

dans mon lit, je ne pus fermer l'œil. Cette famille, avec tous les anachronismes et la stupidité dont elle faisait étalage, était pour moi comme une mine d'or. J'étais tombé sans le vouloir sur le plus grand des gisements. Pour la première fois j'étais considéré et payé pour ce que j'avais toujours voulu faire : écrire. De plus, fleur du destin, on me mettait sur le chemin de l'Europe.

Je sortis de la chambre et me dirigeai vers la cuisine pour boire un verre de lait. Avec la cuisinière il y avait un homme que j'avais vu dresser un cheval. Il était vêtu de blanc avec le foulard rouge des paysans autour du cou.

Tandis que la cuisinière faisait chauffer une casserole de lait, le type m'observa de la tête aux pieds en souriant de manière assez cynique.

– Il faut le voir pour le croire, dit-il en éclatant de rire.

– Vous me trouvez drôle ?

– Pour être sincère, je vous trouve plus que ça : je vous trouve l'air couillon.

– Eh, doucement l'ami. Je ne vous connais pas et vous m'insultez. Je peux savoir pourquoi ?

– Ne dis rien, José. Tu vas t'attirer des ennuis, conseilla la cuisinière.

– Et merde ! Il faut bien que quelqu'un lui dise.

– Me dire quoi ?

Alors le type se redressa, marcha jusqu'à la porte et me fit signe de le suivre. Stupéfait, je regardai la cuisinière.

– Suivez-le, patron. Je crois que vous ne savez pas ce qui se passe.

Nous sortîmes dans la nuit froide du désert. D'un

geste l'homme m'indiqua les écuries. Là, il m'offrit un siège sur une caisse et me tendit une bouteille.

– Buvez d'abord un bon coup. Vous allez en avoir besoin.

Je bus et je sentis mes tripes se déchirer. C'était du *puro*, l'alcool brut sorti des sucreries. Je me mis à tousser et le type me tapota le dos.

– Pardonnez-moi de vous avoir traité de couillon, mais vous le méritez.

– C'est pas grave. Vous avez une cigarette pour faire passer ce poison ?

D'une poche de sa chemise il tira deux longs cigares, m'en offrit un et en me donnant du feu me regarda dans les yeux comme on regarde un imbécile.

– Allez, videz votre sac.

– Ils sont en train de vous engraisser. Comme un porc.

– Je ne comprends pas.

– Seigneur, aie pitié des couillons ! Ils vous engraissent, mon vieux, mais pas pour vous conduire à l'abattoir. Pour vous marier.

– Qu'est-ce que vous dites ?

– Ils vont vous marier. La veuve a décidé que vous étiez l'homme indiqué pour la grande bringue. Célibataire, vous n'êtes pas d'ici, vous ne connaissez personne, pas de famille et, pardon si ça vous vexe, comme tous les écrivains, vous devez vivre dans la lune et donc vous ne mettrez jamais votre nez dans les affaires de la veuve. Bref, vous puez le bon mari.

– Vous êtes fou ! D'où sortez-vous toutes ces idioties ?

– On voit bien que vous n'êtes pas d'ici, sinon vous auriez déjà compris. Réfléchissez : à la messe on vous place à côté de la grande bringue, à table vous êtes à côté de la grande bringue, et au rosaire encore une fois à côté de la grande bringue. Et qui lave et repasse vos vêtements ? La grande bringue. Qui fait votre lit et met des fleurs dans votre chambre ? La grande bringue. Vous avez vu ce qu'elle brode ? Des draps, mon ami. Des draps nuptiaux. Aucune femme d'ici ne fait ça en présence d'un homme qui n'est pas son fiancé.

Les paroles du paysan me laissèrent sans voix. La fumée du cigare me brûlait la gorge et je lui demandai qu'il me repasse la bouteille. Cette fois, le *puro* me sembla moins agressif et je commençai à trouver une certaine logique à toute cette affaire.

– Supposons que vous ayez raison. Pourquoi vous me dites tout ça ?

– Parce que vous me faites de la peine, mon ami. Écoutez : ici, nous sommes nombreux à vouloir épouser ce phénomène, pour l'hacienda, bien entendu. Mais comme nous sommes fiers, aucun de nous n'est prêt à renoncer à son nom. Vous ne comprenez pas ? Vous, ils vous engraissent pour que vous soyez l'étalon qui sauvera la caste des Sarmiento y Figueroa. La veuve est une vieille folle et comme le vieux et le curé, elle veut à tout prix que sa grande bringue tombe enceinte et accouche d'un ou plusieurs petits mâles qui prolongeront la lignée de l'*adelantado* ou comme on voudra appeler cet Espagnol de merde. Elle est veuve, c'est vrai, mais avant de le devenir, elle a passé sa vie à maudire le père de la grande bringue, un type de Latacunga qui l'a quittée et qui a bien fait. À la naissance d'Aparicia le vieux crétin de colonel les a fait fouetter tous les deux pour avoir engendré une fille au lieu du mâle qu'il attendait. Vous comprenez ? Et si vous vous demandez pourquoi la veuve ne s'est pas fait engrosser par un autre homme, la réponse est : parce que le descendant des Sarmiento y Figueroa ne doit pas avoir du sang indien dans les veines. Vous avez compris maintenant ?

– J'ai du sang des Indiens de mon pays, répliquai-je.

– Les Indiens de là-bas doivent être bien couillons. Nous ici, nous savons où nous mettons les pieds. Ils vont vous marier, mon ami. Et je vous plains si vous n'engrossez pas la grande bringue dare-dare, et malheur à vous si elle n'accouche pas d'un garçon.

– Et si je refuse ?

– Mon ami, pas un ici n'aimerait être dans la peau d'un étranger qui se permet d'offenser les maîtres de La Conquistada…

À la tombée du jour, les camionneurs me laissèrent à Ibarra. Après avoir pris congé d'eux et des porcs, la première chose que je fis fut d'appeler à Quito un ami avocat, afin de connaître son opinion sur l'affaire.

– Tu t'es mis dans de sales draps. Ces paranoïaques sont imprévisibles si on les atteint dans leur orgueil.

– Mais c'est absurde. Toute cette affaire est absurde.

– En Équateur, tout est tellement absurde que plus personne ne s'étonne de rien. Les Sarmiento y Figueroa font partie des quarante familles auxquelles tout est permis. Disparais pour un bon moment.

Je suivis le conseil de mon ami. Je gagnai Bogotá et de là Cartagena de Indias. J'ignore si la veuve a tenté quelque chose contre moi. Et j'ai oublié cette histoire jusqu'à ce que, quelques années plus tard, mon chemin me ramène en Équateur. À la foire d'Otavalo, je tombai sur la cuisinière de La Conquistada.

La brave femme ne travaillait plus à l'hacienda et était devenue marchande ambulante de cochons d'Inde grillés. Elle me proposa sa petite chaise d'osier et, après m'avoir offert le plus dodu de ses savoureux rongeurs, elle me raconta la fin de l'histoire.

– Quand ils se sont rendu compte de votre fuite, la veuve et les deux vieux ont donné une terrible raclée à mademoiselle Aparicia. Ils la frappaient et hurlaient qu'elle était stupide de n'avoir pas été fichue d'entrer dans votre lit. À la fin, la pauvre petite, toute contusionnée et pleine de bleus, trouva encore la force de tuer tous les oiseaux dans les cages. Elle n'en a épargné qu'un. L'oiseau noir de la forêt qui mugissait comme une vache. Elle m'a fait de la peine, la pauvre mademoiselle, mais j'étais contente pour vous.

– Et qu'est-ce qui s'est passé ensuite ?

– Quatre ou cinq mois plus tard est arrivé un autre jeune homme pour écrire les Mémoires du colonel. Il parlait bizarrement. Il disait *obrigado* chaque fois qu'on le servait.

– Un Brésilien. Peu importe. Continuez.

– Ils l'ont marié avec mademoiselle. Enfin ça a marché.

– Et…?

– C'est tout. Il y a maintenant un petit garçon à l'hacienda. Vous voulez savoir comment il s'appelle ? Pedrito de Sarmiento y Figueroa, dit la cuisinière, avec ce merveilleux sourire qui n'appartient qu'aux femmes d'Otavalo.

Troisième partie

Notes sur un voyage de retour

1

– Bon, nous y voilà, dis-je à voix basse. Une mouette tourne la tête pour me regarder quelques secondes. « Encore un cinglé », doit-elle penser, car en réalité, je suis seul, face à la mer, à Chonchi, un port de la grande île de Chiloé, loin au sud.

J'attends qu'on donne l'ordre d'embarquer sur *El Colono*, un ferry rouge et blanc qui, après des décennies de navigation dans la Baltique, la Méditerranée et l'Adriatique, est venu sillonner les froides, profondes et imprévisibles eaux australes.

Après un voyage de vingt-quatre heures – plus sûrement une trentaine en tenant compte des caprices de la mer et des vents –, *El Colono* me laissera cinq cents milles plus au sud, au centre de la Patagonie chilienne.

Tandis que j'attends, je pense à ces deux vieux gringos qui ont tiré les fils fragiles du destin et permis que Bruce Chatwin et moi nous nous rencontrions un après-midi d'hiver, au café Zurich de Barcelone.

Un Anglais et un Chilien. Et, comme si cela ne suffisait pas, deux types n'éprouvant que peu de tendresse pour le mot patrie. L'Anglais, nomade, parce qu'il ne pouvait vivre autrement, et le Chilien, exilé pour la même raison. Ah ! On devrait interdire ce genre de rencontres, ou du moins s'assurer que cela ne se passe pas devant des mineurs.

Le rendez-vous, organisé par l'éditeur espagnol de Bruce, était à midi, et j'arrivai à midi pile. L'Anglais était déjà là, installé devant une bière, en train de lire les perverses bandes dessinées de *El Víbora*. Pour attirer son attention je toquai quelques petits coups sur la table.

L'Anglais leva la tête et but une gorgée avant de parler.

– Un Sud-Américain ponctuel, à la rigueur je peux le supporter, mais un individu qui a vécu des années en Allemagne et qui arrive sans fleurs à un premier rendez-vous, c'est tout simplement intolérable.

– Si tu veux, je reviens dans un quart d'heure, et avec des fleurs, répondis-je.

D'un geste il me désigna une chaise. Je m'assis, allumai une cigarette et nous nous regardâmes sans dire un mot. Il savait que je connaissais l'histoire des deux gringos et je savais que lui aussi la connaissait, l'histoire des deux gringos.

– Tu es de Patagonie ? demanda-t-il en rompant le silence.

– Non, plus au nord.

– Tant mieux. On ne peut pas croire le quart de ce que racontent les Patagons. Ce sont les plus grands menteurs de la terre, dit-il en prenant son verre de bière.

Je me sentis obligé de riposter.

– Ce sont les Anglais qui leur ont appris à mentir. Tu connais les mensonges que Fitz Roy a racontés à ce pauvre Jimmy Button ?

– Un partout, dit Bruce et il me tendit la main.

Le rituel de présentation s'étant bien déroulé, nous nous mîmes à parler des deux vieux gringos qui, d'un lieu absent des cartes, nous observaient peut-être, contents d'être témoins de cette rencontre. Plusieurs années ont passé depuis cette mi-journée à Barcelone. Plusieurs années et quelques heures, car en ce moment, alors que j'attends que les dockers finissent de charger *El Colono* et me permettent de monter à bord, il est trois heures de l'après-midi d'un autre jour de février. Officiellement c'est l'été dans l'hémisphère Sud, mais le vent glacé du Pacifique n'accorde aucune importance à un tel détail et souffle en rafales qui engourdissent jusqu'aux os et obligent à chercher la chaleur dans les souvenirs.

Les deux gringos, dont nous avions parlé à Barcelone, ont consacré une grande partie de leur vie aux activités bancaires, lesquelles, comme on le sait, peuvent se pratiquer de deux manières : en étant banquier ou pilleur de banques. Ils choisirent la deuxième, car, gringos jusqu'au bout des ongles, le puritanisme caritatif qui coulait dans leurs veines les obligeait à partager rapidement leur butin. Ils le partageaient avec des actrices de Baltimore, des cantatrices de New York, des cuisiniers chinois de San Francisco, des prostituées au teint chocolat des bordels de Kingston ou de La Havane, des voyantes et des sorcières de La Paz, des poétesses douteuses de Santa Cruz, des muses mélancoliques de Buenos Aires, des veuves de marins de Punta Arenas, et finirent par financer d'impossibles révolutions en Patagonie et en Terre de Feu. Ils s'appelaient Robert Leroy Parker et Harry Longabaugh, mister Wilson et mister Evans, Billy et Jack, don Pedro et don José. Mais ils entrèrent dans les immenses prairies de la légende sous les noms de Butch Cassidy et Sundance Kid.

Je me rappelle cela tandis que j'attends, assis sur une barrique de vin, face à la mer, au bout du monde, et je prends des notes sur un carnet aux pages quadrillées que Bruce m'a offert précisément pour ce voyage. Il ne s'agit pas d'un carnet ordinaire. C'est une pièce de musée, un de ces authentiques carnets de moleskine si appréciés par des écrivains comme Céline ou Hemingway, et à présent introuvables dans les papeteries. Bruce m'avait suggéré de faire comme lui avant de m'en servir : numéroter les pages, écrire au verso de la couverture au moins deux adresses dans le monde et une promesse de récompense à celui qui restituerait le carnet en cas de perte. Lorsque je lui fis remarquer que tout cela me semblait trop anglais, Bruce me répondit que c'était justement grâce à de telles précautions que les Anglais conservaient l'illusion d'être un empire ; dans leurs colonies, ils avaient gravé en lettres de sang et de feu l'idée de l'appartenance à l'Angleterre, et lorsqu'ils les perdirent, ils purent néanmoins les récupérer, moyennant une petite récompense économique, sous le nom euphémique de Communauté britannique.

Les carnets de moleskine étaient fabriqués depuis le début du siècle par la famille d'un relieur de Tours, dont aucun descendant, à la mort de ce dernier, n'avait voulu perpétuer la tradition. Inutile de le déplorer ; ce sont les règles du jeu imposées par une prétendue modernité, qui s'emploie jour après jour à éliminer des rites, des coutumes et des détails, dont nous nous souviendrons bientôt avec nostalgie.

Une voix annonce l'appareillage « dans quelques minutes », mais ne dit pas combien.

La plupart des petits ports et villages de l'île de Chiloé ont été fondés par des corsaires, ou pour se défendre contre eux, au cours du XVIe et du XVIIe siècle. Corsaires ou hidalgos, tous devaient franchir le détroit de Magellan et donc faire escale dans des lieux tels que Chonchi afin de se ravitailler. Le caractère utilitaire des édifices est un héritage de cette époque ; tous remplissent une double fonction, l'une des deux étant essentielle : bar et quincaillerie, bar et bureau de poste, bar et agence de cabotage, bar et pharmacie, bar et pompes funèbres. J'entre dans un « Bar et Vétérinaire », dont l'enseigne qui pend à l'entrée offre un service supplémentaire :

TRAITEMENT CONTRE LA GALE
ET LES DIARRHÉES ANIMALES ET HUMAINES.

Je m'installe à une table près de la fenêtre. Aux tables voisines, les clients jouent au *truco*, un jeu de cartes qui autorise toute une gamme de clins d'œil entre équipiers et qui exige que les cartes jouées soient accompagnées de vers rigoureusement rimés. Je commande du vin.

– *Vino* ou *vinito* ? demande le garçon.

Je suis né dans ce pays, un peu plus au nord, certes, mais deux mille kilomètres à peine séparent Chonchi de ma ville natale. Peut-être à cause de ma longue absence j'ai oublié l'importance de certaines précisions. Sans réfléchir, je persiste à demander du vin.

Peu après, le garçon revient avec un énorme verre qui contient presque un litre. Dans ce grand Sud, il vaut mieux ne pas oublier les diminutifs.

Le vin est bon. C'est un *pipeño*[1], jeune, légère-

---

1. Au tonneau.

ment acide, âpre, sauvage comme la nature qui m'attend au-delà de cette porte. Il se laisse délicieusement boire et voilà que me revient en mémoire une histoire que Bruce aimait raconter.

Lors d'un voyage de retour de Patagonie, son sac à dos bourré de carnets de moleskine noircis de notes qui deviendraient plus tard *En Patagonie*, un des meilleurs livres de voyages de tous les temps, Bruce s'arrêta à Cucao, sur la côte orientale de l'île de Chiloé. Il avait une faim de loup depuis plusieurs jours et désirait manger, sans toutefois se remplir exagérément la panse.

– S'il vous plaît, je voudrais manger quelque chose de léger, demanda-t-il au garçon du restaurant.

On lui servit un demi-gigot d'agneau grillé et lorsqu'il répéta qu'il voulait manger quelque chose de léger, il reçut une de ces réponses qui laissent sans voix :

– C'était un agneau très maigre. Monsieur, vous n'en trouverez pas de plus léger dans toute l'île.

Curieux individus que ceux de Chiloé. Et comme c'est l'antichambre de la Patagonie, ici commencent les naïves et belles extravagances que l'on verra ou entendra plus au sud. Un professeur argentin m'a raconté une superbe histoire. Un de ses élèves avait écrit à propos de l'horloge : « L'horloge sert à peser les retards. Il arrive aussi que l'horloge tombe en panne et comme l'auto perd de l'huile, l'horloge perd du temps. »

Qui a dit que le surréalisme était mort ?

L'agitation augmente sur le quai. Les grands camions sont montés à bord et maintenant c'est au tour des petits véhicules. Sous peu on appellera les passagers, dès que l'arrimage de la cargaison sera terminé. Les Chilotes sont des gens vigoureux. De petite taille, les jambes courtes mais solides, ils portent en trottinant de lourds sacs de patates et de légumineuses, des rouleaux de toile, des ustensiles de cuisine, des caisses de sel, des sacs de maté, de thé et de sucre, des marchandises appartenant à des commerçants, la plupart fils ou petits-fils de Libanais qui, une fois à terre, feront avec leur caravane de chevaux la tournée des haciendas et des hameaux perdus dans les cordillères, au bord des fjords ou dans la pampa infinie.

Je vide mon verre. L'agitation portuaire s'infiltre dans mes veines et tout mon corps désire partir.

Ce voyage a commencé il y a des années, peu importe combien. Il a commencé par une froide journée de février, à Barcelone, avec Bruce, autour d'une table du café Zurich. Les deux vieux gringos nous tenaient compagnie, mais ils n'étaient visibles que de nous seuls. Nous étions quatre autour de la table, de sorte que nul ne s'étonnera que nous ayons vidé deux bouteilles de cognac.

Nous ne saurons peut-être jamais comment les deux bandits organisaient leurs attaques de banques, mais je peux raconter comment un Anglais et un Chilien, passablement ivres à cinq heures de l'après-midi, ont planifié un voyage au bout du monde.

– Quand partons-nous, le Chilien ?

– Quand ils me laisseront rentrer, l'Anglais.

– Tu as encore des problèmes avec les primates qui gouvernent ton pays ?

– Moi, non. Ce sont eux qui ont des problèmes avec moi.

– Je vois. Peu importe. Ça nous permettra de mieux préparer le voyage.

Et ils se mirent à parler de sujets moins graves, comme le moyen de retrouver l'hacienda où Butch Cassidy et Sundance Kid auraient été, dit-on, décapités, la tombe où reposeraient les deux aventuriers, et de reconstituer les derniers jours de leurs vies, pour en arriver à noircir à quatre mains quelques centaines de pages sous forme de saga ou de roman.

Lorsque je reçus l'autorisation tant désirée de retourner au sud du monde, Bruce Chatwin avait déjà entrepris le grand voyage inéluctable. Je crois qu'en achetant tous les carnets en moleskine d'une vieille papeterie parisienne de la rue de l'Ancienne-Comédie, la seule qui en vendait, Bruce se préparait sans le savoir au voyage final. Où qu'il soit je me demande ce qu'il est en train d'écrire.

L'autorisation de revenir dans mon monde me surprit à Hambourg. Pendant neuf ans je m'étais rendu chaque lundi au consulat chilien afin de savoir si je pouvais rentrer au pays. Neuf années où j'ai reçu des centaines de fois la même réponse : « Non, votre nom est sur la liste de ceux qui ne peuvent pas rentrer. »

Et, brusquement, un lundi de janvier, le triste fonctionnaire du consulat bouscula sa routine et mon habitude d'entendre ses « non » catégoriques : « Quand vous voudrez. Vous pouvez rentrer quand vous le voudrez. Votre nom a été effacé de la liste. »

Je sortis du consulat en tremblant. Je restai de longues heures, assis au bord de l'Alster, jusqu'à ce que je me souvienne que les engagements à l'égard des amis sont sacrés, et je décidai de partir dans les jours suivants à la rencontre du bout du monde.

On appelle enfin les passagers. Allons-y, Bruce, maudit Anglais, tu voyageras en passager clandestin, caché dans les pages du carnet de moleskine. Demain soir, nous serons en Patagonie, sur les traces des deux vieux gringos qui ont donné naissance à cette aventure, et ni eux ni aucun des gauchos que tu connais ne s'étonneront de nous voir arriver, car dans la lourde solitude de leurs cabanes, les gens de Patagonie disent que « la mort commence lorsqu'on accepte de mourir ».

El Colono a largué les amarres, mais la passerelle d'embarquement n'est pas encore relevée. Deux marins discutent avec un vieillard pâle comme un linge, qui insiste pour monter à bord en traînant un cercueil. Ils disent que ça porte malheur. Le vieux réplique qu'il a droit à soixante-dix kilos de bagages. Les marins menacent de jeter le cercueil par-dessus bord. Le vieux crie qu'il a le cancer, et qu'il a droit à une sépulture décente parce qu'il est un gentleman. Finalement le capitaine intervient et un accord est trouvé : le vieux embarque avec son cercueil à condition qu'il s'engage à ne pas mourir pendant la traversée. Une poignée de mains scelle l'accord. Le vieux s'assoit sur son cercueil. Voilà de quoi nourrir mon carnet de moleskine.

Le bateau appareille, proue vers la baie de Corcovado. La nuit va tomber et je me réjouis de savoir que ma gourde est pleine de ce vigoureux *pipeño* et que j'ai une bonne provision de tabac. Mon carnet de moleskine est prêt à accueillir tout ce que je vois. Bientôt nous naviguerons dans la nuit australe, vers le bout du monde.

Lorsque brillera la Croix du Sud je boirai à la santé de ce maudit Anglais qui est parti le premier, et le vent m'apportera peut-être l'écho de deux chevaux montés par deux vieux gringos galopant sur la ligne floue de la côte, dans une région tellement vaste et hantée d'aventures qu'elle ne saurait être limitée par la mesquine frontière qui sépare la vie de la mort.

2

À l'entrée du grand fjord d'Aysén, *El Colono* diminue sa vitesse pour virer à quarante-cinq degrés, afin de pénétrer en Patagonie. La navigation devient alors très lente, presque monotone, comme les gestes des camionneurs qui voyagent sur le ferry et qui tuent le temps en jouant aux dominos, en buvant du maté amer et en se rasant devant les rétroviseurs de leurs camions. D'autres, ceux qui ne jouent pas ou ne s'astiquent pas, vérifient que le chargement des véhicules est solidement arrimé, que les sacs de patates, d'aulx, d'oignons, de légumes et de tout ce qui ne pousse, ne fleurit, ni ne se fabrique dans cette immense région, sont bien à leur place à l'arrière des camions, qui reposent comme des animaux endormis dans le ventre d'une baleine blanche et rouge.

Pas de vent ce matin, seule une brise légère signale que nous quittons le Pacifique pour pénétrer dans les eaux calmes du grand fjord. La surface de l'eau miroite comme une plaque de métal à laquelle le soleil naissant arrache des reflets argentés.

Sur la passerelle, le timonier et deux officiers scrutent attentivement le tranquille sentier d'eau. Les hommes de mer préfèrent le fjord agité par la houle. Aux mouvements de l'eau ils reconnaissent les bancs de sable traîtres et les récifs tranchants cachés sous la surface. Rien de pire qu'un calme plat, disent les marins des mers australes. Nous naviguons cap au sud-ouest et avec un peu de chance nous pourrions accoster en un lieu nommé Trapananda.

Je demande à un camionneur comment on va à Trapananda.

– Je n'en ai pas la moindre idée. Le capitaine doit le savoir, dit-il sans cesser de se raser.

Non, ce type n'est pas un Patagon. Je repose la question à ceux qui boivent du maté :

– Comment on va à Trapananda ?

– Avec patience, mon vieux. Avec beaucoup de patience, me répond-il en m'observant d'un air complice.

Aucun doute, celui-ci est un Patagon.

Trapananda. En 1570, le gouverneur du Chili, don García Hurtado de Mendoza, avait conclu avec regret que les rumeurs au sujet de grands gisements d'or et d'argent au sud de La Frontera, dans le territoire dominé par le mont Ñielol, et d'où les Mapuche, Pehuenche et Tehuelche avaient entamé une guerre de résistance qui se prolongerait plus de quatre siècles – ils furent les premiers guerrilleros d'Amérique – n'étaient rien de plus que des racontars fondés sur des supercheries.

Don García Hurtado de Mendoza n'éprouvait qu'un médiocre intérêt pour les métaux précieux. C'était un agriculteur et, comme beaucoup d'autres conquistadors espagnols – notamment Pedro de Valdivia – il avait constaté avec satisfaction que le potentiel agricole des terres situées au nord du rio Bío Bío était illimité. Là-bas, tout poussait. Il suffisait de lancer des graines et la terre fertile se chargeait du reste.

On pouvait même faire du vin. En 1562, sur les terres de l'*encomendero*[1] Jerónimo de Urmeneta, à vingt lieues au sud de Santiago del Nuevo Extremo, furent produites les premières cinquante barriques de vin chilien. C'était un jus épais, fort, sec et noir comme la nuit. Un bon vin de messe, meilleur encore sur les tables. Les descendants de l'*encomendero* continuèrent la production et de nos jours l'Urmeneta del Valle del Maipo est considéré comme un des meilleurs vins de la planète.

Tout poussait sur ces terres, mais l'Espagne réclamait de l'or et de l'argent, si bien que don García décida d'accorder quelque crédit aux rumeurs de richesses dorées et argentées.

La soldatesque parlait d'un mystérieux royaume de Tralalanda, Trapalanda ou Trapananda, dont les cités étaient pavées de lingots d'or et les portes des maisons tournaient sur des gonds de pur argent. Certains allèrent jusqu'à affirmer que Trapalanda, Tralalanda ou Trapananda n'était rien moins que la mythique Cité des Césars, une sorte d'Eldorado austral. Enfin, les rumeurs soutenaient que ce royaume prodigieux s'étendait au sud du Reloncaví, à quelque mille deux cents kilomètres de la jeune capitale chilienne.

Don García Hurtado de Mendoza mit donc sur pied

---

1. L'*encomienda* était une institution espagnole de l'Amérique à l'époque coloniale. Elle consistait à diviser les Indiens en plusieurs groupes placés sous la tutelle d'un *encomendero*, pour lequel ils travaillaient et qui était chargé de les protéger et de les catéchiser.

une expédition commandée par l'*adelantado* Arias Pardo Maldonado, à laquelle il confia la mission de conquérir, au nom de la Couronne d'Espagne, le royaume de Tralalanda, Trapalanda, Trapananda ou comme on voudra.

Nul historien n'a pu prouver qu'Arias Pardo Maldonado avait foulé les terres au sud du Reloncaví – Patagonie continentale – mais dans les Archives des Indes, à Séville, on peut lire des actes rédigés par l'*adelantado* :

« Les habitants de Trapananda sont grands, monstrueux et velus. Leurs pieds sont aussi longs et démesurés que leur démarche est lente et maladroite, ce qui fait d'eux une cible facile pour les arquebusiers.

« Les gens de Trapananda ont les oreilles si grandes qu'ils n'ont pas besoin pour dormir de couvertures ou de vêtements protecteurs, car ils se couvrent le corps avec leurs oreilles.

« Les gens de Trapananda dégagent une telle puanteur et pestilence qu'ils ne se supportent pas entre eux, de sorte qu'ils ne s'approchent, ne s'accouplent ni n'ont de descendance. »

Il importe peu de savoir si Arias Pardo Maldonado découvrit Trapananda et s'il foula le sol de la Patagonie. Avec lui naît la littérature fantastique du continent américain, notre imagination débridée, et cela suffit pour lui accorder une légitimité historique.

Peut-être arriva-t-il en Patagonie et, séduit par ses paysages, a-t-il inventé ces histoires d'êtres monstrueux pour éviter d'autres expéditions. Si telle fut son intention, il a pleinement réussi, car la Patagonie chilienne resta un territoire vierge jusqu'au début de notre siècle, où commença sa colonisation.

Nous avons navigué quelque cinq milles vers l'intérieur des terres lorsque *El Colono* réduit de nouveau sa vitesse. Comme d'autres passagers, je me penche sur la rambarde de tribord pour voir ce qui se passe. Avec un peu de chance on peut parfois observer les évolutions d'une baleine ou d'une bande de dauphins. Aujourd'hui, il ne s'agit pas de cétacés mais d'un bateau qui gagne en netteté à mesure qu'il se rapproche.

C'est une chaloupe chilote. Une petite embarcation d'environ huit mètres de long sur trois de large, poussée par la brise qui gonfle son unique voile. Je la regarde s'approcher et je sais que ce fragile bateau fait partie de ce qui m'appelait dans ce grand Sud.

« Qui ose, mange », disent les Chilotes. Celui que je vois passer, assis à la poupe, les mains fermement serrées sur la barre du gouvernail, telle une prolongation de son corps qui s'enfonce dans l'eau par l'amure de poupe, est un Chilote qui a osé « élever » des hêtres, des mélèzes, des peupliers, des eucalyptus, des tecks, a guidé leur croissance de longues années durant en leur suspendant des pierres de différents poids, jusqu'à ce que les troncs atteignent la maturité et les courbures exigées pour obtenir une mâture ferme et souple. Je le vois remercier d'un signe de la main le capitaine d'avoir donné l'ordre de réduire la vitesse afin que le petit bateau ne soit pas déstabilisé par les vagues que soulève *El Colono*. Il navigue maintenant sur le grand fjord et je sais qu'il se rend aussi à Corcovado, sur le terrible golfe de Penas, par les canaux Messier, El Indio, le détroit de Magellan, en haute mer, sans radar, sans radio, sans instruments de navigation, sans moteur auxiliaire, sans rien de plus, ni rien de moins, que sa connaissance de la mer et des vents.

Ce vagabond des mers est mon frère et il est le premier à me souhaiter la bienvenue en Patagonie.

3

Ladislao Eznaola et ses frères cadets, Iñaqui et Agustín, ont construit le bâtiment principal de leur estancia sur la rive nord d'un lac baptisé General Carrera, au Chili, et Buenos Aires, en territoire argentin. Un millier de bovins et quelque cinq mille ovins paissent sur les six mille hectares du domaine. Les Eznaola vivent de l'élevage et du commerce de produits arrivés du nord du Chili par bateau et qu'ils transportent dans leurs *chatas*, de puissantes camionnettes, jusqu'aux deux bacs qu'ils possèdent sur le lac.

Les habitants de Perito Moreno et d'autres localités de la Patagonie argentine accueillent avec soulagement les bacs des Eznaola, surtout pendant les longs mois d'hiver, quand ils cessent, à cause des chemins devenus impraticables, de recevoir du ravitaillement de Puerto Deseado ou de Comodoro Rivadavia, deux villes de la côte atlantique.

Ladislao me salue par une accolade effusive et je lui demande des nouvelles de son père, le légendaire Viejo Eznaola.

– Toujours pareil. Le vieux ne change pas, il ne

changera jamais. Et il vient d'avoir quatre-vingt-deux ans, dit-il sur un ton à la fois amusé et soucieux.

« Toujours pareil », c'est la navigation. Le vieux Eznaola est un autre vagabond des mers, mais différent des Chilotes. Il navigue dans les canaux patagoniens à la recherche d'un bateau fantôme, soit le *Caleuch*, version australe du *Hollandais volant*, soit le *Cacafuego*, un navire maudit de corsaires anglais condamné à errer éternellement dans les canaux sans pouvoir regagner la haute mer, prisonnier d'une malédiction parce que l'équipage s'est mutiné et a assassiné deux capitaines. Cette malédiction dure depuis quatre cents ans et le vieux Eznaola juge que ces malheureux ont trop souffert. C'est pourquoi il sillonne les canaux sur son cotre en arborant une bannière d'amnistie. Il les cherche pour les reconduire, comme un bateau pilote, vers la liberté du grand large.

– Servez-vous. Et ne faites pas de manières, fit Marta, la femme de Ladislao en me tendant une assiette avec deux *empanadas*.

Je salue les dames de l'estancia. Marta est vétérinaire ; Isabel, la femme d'Iñaqui, est professeur et se consacre à l'éducation de la nouvelle génération des Eznaola et des autres enfants de l'estancia. Flor, la femme d'Agustín, est déjà une légende en Patagonie. Elle était infirmière à l'hôpital de Río Mayo, en Argentine. Agustín était depuis toujours amoureux d'elle mais n'osait pas lui avouer ses sentiments. Il la voyait une fois par an et après chaque visite il suffoquait d'amour. Un jour il apprit que Flor allait se marier avec un employé de banque. Agustín prit sa guitare, grimpa sur sa *chata* et demanda à ses frères et à ses belles-sœurs de décorer la maison car il reviendrait avec la femme de ses rêves.

Il arriva à Río Mayo le dimanche de la noce et, guitare en main, il s'installa dans l'église pour attendre la femme qu'il aimait. Flor apparut dans sa robe de mariée, accompagnée de ses parents. Le fiancé n'allait pas tarder à se présenter. Agustín demanda à Flor de l'écouter sans rien dire jusqu'à l'arrivée du fiancé. Il empoigna sa guitare et commença à égrener des dizains dans lesquels son amour se montrait dans toute la beauté de la poésie et de la douleur de celui qui l'aimait et l'aimerait jusqu'à la mort et au-delà. Lorsque le fiancé arriva, il voulut interrompre le chanteur, mais Flor et les habitants de Río Mayo l'en empêchèrent. Agustín chanta pendant deux heures et, à la fin, alors qu'il s'apprêtait à briser la guitare afin que nul ne puisse flétrir son chant d'amour, Flor lui prit la main, l'entraîna vers la camionnette et ils prirent tous deux le chemin de l'estancia. Flor arriva dans sa robe de mariée et depuis lors, Agustín, qui est un des meilleurs *payadores*[1] de la région, l'appelle « ma muse blanche ».

– Et don Baldo Araya ? demandé-je, inquiet de ne pas voir un de mes meilleurs amis patagons.

– Il ne va pas tarder. Il est avec les gens de la radio. Tous les autres sont là. Approche, je vais te les présenter, me propose Ladislao.

– Santos Gamboa, de Río Mayo.

– À votre service, mon ami, dit ce dernier en portant deux doigts au bord de son chapeau de gaucho.

– Il y a encore de la musique à Río Mayo ?

---

1. Chanteur et poète populaire qui se produit dans les estancias en improvisant à la demande de l'auditoire.

Le gaucho se gratte la nuque avant de répondre par l'affirmative.

Río Mayo est une petite ville de la Patagonie argentine, balayée jour et nuit par un vent violent qui arrive de l'Atlantique en soulevant dans la pampa des tonnes de poussière, des arbustes de calafate et des touffes de coirón. Les tourbillons de poussière sont tels que d'un trottoir à l'autre on ne se voit pas.

En 1977, durant la dictature militaire argentine, un colonel du régiment des Fusiliers du Chubut eut une idée géniale – génie militaire, il va de soi – pour empêcher d'éventuelles manifestations de conspirateurs. À chaque carrefour, il fit accrocher aux poteaux de l'éclairage des haut-parleurs qui bombardaient la ville de musique militaire – qu'on me pardonne de l'appeler musique – de sept heures du matin à sept heures du soir. Lorsque l'Argentine réintégra la communauté internationale, malgré une démocratie sous haute surveillance, les nouvelles autorités ne voulurent pas retirer les haut-parleurs pour éviter de contrarier les militaires, si bien que la population de Río Mayo continua d'endurer douze heures quotidiennes de bombardement de décibels. Depuis 1977, les oiseaux de Patagonie évitent de survoler la ville et la plupart des habitants souffrent de problèmes auditifs.

– Lorenzo Urriola, de Perito Moreno. Carlos Hainz, de Coyhaique. Marcos Santelices, de Chile Chico. Isidoro Cruz, de Las Heras. Ladislao poursuit les présentations.

– Il se fait tard. On devrait s'y mettre. Baldo et les gens de la radio perdront le début, dit Iñaqui en me tendant un melon ouvert à une extrémité, vidé de sa pulpe et rempli d'un rafraîchissant vin blanc.

Des péons apportent le premier agneau et commence la *capa*, la castration des bêtes écartées de la reproduction, dont le destin sera de grossir pour produire des kilos et des kilos de viande.

Marcos Santelices se charge du premier agneau. Deux péons le couchent sur une table et lui écartent les pattes de derrière afin que Santelices, après avoir vérifié le fil de son couteau à manche d'argent, rase la fine pilosité qui couvre les testicules de l'agneau effrayé. Quand la peau est rosée et bien propre, Santelices plante le couteau sur la table et penche la tête entre les pattes de l'animal. D'une main, il saisit délicatement les testicules tandis que de l'autre il cherche les veines sous la peau qui les enveloppe. Lorsqu'il les a trouvées, il presse fortement afin d'arrêter le flux sanguin et déchire d'un coup de dents la bourse scrotale.

Nul ne remarque le moment où les testicules de l'agneau passent dans la bouche de Santelices, mais on le voit peu après reculer d'un pas et les recracher dans une cuvette, tandis que les assistants nouent la bourse vide et inutile afin d'éviter l'hémorragie. Et nous saluons tous le geste expert du gaucho de Chile Chico. L'agneau « châtré avec les dents » ne doit pas perdre une goutte de sang.

Une douzaine d'animaux sont passés ainsi entre les dents des châtreurs et nous sommes en train de dévorer les délicieux testicules grillés lorsque nous voyons arriver la jeep ornée du logotype de *RADIO VENTISQUERO, LA VOZ DE LA PATAGONIA*[1].

---

1. Radio glacier (ou bourrasque) la Voix de la Patagonie.

Le premier que je vois descendre de la jeep est Baldo Araya, l'obstiné professeur du lycée de Coyhaique et historien de la Patagonie qui, pendant les années grises de la dictature chilienne, refusa de chanter les strophes que les gorilles avaient ajoutées à l'hymne national. Lorsque chaque lundi élèves et professeurs entonnaient l'odieux « vos noms, vaillants soldats qui avez été du Chili le soutien... », seul Baldo Araya restait muet. Il fut tabassé, emprisonné durant des mois sous l'accusation d'outrage aux autorités, mais rien ne put lui faire courber l'échine. Finalement, on décida de l'expulser du lycée, mais un matin, devant la porte du régiment Baquedano on retrouva un des chiens de garde égorgé avec une note dans la gueule : « Crétins, vous ne voyez pas que vous êtes cernés ? Vous à l'intérieur de la caserne et nous dehors. Laissez en paix le professeur Araya. »

Il ne fut pas expulsé mais on cessa de lui verser son salaire. Baldo ne s'en soucia pas et continua de donner ses cours d'histoire universelle. Pendant quatorze ans il vécut grâce à l'opiniâtre solidarité des Patagons. Il ne manqua jamais d'un baril de vin, ni de poules pondeuses d'œufs marrons ni de viande pour les grillades dominicales.

– J'ai vécu grâce aux subventions du peuple, avait conclu Baldo après m'avoir raconté son histoire il y a quelques années.

Un des autres passagers de la jeep est Jorge Díaz, présentateur, directeur, chef de programmes, rédacteur, disc-jockey et technicien de Radio Ventisquero. En 1972, Jorge Díaz, successivement chroniqueur sportif, chauffeur de camion, patron de bateau de pêche, mineur et chanteur de tango, eut l'idée d'ouvrir une station de radio différente de celles dont les ondes parvenaient dans les régions australes. Ce devait être une radio au service de ces gens qui, durant les longs hivers sans routes, sans téléphone, sans courrier, étaient complètement isolés. Avec ses économies et celles de quelques amis il acheta du matériel d'occasion, l'installa, obtint l'autorisation d'occuper une fréquence et commença d'émettre sur les grandes ondes.

Aquí Patagonia, une émission de deux heures, devint rapidement très populaire. Elle diffusait des informations utiles à tous : « Nous informons la famille Morán, du lac Cochrane, que don Evaristo est en route. Préparez-lui des chevaux frais car il est très chargé et des amis sont avec lui », ou « La famille Braun, du lac Elizalde, invite tous les habitants de la région et ceux qui écoutent cette émission à participer à une fête en l'honneur du mariage de leur fils aîné, Octavio Braun, avec Mlle Faumelinda Brautigam. Il y aura des tournois de *truco* et de *taba*[1], de dressage de chevaux et un *asado* d'agneau, de porc et de bœuf. Et il y aura aussi des soirées de poésie avec Santos de la Roca, le *payador* de Río Gallegos. Il est recommandé de venir avec des tentes pour passer la nuit. La fête durera une semaine... »

En 1976, la dictature commença à condamner des prisonniers politiques à la relégation en Patagonie. La correspondance que ces exilés recevaient ou envoyaient à leur famille passait d'abord par la censure militaire qui généralement détruisait les lettres. C'est alors que Radio Ventisquero, la Voz de la Pata-

---

1. Jeu de cartes et jeu de hasard et d'adresse basé sur le lancer d'un os.

gonia se mit à transmettre des messages sur ondes courtes et les relégués non seulement purent communiquer avec leur famille mais aussi diffuser une émission d'analyse politique. En quelques mois, Radio Ventisquero fut écoutée jusqu'à Arica, à la frontière péruvienne, à presque quatre mille kilomètres de distance.

La réaction des militaires ne se fit pas attendre. Une nuit, des « mains anonymes » dynamitèrent l'antenne pendant le couvre-feu. La réponse des Patagons elle non plus ne traîna guère : Jorge Díaz reçut les troncs d'eucalyptus les plus longs et les plus flexibles afin de dresser une antenne chaque fois que cela serait nécessaire. Et les émissions continuèrent. Continuent. Et continueront.

Ladislao Eznaola demande un instant de silence en frappant le gril de son couteau.

– Les amis, comme il est de tradition dans notre estancia, nous allons inaugurer le dix-huitième concours de mensonges de Patagonie. Tous les mensonges racontés ici seront retransmis un peu plus tard par Radio Ventisquero. Jorge Díaz les enregistrera, ne soyez donc pas intimidés par le micro. Et comme toujours, une vachette Holsten récompensera le vainqueur.

Existe-t-il de par le monde un concours semblable à celui-ci, un concours de mensonges ?

Isidoro Cruz, de Las Heras, province du Chubut, boit une longue gorgée de vin avant de commencer.

– Ce que je vais raconter s'est passé il y a pas mal de temps, l'année du terrible hiver, vous devez vous en souvenir. J'étais pauvre et maigre, si maigre que je n'avais pas d'ombre, si maigre que je ne pouvais pas mettre de poncho, car à peine je passais la tête dans le trou qu'il retombait aux pieds. Un matin, je me dis : « Isidoro, ça ne peut plus durer, pars au Chili. » Comme mon cheval était aussi maigre que moi, avant de l'enfourcher, je lui dis : « Che, rossinante, tu crois que tu peux me porter ? » Il me répondit : « Oui, mais sans la selle. Assieds-toi entre mes côtes. » Je suivis le conseil du cheval et nous voilà partis pour traverser la cordillère. Je m'approchais de la frontière chilienne lorsque j'entendis, venant d'un lieu proche, une voix faible, très faible, qui disait : « Je n'en peux plus, je reste ici. » Effrayé, je regardai partout, cherchant à qui appartenait cette voix, mais je ne vis personne. Alors je m'adressai à la solitude : « Je ne te vois pas. Montre-toi. » La faible voix se fit de nouveau entendre : « Sous ton aisselle gauche. Je suis sous ton aisselle gauche. » Je touchai ma peau et sentis quelque chose dans les plis de l'aisselle. Lorsque je ressortis la main, un pou apparut accroché à un doigt, un pou aussi maigre que mon cheval et que moi-même. Pauvre pou, pensai-je, et je lui demandai depuis combien de temps il vivait sur mon corps. « Longtemps, depuis des années. Mais le moment est venu de nous séparer. Bien que je ne pèse pas un gramme, je suis une charge inutile pour toi et pour le cheval. Dépose-moi par terre, camarade. » Je sentis que le pou avait raison et je le déposai sous une pierre, caché afin qu'il ne soit pas mangé par un oiseau de montagne. Et en le quittant, je lui dis : « Si ça marche bien au Chili, je reviens te chercher à mon retour et je te laisse me piquer autant que tu voudras. »

Au Chili, tout marcha bien. Je pris du poids, le cheval aussi grossit, et lorsque au bout d'un an nous prîmes le chemin du retour, la bourse pleine, avec une selle et des éperons neufs, je cherchai le pou là où je l'avais laissé. Et je le trouvai. Il était transparent, encore plus maigre et ne bougeait presque plus. « Eh, che, je suis là. Viens et pique, pique tout ce que tu veux », lui dis-je en le mettant sous mon aisselle gauche. Et le pou piqua, légèrement d'abord, puis plus fort, avide de sang. Soudain il se mit à rire et moi aussi je ris et le rire s'empara du cheval. Nous franchîmes la cordillère en riant, ivres de joie, et depuis lors, ce col de montagne s'appelle Paso de la Alegría. Tout cela s'est passé, je l'ai dit, il y a pas mal de temps, l'année du terrible hiver...

Isidoro Cruz achève son histoire l'air grave. Les gauchos discutent les arguments, les évaluent, concluent que c'est un joli mensonge, applaudissent, boivent, promettent de ne pas l'oublier, et c'est au tour de Carlos Hein, un gaucho blond de Coyhaique.

À la tombée de la nuit, les gauchos continuent de raconter leurs mensonges autour du feu. Des péons font griller deux agneaux. Les femmes de l'estancia annoncent qu'on peut passer à table. Baldo Araya et moi décidons de faire quelques pas jusqu'aux buissons de mûres.

Et là, en pissant copieusement, je lève la tête vers le ciel constellé d'étoiles, de milliers d'étoiles.

– Pas mal, l'histoire du pou, commente Baldo.

– Et ce ciel ? Et toutes ces étoiles, Baldo ? Un autre mensonge de la Patagonie ?

– Quelle importance ? Sur cette terre nous mentons pour être heureux. Mais personne ici ne confond mensonge et duperie.

4

Los Antiguos est une petite ville frontière située sur la rive sud du lac Buenos Aires, en Patagonie argentine. Les pentes douces qui bordent le lac offrent le douloureux témoignage d'une grandeur qui n'est plus aujourd'hui qu'un souvenir. Ce sont les restes de milliers de géants abattus, vestiges de trois cent mille hectares de forêts calcinées, dévastées par le feu afin de laisser place aux prairies dont les éleveurs de bétail avaient besoin. Certains troncs carbonisés ont un diamètre supérieur à la taille d'un homme.

Pablo Casorla est un ingénieur forestier qui s'est installé à Los Antiguos dans le but de dresser un cadastre des dernières richesses forestières. Il rêve d'une réserve de forêts protégées par l'Unesco, quelque chose comme un vert patrimoine de l'humanité qui permettrait aux générations futures d'imaginer l'aspect de cette région avant l'arrivée du progrès douteux. Je le vois descendre de cheval pour examiner un tronc.

– Cet arbre avait entre huit cents et mille ans. Il devait mesurer dans les soixante-dix mètres, dit-il d'une voix qui ne cherche pas à dissimuler sa tristesse.

– Tu sais quand il a été brûlé ?

– Environ une trentaine d'années.

Trente ans. Une mort récente. Trente ans, c'est à peine un soupir pour l'âge de ces géants vaincus, dont les cicatrices témoignent des ravages du feu.

– C'est encore loin ?

– Nous sommes arrivés. Voici la cabane, répond-il en montrant une construction.

À mesure que nous approchons, je découvre la solidité des troncs avec lesquels elle fut construite. Elle n'a pas de porte et les cadres des fenêtres évoquent des orbites vides. Sans descendre de cheval nous entrons dans une grande dépendance avec une cheminée de pierre adossée au mur. Là, des vaches ruminent et nous regardent avec des yeux languides, comme si elles étaient habituées à opposer une impassibilité réprobatrice aux intrus qui osent envahir leur club. Par courtoisie nous mettons pied à terre.

– Elle a été construite en 1913. Ces types étaient de bons charpentiers. Regarde comme les poutres sont bien assemblées, me fait observer Pablo Casorla.

En effet, on peut apprécier sur ces poutres noircies qui soutiennent la toiture le fin travail de mains formées à la gouge et à la varlope, à l'art de l'assemblage précis.

Ceux qui avaient construit cette cabane étaient connus sous les noms de don Pedro et don José, mais on sait aujourd'hui qu'il s'agissait en réalité de Butch Cassidy et Sundance Kid. Ils ont construit plusieurs cabanes dans le Sud et la plus connue se trouve aux environs de Cholila, dans une zone de forêts millénaires qui est aujourd'hui le Parc national de Los Alerces. L'actuelle propriétaire est une Chilienne, doña Hermelinda Sepúlveda, qui accueillit un jour Bruce Chatwin alors qu'il visitait la région, et qui tenta de le marier avec une de ses filles, laquelle préféra accorder sa main à un camionneur.

– Ils ont vécu ici un peu plus de deux ans, puis ils sont partis au sud, près de Fuerte Bulnes, dans le détroit de Magellan. Là, ils ont organisé leur dernière grande attaque, celle de la Banque de Londres y Tarapacá, à Punta Arenas. J'aimerais tant qu'ils soient encore vivants, soupire Pablo Casorla.

– Vivants ? Mais ils seraient plus que centenaires.

– Et alors ? Celui qui naît cigale ne cesse jamais de chanter. Si ces deux-là vivaient, je les aiderais à attaquer des banques et avec le butin, on pourrait acheter la moitié de la Patagonie. Quel dommage qu'ils soient morts, soupire de nouveau Pablo et, sous l'œil réprobateur des vaches, nous buvons quelques gorgées de vin à la santé de ces deux bandits qui finirent assassinés par un policier chilien, après avoir pillé des banques au bout du monde et financé avec cela de magnifiques et impossibles révolutions anarchistes.

5

À la mi-mars, les journées raccourcissent et les vents violents de l'Atlantique s'engouffrent dans le détroit de Magellan. C'est alors que les habitants de Porvenir vérifient leurs provisions de bois et observent avec mélancolie le vol des outardes qui remontent de la Terre de Feu vers la Patagonie.

Je pensais continuer mon voyage jusqu'à Ushuaia, mais on m'informe que les dernières pluies ont coupé la route en plusieurs endroits et qu'elle ne sera pas réparée avant le printemps. Ça ne fait rien. Dans cette région il est absurde d'avoir un programme rigide, et du reste on est très bien à El Austral, un bar de marins où on sert un succulent ragoût d'agneau. L'agneau des Magellanes est parfumé aux clous de girofle plantés dans le cœur des oignons qui l'accompagnent.

Nous sommes une douzaine de clients à attendre impatiemment que la patronne annonce le moment de passer à table. Nous buvons du vin en nous laissant tourmenter par les arômes qui s'échappent de la cuisine. Cette attente, qui nous met l'eau à la bouche, a quelque chose de liturgique.

À un bout du comptoir, trois hommes bavardent. Ils

parlent un anglais très britannique en se jetant des verres de gin derrière la cravate. Le gin n'est pas une boisson très appréciée en Terre de Feu, on l'utilise en général comme lotion après-rasage. L'un d'eux demande en espagnol si le repas sera bientôt servi.

– Difficile à savoir. Chaque agneau est différent. C'est comme les gens, répond la patronne, doña Sonia Marincovich, un mètre quatre-vingts et quatre-vingt-dix kilos d'une slave humanité bien répartie sous sa robe noire.

– Nous n'avons pas le temps, insiste l'Anglais.

– Ici, la seule chose qui ne manque pas c'est le temps, dit un client.

– Nous devons appareiller pendant qu'il fait encore jour. Vous comprenez ?

– Je comprends. Quelle destination ? Je vous le demande parce qu'il se prépare un vent à décorner les bœufs.

– On va à la crique de Raúl.

– Vous voulez dire à la crique de l'Inceste, corrige le client.

L'homme frappe le comptoir de sa main, jette quelques billets pour régler les consommations et sort avec ses compagnons en lançant des imprécations en anglais.

Je m'approche du client qui a parlé à l'irascible Britannique.

– On dirait qu'il s'est fâché. Qu'est-ce que c'est, cette histoire de crique de l'Inceste ?

– Juste une histoire, mais les Anglais n'ont pas le sens de l'humour. Qu'ils aillent se faire foutre. Ils ont raté le ragoût. Vous ne la connaissez pas ?

Je lui réponds que non et le client jette un regard à

doña Sonia. Au milieu de ses casseroles, la femme fait un geste d'approbation.

– Ça s'est plus ou moins passé ainsi : vers 1935 un vapeur britannique a fait naufrage dans le canal Beagle et les seuls rescapés ont été un missionnaire protestant et sa sœur. Les deux naufragés auraient pu marcher vers l'est et arriver au bout d'une semaine à Ushuaia, mais comme ils n'avaient pas le sens de l'orientation, ils ont marché vers le nord. Ils ont parcouru au moins quatre-vingts kilomètres, traversant des forêts, des rivières, montant et descendant des collines et finalement, quatre mois plus tard, ils sont arrivés à cet endroit qu'on appelait avant la crique de Raúl, sur la côte sud d'Altamirantzago. Là, des Tehuelche les ont trouvés et conduits jusqu'à Porvenir. Voilà l'histoire.

– Et pourquoi on l'appelle maintenant crique de l'Inceste ?

– La femme est arrivée enceinte. Enceinte de son frère.

– À table ! Je vais servir, annonce doña Sonia, et nous nous livrons corps et âme à la dégustation d'un succulent ragoût d'agneau que les Anglais ont raté par manque d'humour.

6

Au nord de Manantiales, une localité pétrolière de la Terre de Feu, se dressent les douze ou quinze maisons d'un petit port de pêche appelé Angostura parce qu'il est situé en face du premier goulet du détroit de Magellan. Les maisons ne sont habitées que pendant le court été austral. Lorsque viennent le bref automne et l'interminable hiver elles ne sont plus qu'un élément du paysage.

Angostura n'a pas de cimetière mais une seule petite tombe peinte en blanc orientée vers la mer. C'est là que repose Panchito Barría, un gamin décédé à l'âge de onze ans. Partout on vit et on meurt – « mourir est une habitude » dit le tango – mais le cas de Panchito est particulièrement tragique, car il est mort de tristesse.

Avant d'atteindre l'âge de trois ans, Panchito fut frappé par une poliomyélite qui fit de lui un infirme. Ses parents, des pêcheurs de San Gregorio, en Patagonie, traversaient chaque été le détroit pour s'installer à Angostura. Ils emmenaient l'enfant avec eux, tel un précieux bagage, immobile sur des couvertures, face à la mer.

Jusqu'à l'âge de cinq ans, Panchito Barría fut un

enfant triste, sauvage, qui ne parlait presque pas. Mais un beau jour eut lieu un de ces miracles qui surviennent au bout du monde : une bande d'une vingtaine de dauphins apparut devant Angostura, se déplaçant de l'Atlantique vers le Pacifique.

Les gens qui m'ont raconté l'histoire de Panchito affirmaient qu'à peine le gamin eut aperçu les dauphins, il laissa échapper un cri déchirant qui augmenta en volume et en désarroi à mesure qu'ils s'éloignaient. Enfin, lorsque les dauphins disparurent, un cri perçant jaillit de la gorge de l'enfant, une note très aiguë qui alarma les pêcheurs et effraya les cormorans, mais qui fit revenir un des dauphins.

Le dauphin s'approcha du rivage et se mit à faire des cabrioles dans l'eau. Panchito l'encourageait avec les notes aiguës qui sortaient de sa gorge. Les pêcheurs comprirent qu'entre le cétacé et l'enfant s'était établie une communication qui n'avait pas besoin d'explication. C'était ainsi parce que c'était la vie. Voilà tout.

Le dauphin demeura tout l'été dans les eaux d'Angostura. Et quand l'approche de l'hiver lui ordonna d'abandonner les parages, les parents de Panchito et des autres pêcheurs observèrent avec étonnement que l'enfant ne manifestait pas l'ombre d'un chagrin. Avec un sérieux inouï pour un enfant de cinq ans, il déclara que son ami le dauphin devait s'en aller car il risquait de se retrouver prisonnier des glaces, mais qu'il reviendrait l'année prochaine.

Et le dauphin revint.

Panchito changea, il devint un gamin loquace, joyeux, capable de plaisanter de son infirmité. Il était transformé. Ses jeux avec le dauphin durèrent six étés. Panchito apprit à lire et à écrire, et à dessiner son ami le dauphin. Il participait avec les autres enfants à la réparation des filets, il préparait les lests, faisait sécher les coquillages, toujours en compagnie de son ami le dauphin qui sautait dans les eaux, accomplissant pour lui seul de véritables prouesses acrobatiques.

Un matin de l'été 1990 le dauphin ne vint pas au rendez-vous quotidien. Inquiets, les pêcheurs partirent à sa recherche et explorèrent le détroit d'un bout à l'autre. Ils ne le trouvèrent pas, mais tombèrent en revanche sur un bateau-usine russe, un de ces assassins des mers, qui naviguait à proximité du deuxième goulet du détroit.

Deux mois plus tard, Panchito Barría mourut de tristesse. Il s'éteignit sans pleurer ni murmurer une plainte.

Je suis allé sur sa tombe, d'où j'ai regardé la mer, la mer grise et agitée des premiers jours d'hiver. La mer où il y a peu encore folâtraient les dauphins.

7

L'homme en face de moi, qui me tend la calebasse de maté puis se met à remuer les braises du foyer, se prénomme Carlos ; c'est mon meilleur et mon plus vieil ami. Il porte un nom, mais il exige que je ne le divulgue pas si je dois écrire sur ce qu'il va me raconter en ce jour de pluie.

– Carlos, pas plus, insiste-t-il, tandis qu'il découpe des tranches de viande de cheval séchées au vent, délicieuses avec le maté.

– D'accord. Carlos, pas plus, je réponds en écoutant la pluie qui redouble sur le toit du hangar où nous sommes abrités.

Dès sa plus tendre enfance, Carlos Pas Plus n'eut qu'un seul désir : voler. Il lisait des bandes dessinées d'aviateurs, ses héros étaient Malraux, Saint-Exupéry, Von Richtoffen, le Baron rouge. Il n'allait au cinéma que pour voir des films d'aviateurs, il collectionnait des modèles réduits d'aéroplanes et connaissait à quinze ans toutes les pièces d'un avion.

À dix-sept ans, un après-midi de plage, à Valparaíso, il avoua aux siens :

– Je vais être pilote. Je me suis inscrit à l'École d'Aviation.

– Tu vas être militaire, crétin ! L'École d'Aviation c'est l'Armée de l'air ! lui répondirent-ils sur un ton fraternel.

– Non. J'ai une idée pour l'éviter.

– Vraiment ? Et on peut savoir dans quel pétrin tu vas te fourrer ?

– Très simple : dès que je sais piloter, je déserte.

Il apprit à piloter de petits appareils et des hélicoptères, mais il n'eut pas besoin de déserter. En 1973, lorsque les militaires prirent le pouvoir, Carlos Pas Plus fut expulsé de l'Armée de l'air à cause de ses idées socialistes.

Quand un Chilien veut exprimer un grand bien-être il dit : « Je suis heureux comme un chien plein de puces. » Carlos Pas Plus préfère dire : « Je suis heureux comme un condor plein de puces. »

Où donc peut tenter sa chance un pilote sans emploi ? Dans le Sud. Carlos Pas Plus prit le chemin de la Patagonie. Il avait entendu parler de pilotes qui assuraient un service postal dans cette région oubliée de la bureaucratie centrale. Il se rendit à Aysén où, quelques semaines plus tard, il fit la connaissance d'un aviateur légendaire sous ces latitudes : le capitaine Esquella qui ravitaillait, avec son DC-3, les estancias de Patagonie et de Terre de Feu.

Il obtint un premier emploi de mécanicien de maintenance du *Loro con hipo*[1], l'appareil qu'Esquella, et lui seul, pilotait, jusqu'à ce qu'un événement mît l'avion entre les mains de Carlos Pas Plus.

---

1. Le perroquet qui a le hoquet.

— Esquella ! Ça c'était un pilote ! s'exclame Carlos en m'offrant un nouveau maté.

En mai 1975, Esquella dut faire un atterrissage forcé sur une petite plage de la péninsule de Très Montes, face au golfe de Penas. Le DC-3 *El Loro con hipo* transportait des brebis donnant une laine très fine, et le vol parti de Puerto Montt se déroulait normalement jusqu'à ce qu'un moteur tombe en panne. L'avion commença à perdre de l'altitude. L'homme d'équipage conseilla de se débarrasser de la cargaison, autrement dit, jeter les brebis à la mer afin d'alléger l'appareil, maintenir l'altitude et tenter d'atteindre la première piste d'atterrissage sur le continent. Esquella refusa. Il déclara que la cargaison était sacrée et chercha une plage.

Le contact avec le sol ne fut pas des plus élégants. L'avion perdit une partie du train d'atterrissage gauche et finit sa course le nez dans l'eau. Mais pas une brebis n'était blessée et la radio, heureusement, fonctionnait. Après avoir reçu le signal de SOS, Carlos Pas Plus partit en bateau pour récupérer les brebis et voir ce que l'on pouvait faire pour l'avion.

Une fois les brebis embarquées, les deux hommes inspectèrent l'appareil. Le moteur défaillant pouvait être facilement réparé et, hormis le train d'atterrissage, le *Loro con hipo* ne présentait pas d'autre dommage. Il était possible de réparer l'avion, mais le grand problème était de savoir comment diable ils allaient le sortir de là.

— Foutu ! Le *Loro con hipo* est cuit, déclara un type du bateau.

— Tais-toi, couillon. On peut le sortir de là, Carlitos ? demanda Esquella.

— Sûr qu'on va le sortir, répondit Carlos Pas Plus.

L'homme qui avait diagnostiqué la fin du *Loro con hipo* était un marchand de peaux réputé pour sa passion des paris. Il ne résista pas à l'occasion.

— Esquella, je te parie cinq mille pesos que tu n'y arrives pas, lança-t-il.

— Dix mille que j'y arrive, répliqua l'aviateur.

— Vingt mille que non, surenchérit le marchand.

— Cinquante mille! Et en décollant! gueula Esquella.

— D'accord. Cinquante sacs. Tope là!

Ils scellèrent le pari par une poignée de mains. Cinquante mille nouveaux pesos. Pour Carlos Pas Plus, c'était une fortune. Esquella l'invita à monter dans l'appareil.

— Carlitos, il y a cinquante sacs en jeu. On sort l'avion et on partage. Tu as une idée?

— Oui, mais avant je voudrais connaître le temps.

Ils demandèrent par radio le bulletin météo : des vents modérés domineraient au cours des soixante-douze prochaines heures.

— Dis au patron du bateau de se débrouiller, dès qu'il aura débarqué les brebis à Puerto Chacabuco, pour louer deux paires de bœufs, et acheter ou voler un catamaran du port de plaisance. Il faut qu'il nous ramène tout ça sous quarante-huit heures.

Le bateau leva l'ancre. Esquella, son équipier et Carlos Pas Plus se mirent au travail.

D'abord ils abattirent des arbres au tronc flexible pour étayer l'avion. Ensuite d'autres troncs pour construire une espèce de sentier sur lequel reposerait le ventre de l'appareil. Enfin, ils ôtèrent les roues du train d'atterrissage intact et débarrassèrent la carlingue de tout poids superflu. Leur travail achevé, après dix-huit heures d'efforts, il ne restait à l'intérieur du *Loro con hipo* que les instruments de bord et le siège du pilote.

Le bateau revint à temps et avec tout ce qu'ils avaient demandé. Avec aussi le marchand parieur, qui ne cessait de répéter qu'une partie des cinquante mille pesos, qu'il considérait acquis, servirait à les inviter tout un week-end au meilleur bordel de Coyhaique. Les trois hommes qui s'acharnaient à remettre en état le *Loro con hipo* le laissaient fanfaronner.

Les bœufs tirèrent l'avion jusqu'à lui sortir le nez de l'eau. Ils travaillèrent dur, les bœufs. Un DC-3 est bien plus lourd qu'une charrette, mais c'étaient des bêtes robustes et elles laissèrent l'avion en parfait équilibre sur le sentier de rondins. Les hommes démontèrent ensuite les flotteurs du catamaran et les fixèrent à la place des roues du train d'atterrissage. Enfin, ils attachèrent le train de queue sur un canot pneumatique, convertissant ainsi le *Loro con hipo* en hydravion.

Pendant que les gens du bateau se chargeaient de construire deux autres sentiers en rondins, un pour chaque flotteur, Esquella et Carlos Pas Plus grimpèrent dans l'appareil et mirent les moteurs en marche. Les hélices du DC-3 fonctionnaient à merveille.

– Reste maintenant le plus facile : décoller, dit Esquella.

– Vous avez trois cents mètres d'eau plate. Après, vous arrivez sur les récifs, avertit Carlos.

– Le problème sera d'atterrir, je n'ai jamais piloté un hydravion, avoua Esquella.

– Les eaux du fjord seront calmes. Du moins pendant vingt-quatre heures encore. Maintenant, si vous avez confiance en moi, laissez-moi piloter le coucou. À l'école d'aviation j'ai piloté des Grumann, des Catalina, des zincs qui ne sont pas aussi gros qu'un DC-3, mais je crois que je peux y arriver.

– À toi de jouer, Carlitos ! Pour l'alléger un peu plus, on va vider une partie du carburant. Tu voleras avec le strict minimum. Du bateau je t'indiquerai le moment de décoller.

– Allez, laissez-moi le fauteuil. Je prends les commandes.

– Les cinquante sacs sont à toi, Carlitos.

Les braves bœufs tirèrent le *Loro con hipo* jusqu'à l'eau. Les flotteurs du catamaran supportèrent le poids de l'appareil et le canot pneumatique lui maintint la queue hors de l'eau. Carlos Pas Plus attendit que le bateau s'approche des récifs avant d'augmenter la puissance des moteurs et de mettre l'avion en mouvement. Voir osciller les aiguilles des tachymètres était grisant. Quand il vit Esquella lever les deux pouces, il tira le manche à balai et le *Loro con hipo* s'éleva, gagnant rapidement de l'altitude.

Ce fut un vol sans incident, malgré quelques turbulences, car l'avion était tellement léger que les brises le secouaient comme une feuille de papier. Il parcourut sans problème quatre-vingt-dix milles, cap au nord au-dessus de la péninsule de Taitao, et survola le glacier de San Rafael, jusqu'à l'entrée du grand fjord d'Aysén. Là, il vira à l'est et, se guidant sur le reflet de l'eau, il se dirigea vers le continent. Il lui restait huit milles pour atteindre la baie de Puerto Chabuco lorsque l'aiguille du réservoir indiqua zéro, mais il était hors de danger et, porté par les brises du Pacifique, il plana sans difficulté. Il amerrit comme un cygne sous les applaudissements d'une foule joyeuse rassemblée sur le quai.

Le marchand de peaux paya le montant du pari. Carlos Pas Plus reçut les cinquante mille pesos et décida de s'établir à son compte. Peu après, il fit la connaissance de Pet Manheimm, un autre aviateur en quête de ciels libres et ils inaugurèrent ensemble le premier marché aérien de fruits et légumes, Flor de Negocio.

Ils commencèrent avec une avionnette Pipper et un hélicoptère Sirkosky, vestige de la guerre de Corée. À Puerto Montt, ils chargeaient l'avionnette d'oignons, de laitues, de tomates, de pommes, d'oranges et d'autres légumes, qu'ils transportaient jusqu'à Puerto Aysén, où ils avaient leur base, et de là ils partaient en hélicoptère pour approvisionner les hameaux et les estancias de Patagonie.

Flor de Negocio dura jusqu'à ce maudit jour où Pet et l'hélicoptère disparurent avalés par une tempête imprévue. On ne retrouva jamais ni Pet, ni les restes de l'appareil. Il repose désormais dans quelque glacier, forêt ou lac de Patagonie, qui attirent les aventuriers et parfois les engloutissent.

Privé d'associé et d'hélicoptère, Carlos Pas Plus changea d'activité et se consacra au service postal entre la Patagonie et la Terre de Feu. Et, par une de ces bizarreries qui arrivent au bout du monde, il se retrouva pilote des premières pompes funèbres aériennes du ciel austral.

Un matin de juin, en plein hiver, Carlos Pas Plus se trouvait dans une estancia proche d'Ushuaia. Il révisait le Pipper avant de repartir au nord et il attendait que les gauchos aient fini de faire griller un agneau. Soudain, arriva une Land Rover d'où descendirent quatre inconnus.

– Qui est le pilote du Pipper ? demanda l'un d'eux.

– Moi. Pourquoi ?

– On a un service à vous demander. Votre prix sera le nôtre.

– Oui, tout ce que vous voudrez. L'argent n'est pas un problème, ajouta un autre.

– Du calme. De quoi s'agit-il ?

– Don Nicanor Estrada est mort, le patron de l'estancia San Benito. Je suis le contremaître, dit celui qui commandait.

– Toutes mes condoléances. Mais en quoi je suis concerné ?

– Vous devez le transporter à Comodoro Rivadavia. La famille l'attend là-bas pour la veillée funèbre. Don Nicanor doit être enterré dans le caveau familial.

Ces types ne savaient pas de quoi ils parlaient. L'estancia San Benito est à Río Grande et Comodoro Rivadavia à huit cents kilomètres, à condition de voler en ligne droite.

– Désolé. Mon appareil n'a pas assez d'autonomie. Réservoir plein, j'arrive tout juste à Punta Arenas, s'excusa Carlos Pas Plus.

– Vous allez l'emmener. Vous n'avez pas compris de qui il s'agit ? insista le contremaître.

– Non, impossible. Et pour que les choses soient bien claires, c'est moi qui décide quand et où je vole et qui seront mes passagers.

– Vous ne comprenez pas. Si vous refusez d'emmener don Nicanor Estrada, vous ne volerez plus en Patagonie, ni en Terre de Feu, ni dans aucun autre putain de pays du monde !

Le contremaître n'avait pas fini de parler que ses acolytes relevaient leurs ponchos pour exhiber leurs fusils à canon scié.

Il faut savoir faire des exceptions. Voilà ce que pensa Carlos Pas Plus en pilotant son appareil vers l'estancia San Benito, avec un tueur pour copilote.

Don Nicanor Estrada l'attendait, bleu et congelé, dans la chapelle ardente dressée dans la chambre froide de l'estancia. Des centaines d'agneaux écorchés veillaient leur maître. Des gauchos et des péons buvaient du maté et fumaient en regardant le cadavre avec crainte.

– Il est immense, dit Carlos en le voyant.

– Comme tous les Estrada. Un mètre quatre-vingt-dix-huit, précisa le contremaître.

– Il ne rentrera pas. Une telle masse ne peut pas tenir dans le Pipper.

– Un peu plus de respect pour don Nicanor. Il doit rentrer, insista le contremaître.

– Écoutez, dit Carlos, je comprends que vous deviez faire tout ce qui est possible pour envoyer le macchabée à Comodoro Rivadavia. Mais vous devez comprendre que c'est impossible. Mon avion est un Pipper, un quatre places. La cabine, du tableau de bord jusqu'à l'angle du fond, mesure un mètre soixante-dix. Il ne tiendrait même pas en diagonale.

– L'idée, c'est que vous l'emportiez allongé ou assis. Comme ça il rentrera.

– Pas davantage. Le siège arrière mesure quatre-vingt-dix centimètres de large. Allongé, il ne tiendra pas et quant à l'asseoir... Depuis combien de temps il est mort ?

– Quatre jours, pourquoi ?

– Quatre jours ! Il est plus raide qu'un tronc à cause de la congélation. Ce n'est pas pour rien qu'on dit *rigor mortis*. Il va falloir le casser en deux, je ne sais pas si ça plaira à la famille.

– Merde, c'est vrai, admit le contremaître.

En plus d'être immense, le mort était très costaud. Il devait peser nu dans les cent vingt kilos, et tel qu'il était, avec tout son harnachement d'éperons d'argent, bottes accordéon, *chiripa*[1], ceinturon d'apparat, poignard et poncho, il devait passer les cent cinquante kilos.

– Dites, vous ne pourriez pas démonter une partie du toit ? demanda le contremaître.

– Tout le toit, si vous voulez. Mais alors je me congèle.

– Juste une partie. Assez grande pour faire entrer le corps. Et vous volez à basse altitude.

– Vous êtes cinglé ? Vous voulez que je le transporte debout ?

– Debout ou assis, tu vas l'emmener, fils de pute ! hurla le contremaître en lui écrasant le canon d'un 38 sur le nez.

Et il l'emmena. Après avoir enlevé la portière du copilote et attaché le mort à une planche, ils l'enfournèrent dans le Pipper. Ils le firent entrer par les pieds, qu'ils attachèrent solidement à l'armature du siège arrière. Les hanches du mort et une partie du tronc reposaient sur le dossier du siège du copilote, les épaules et la tête restaient dehors. Comme le cadavre était sur le dos, il semblait regarder l'aile droite. Pour finir ils lui couvrirent la tête d'un sac de plastique qui

---

1. Culotte de gaucho.

portait l'inscription : « San Benito. Viandes de qualité supérieure. »

Avant de décoller, Carlos Pas Plus pensa que cette histoire de pompes funèbres aériennes n'était pas une mauvaise affaire. Le contremaître lui avait remis un chèque de cinquante mille pesos chiliens et une somme identique l'attendait à Comodoro Rivadavia.

Il regarda l'aiguille du réservoir : *Full*. Les peones de l'estancia avaient trouvé le carburant nécessaire pour la première étape du vol jusqu'à Río Gallegos. Trois cent cinquante kilomètres en volant à basse altitude, emmitouflé comme un esquimau en compagnie d'un passager au corps à moitié dehors.

Il décolla à deux heures de l'après-midi. Par chance, le temps était clément, malgré de fortes rafales venues de l'Atlantique qui secouaient le Pipper comme un shaker. Au bout de trois quarts d'heure de vol il aperçut le cap Espiritu Santo et traversa le détroit de Magellan. Il chantait à gorge déployée. Il épuisa son répertoire de tangos, de cumbias, de boléros et continua par l'hymne national et des bribes de chansons d'enfance. Chanter à tue-tête était la seule manière de garder le corps chaud.

À cinq heures de l'après-midi, il faisait déjà nuit et il distinguait à peine l'écume de la côte atlantique. Lorsqu'il sollicita l'autorisation d'atterrir sur la piste de Río Gallegos, on lui demanda s'il avait quelque chose à déclarer.

– Je n'ai pas de cargaison. Je transporte un mort. *Over*.

– Vous avez le certificat de décès ? *Over*.

– Non. Personne ne m'a parlé de ça. *Over*.

– Alors retournez le chercher. *Over*.

– Le macchabée s'appelle Nicanor Estrada. *Over*.

Puissant personnage que ce don Nicanor, influent même après sa mort. Sur la piste l'attendait un curé, qui faillit avoir un infarctus en constatant la position inconfortable du passager.

– Il faut le descendre. Pour l'amour du ciel ! Il faut le descendre et l'emmener tout de suite à la cathédrale, s'exclama le curé.

– Pas question. Il reste ici. À l'air libre, déclara Carlos Pas Plus.

– Quelle sorte de vermine êtes-vous ? Il s'agit de don Nicanor Estrada ! brama le curé.

– Si vous l'emmenez à l'église, il va décongeler et commencer à se putréfier. Je suis sûr que la famille aimerait revoir don Nicanor intact.

Après avoir excommunié Carlos Pas Plus, le curé accepta de négocier : une messe d'accord mais sur place, sans sortir le cadavre de l'avion. De sorte que l'on offrit à don Nicanor Estrada un service religieux sur la piste, par une température de moins dix.

Cette nuit-là, Carlos dormit à poings fermés sous trois épaisseurs de couvertures, dans une pension proche de l'aéroport. Le lendemain, à six heures du matin, il ingurgita un litre de café, en remplit deux thermos et décolla au petit jour, pour la deuxième étape du voyage qui devait le conduire à Río Chico après avoir survolé l'Atlantique et Bahia Grande jusqu'au phare du cap San Francisco de Paula, qui signale l'entrée du continent. Ce furent deux cents kilomètres d'un vol paisible, car le besoin de se réchauffer lui remit en mémoire des chansons de Moustaki qu'il beugla à tue-tête entre deux boléros.

À dix heures du matin, après l'escale technique de Río Chico, commença la troisième étape du périple funéraire jusqu'à Las Martinetas, un village situé à deux cents kilomètres, loin à l'intérieur des terres. Il vola en suivant le ruban de la route qui conduit à Comodoro Rivadavia. En bas, il voyait défiler la pampa, les troupeaux de brebis, les bandes d'autruches aux allures de poulets grotesques avec leurs culs à l'air, qui s'enfuyaient effrayées par le bruit du Pipper.

À deux heures de l'après-midi, Carlos Pas Plus et don Nicanor Estrada entamèrent l'ultime étape de leur voyage. Encore deux cents kilomètres et ils arriveraient à Comodoro Rivadavia. Il n'y avait pas un nuage, le soleil se reflétait sur le capuchon congelé du mort et Carlos continuait de chanter, à moitié aphone et se jurait de prendre des cours de chant dès son retour au Chili.

Lorsqu'il voulut atterrir à Comodoro Rivadavia, on lui demanda pourquoi il volait à si basse altitude. Le radar de l'Armée de l'air argentine l'avait à peine détecté.

– C'est que je transporte un mort. Un mort célèbre. *Over.*

– Qui êtes-vous ? *Over.*

– Pompes funèbres aériennes australes. *Over,* répondit Carlos Pas Plus sur un ton pathétique, avec ce qui lui restait de voix.

Sur la piste, les parents du défunt et les autorités locales l'accueillirent avec force évanouissements, insultes, menaces, qui après explications, se transformèrent en plates formules d'excuse. Dans l'attente du deuxième chèque, Carlos Pas Plus se vit contraint de se joindre au cortège funèbre.

Au cimetière, une surprise l'attendait. À l'issue d'une messe solennelle, le cortège se dirigea vers le caveau de famille, une sorte de petit palais en marbre blanc. Après avoir extrait le cadavre du cercueil à l'aide d'une grue, les croque-morts le saisirent par les aisselles, lui couvrirent la tête d'un chapeau de gaucho et le descendirent dans une énorme fosse. Carlos Pas Plus se pencha pour voir. Au fond il y avait un cheval embaumé. Don Nicanor Estrada fut enterré monté sur son cheval.

– Et après, demandai-je à Carlos, tandis que dehors la tempête faisait rage.
– Je me suis fait payer, j'ai pris congé et je suis revenu. Attise le feu. Je vais chercher un bout de viande pour faire cuire sur les braises, dit Carlos en s'éloignant d'un pas nonchalant.

C'est mon meilleur et mon plus vieil ami. Souvent, lorsque je suis loin au sud, je pense à lui et je frémis à l'idée qu'il lui soit arrivé malheur. Tout comme maintenant je frémis au spectacle de la carlingue cabossée du Pipper.

Carlos Pas Plus revient avec des côtes d'agneau.
– Que vas-tu faire Carlitos ?
– Un *asado*.
– Non, je veux dire plus tard, demain.
– Voler. Dès que le temps sera meilleur je t'emmène faire un tour au golfe Elefantes. Tu es venu pour voir des baleines. Eh bien, tu en verras des baleines, dit Carlos Pas Plus, en jetant des brins de romarin sur la viande et en contemplant avec des yeux d'enfants, tantôt le feu, tantôt moi et tantôt l'avion qui, tel un compagnon, profite lui aussi de cette petite chaleur du hangar, à l'abri de la pluie qui tombe et tombe sur la Patagonie.

8

L'arrivée de l'hiver me surprend à Puerto Natales. Il y a quarante-huit heures à peine, je me promenais sur la plage, face au golfe Almirante Montt, en admirant le coucher de soleil d'un glorieux jour d'avril. Mais hier, il a commencé de neiger en abondance et la température est brusquement descendue de six degrés à moins quatre. La radio annonce que l'aéroport est fermé, de sorte que partir d'ici est devenu particulièrement difficile.

Puerto Natales se trouve sur la côte est du golfe Almirante Montt. À l'ouest, un enchevêtrement de quelque deux cent cinquante kilomètres de canaux s'étend jusqu'au détroit Nelson et au Pacifique. Les marins chilotes sont les seuls à s'aventurer dans ces passes étroites où guette la mort blanche : les blocs de glace que les marées arrachent aux glaciers et qui obstruent les chenaux parfois durant des mois.

En hiver, il est impossible de quitter Puerto Natales par la mer. Il faut passer par l'intérieur des terres, traverser la frontière et se rendre à la ville argentine de El Turbio.

C'est de là que part le plus austral des trains, le

véritable Patagonia Express, qui, à l'issue des deux cent quarante kilomètres qui séparent El Zurdo de Bellavista, arrive à Río Gallegos, sur la côte atlantique.

Le convoi, composé de deux wagons de voyageurs et deux de marchandises, est traîné par une vieille locomotive à charbon, fabriquée au Japon au début des années 30. Chaque wagon de voyageurs est équipé de deux longs bancs de bois, qui le traversent d'un bout à l'autre. Il y a un poêle à bois que les passagers doivent eux-mêmes alimenter, et au-dessus est suspendu un chromo représentant la vierge de Lujan.

Mes compagnons de voyage ne sont pas nombreux. Quelques péons d'estancia, qui aussitôt allongés sur les bancs se sont mis à ronfler, et un pasteur protestant appliqué à réviser les Saintes Écritures le nez plongé dans les pages de son livre. Il est plié en deux et j'ai envie de lui proposer mes lunettes.

– Voilà du bois. Ne laissez pas le poêle s'éteindre, conseille le contrôleur.

– Merci. Je n'ai pas de billet. Je voulais l'acheter à El Turbio, mais ils n'en avaient pas.

– Vous tracassez pas. Vous pourrez l'acheter au prochain arrêt, Jaramillo.

Une couche de neige recouvre les pâturages, et la pampa tachetée de marron et de vert prend un aspect spectral. Le Patagonia Express s'enfonce dans un paysage blanc et monotone qui endort le pasteur. La Bible tombe de ses mains et se ferme. On dirait une brique noire.

Le Patagonia Express est le train des gardiens de troupeaux. Quand l'hiver s'achève, des centaines de Chilotes se rendent à Puerto Natales, traversent la frontière et prennent le train pour rejoindre les estancias d'élevages. Ce sont des hommes robustes qui, las de la pauvreté insulaire et de la proverbiale dureté de caractère des femmes chilotes, s'en vont chercher fortune sur le continent. Des hommes robustes mais à la vie courte. À Chiloé, ils se nourrissent de coquillages et de patates ; en Patagonie, d'agneau et de patates. Très peu ont une fois goûté un fruit – sauf des pommes – ou un légume vert. Le cancer de l'estomac est une maladie répandue parmi les Chilotes.

La gare de Jaramillo est un édifice en bois peint en rouge. L'architecture a une légère touche scandinave. Les tuilettes finement découpées qui ornent les gouttières se balancent dans le vent ; il en manque beaucoup et celles qui restent tomberont sans qu'une main se soucie de les fixer ou de les remplacer.

Jaramillo se réduit à la gare de chemin de fer et à quelques maisons, mais le train s'y arrête pour se ravitailler en eau. Et cette eau semble l'essentiel de ce lieu. C'est pourtant ici que subsiste la mémoire tragique de la Patagonie, une mémoire paralysée sur l'horloge de la gare, arrêtée à neuf heures vingt-huit.

En 1921, à l'estancia La Anita, éclata la dernière grande révolte des péons et des Indiens. Menés par un anarchiste galicien, Antonio Soto, plus de quatre mille personnes, hommes et femmes, occupèrent l'estancia et la gare de Jaramillo. Ils proclamèrent le droit à l'autogestion et vécurent pendant quelques semaines l'illusion d'être la première Commune libre de Patagonie, qu'ils baptisèrent ingénument Soviet. La riposte des propriétaires terriens ne se fit pas attendre. Le gouvernement argentin envoya des troupes nombreuses pour en finir avec les insurgés. Elles arrivèrent à midi le 18 juin 1921.

Les hommes se retranchèrent dans la gare de Jaramillo tandis que les femmes continuaient d'occuper les bâtiments de l'estancia. Ils étaient armés de poignards, de quelques revolvers arrachés aux contremaîtres, de lances et de *boleadores.* Les soldats disposaient de fusils et de mitrailleuses.

Le capitaine Varela, à la tête des troupes, encercla la gare et donna jusqu'à dix heures du soir aux insurgés pour se rendre, promettant la vie sauve à ceux qui déposeraient les armes, mais, en bon militaire, Varela ne respecta pas le délai et donna l'ordre d'ouvrir le feu à neuf heures vingt-huit.

On ne connut jamais le nombre exact de victimes. Des centaines d'hommes furent fusillés devant des tombes qu'ils avaient été obligés de creuser eux-mêmes. Des centaines de corps furent brûlés et l'odeur des cadavres brûlés se répandit dans la pampa.

Neuf heures vingt-huit. Une balle avait arrêté l'horloge et elle resta ainsi.

– On l'a souvent réparée, mais il y a toujours quelqu'un pour la détraquer et la remettre à neuf heures vingt-huit, me dit le contrôleur.

– C'étaient tous des subversifs, intervient le pasteur. Leur leader, ce Galicien, les avait convaincus que la propriété c'était du vol. Il fallait les tuer tous. Pas de pitié pour les subversifs.

Les péons, qui se sont réveillés, lui répondent par des gestes obscènes, le contrôleur hausse les épaules et le pasteur se réfugie dans la lecture de sa brique noire.

Le soleil décline à l'ouest, s'enfonce dans le Pacifique et ses ultimes feux projettent, sur la blancheur de la pampa, l'ombre du Patagonia Express qui s'éloigne en sens contraire vers l'Atlantique, là où commencent les jours.

9

Je retourne toujours à Río Mayo, une ville de Patagonie à une centaine de kilomètres de Coyhaique et à deux cent cinquante de Comodoro Rivadavia. J'y retourne toujours et la première chose que je fais en descendant de l'autobus, du camion ou de tout autre véhicule qui me laisse au carrefour, c'est de fermer les yeux pour ne pas être aveuglé par les tourbillons de poussière. Puis je les rouvre lentement, j'empoigne mon sac à dos et je marche vers un édifice en bois magnifiquement ouvragé.

C'est une belle ruine, témoin muet d'une époque meilleure. Une poussée sur la porte offre au regard ce que furent la piste de danse, la salle de jeux, l'estrade de l'orchestre, le bar aux tabourets tendus de cuir marron, aujourd'hui dévorés par les chèvres, et le portrait de la reine Victoria qu'un peintre doté d'une bizarre notion d'anatomie peignit sur le mur central de la réception. Les yeux de la souveraine britannique se prolongent quasiment jusqu'aux oreilles et les ailes du nez, très africaines, s'étalent sur la moitié du visage.

Je la salue d'un *Salve Regina* et je m'assois pour fumer une cigarette avant de prendre congé. Je sais que dehors, invariablement, m'attend un habitant de Río Mayo. Aujourd'hui, c'est une femme. Elle tient un panier et me regarde avec des yeux malicieux.

– Vous vous êtes trompé, me dit-elle.
– Ce n'est pas l'Hôtel Anglais ?
– Si, mais il y a dix ans qu'il est fermé. Depuis la mort du gringo, ajoute-t-elle.
– Comment ? Quand donc est mort mister Simpson ? lui demandé-je, bien que connaissant l'histoire, pour le seul plaisir d'écouter une nouvelle version.
– Il y a dix ans. Il s'est enfermé avec cinq femmes, vous voyez ce que je veux dire, des femmes de mauvaise vie. Et il est mort, ce grand cochon.

Cinq femmes. Lors de mon précédent passage, un type m'avait parlé de douze prostituées françaises. Il se peut que les exploits légendaires aillent décroissant. En tout cas, il est sûr que lorsque Thomas Simpson apprit qu'un cancer lui rongeait les os et que le médecin lui eut donné tout au plus trois mois à vivre, il offrit l'hôtel au personnel, ne conservant pour lui que la suite présidentielle. Il se fit monter des boîtes de havanes, un baril de scotch et s'enferma avec un groupe indéterminé de filles de joie bien payées, qui avaient pour mission de hâter sa mort de la plus agréable des façons.

Au bout d'une semaine, la rumeur de sa douce agonie avait couru jusqu'à Comodoro Rivadavia. La colonie anglaise se chargea d'envoyer un prêtre pour mettre un terme au scandale mais, lorsque le pieux *brother* tenta de pénétrer dans la suite, il fut arrêté par un morceau de plomb de calibre 45 qui lui brisa la jambe. Simpson mourut comme il l'avait voulu et peu après l'hôtel s'en alla à vau-l'eau.

– Il y a un autre hôtel au bout de la rue. Si vous voulez, je peux vous y conduire, me proposa la femme.

Je la remercie et m'achemine dans la direction indiquée. Je sais que là-bas se trouve le San Martín, le meilleur hôtel de Patagonie.

C'est une grande bâtisse d'un étage qui occupe un coin de rue. À travers le nuage de poussière qui brouille la vue j'aperçois, juché sur une échelle appuyée contre la façade, un homme en train de repeindre l'enseigne de l'établissement.

– Eh, l'ami ! Vous êtes le patron de l'hôtel ? je lui crie d'en bas.

– Si j'étais le patron, je ne serais pas ici, me crie-t-il d'en haut.

– Pouvez-vous appeler le patron ? je lui crie de nouveau.

– Il n'est pas là. Il n'y a personne. Entrez et servez-vous un maté.

J'obéis et en poussant la porte à deux battants, je pense que ce type n'est pas argentin. Il parle avec un accent trop chantant.

La salle à manger n'a pas changé au cours des deux dernières années. Mêmes tables de fer au plateau en formica, mêmes chaises en bois et sur chaque table un coquet vase de roses et d'œillets en plastique. Derrière le comptoir en bois s'alignent les bouteilles de vin, de grappa et de *caña*. Et à la place d'honneur, sur le miroir, un portrait de Carlos Gardel arborant une denture parfaite.

L'hôtel San Martín. Jusqu'en 1978 il servait de cave à la municipalité. Cette même année arrivèrent à Río Mayo deux relégués pour raisons politiques : le Turc Gerardo Garib, qui n'avait rien de turc puisque c'était un Argentin de Buenos Aires, un syndicaliste non corrompu par le péronisme et descendant de Palestiniens, et sa femme, la Turque Susana Grimaldi, qui n'avait elle non plus rien de turc – si ce n'est d'être mariée avec un Turc – et qui était une Uruguayenne de Colonia, professeur de musique, et qui jurait merveilleusement dans l'italien de ses parents.

Pendant la dictature, Susana et Gerardo eurent de la chance. Ils vécurent la monstrueuse expérience vampirique des disparitions, ils connurent la torture mais purent sortir en vie du labyrinthe de l'horreur, condamnés à cinq années de relégation en Patagonie.

Tous deux avaient l'esprit entreprenant, de sorte qu'un an et demi après leur arrivée, Susana donnait des cours de musique à une douzaine d'émules de Gardel, et Gerardo parvenait à louer le bâtiment pour ouvrir un hôtel.

– Vous vous êtes servi du maté ?

Le peintre vient d'entrer et interrompt mes pensées.

– Non, j'allais le faire.

– Vous avez faim ? Si ça vous dit, je vous fais des *panqueques*[1]. Je fais les meilleurs *panqueques* de Patagonie. Ils sont fameux mes *panqueques*.

– Chilien ?

– De Chiloé. Je suis venu pour travailler dans une estancia, mais je suis tombé malade et le Turc m'a recruté comme cuisinier, barman et serveur.

– Et où il est le Turc ? Et Susana ?

– Je vois que vous les connaissez. Ils sont à un enterrement.

---

1. De l'anglais *pancake* : grosse crêpe.

– À quel enterrement ? De qui ?
– D'un vieux qu'on appelait Carlitos.
– Carlitos Carpintero ?
– Lui-même. Vous le connaissiez lui aussi ?

Carlitos Carpintero. En 1988, à Stockholm, une organisation qui décerne des prix Nobel alternatifs décida de décerner à un mystérieux professeur nommé Klaus Kucimavic le prix Nobel alternatif de Physique. Ce professeur Kucimavic avait adressé en 1980 de longues lettres à plusieurs universités d'Europe révélant que, selon ses calculs réalisés en Patagonie, un trou dangereux était en train de s'ouvrir dans la couche d'ozone qui protège l'atmosphère. Il précisait le diamètre du trou et les variables de progression avec une telle exactitude que, huit ans plus tard, ses observations furent corroborées par la NASA et des institutions scientifiques européennes. Le professeur Kucimavic ne put aller recevoir son prix car nul ne savait comment l'inviter. Au dos de ses lettres était écrit : « Province du Chubut, Argentine », rien de plus.

Une publication allemande m'envoya en Patagonie pour rencontrer le mystérieux professeur. Je parcourus plusieurs villes et villages sans succès, jusqu'à ce que j'arrive à Río Mayo. Après avoir sympathisé avec Susana et Gerardo, ceux-ci m'invitèrent un soir à une partie de *truco*, organisée par Carlos Alberto Valente, un des gauchos les plus originaux et les plus nobles que j'ai connus. Nous avons joué et ri jusque tard dans la nuit et, lorsque après manger nous avons parlé de nos activités, j'ai raconté à Valente la raison de ma présence à Río Mayo.

– Comment tu dis qu'il s'appelle ?

— Kucimavic. Klaus Kucimavic.

— Carlos Carpintero. Voilà son nom, Carlos Carpintero.

— Qui est Carlos Carpintero ?

— Celui que tu cherches. Un vieux fou qui est apparu ici il y a des lustres. Fou mais pas idiot. Il invente des choses. Pour moi, par exemple, il a inventé un système pour transformer la bouse de vache en gaz. Maintenant j'ai l'eau chaude gratis. Le vieux appelle ça bio-gaz. Oui, fou mais pas idiot. Il passe son temps à observer le ciel et à mesurer les rayons du soleil avec un miroir. Il dit que dans quelques années on sera tous aveugles.

Le lendemain je fis la connaissance de Kucimavic. C'était un petit vieux tout maigre, enveloppé dans une combinaison de mécanicien graisseuse. Il réparait ou améliorait un système de douche pour désinfecter les brebis.

Il commença par nier s'appeler Klaus Kucimavic et, dans son espagnol original, il affirma être argentin depuis toujours.

— Comment tu peux être argentin alors que tu parles espagnol comme une vache, rétorqua Valente.

— Je parle espagne mieux que toi, espèce d'âne, répondit le vieux.

Mais Valente avait vu un document délivré par les autorités argentines que le vieux lui avait un jour demandé de garder. Comme il ne pouvait nier plus longtemps son identité, il accepta de parler, mais de mauvaise grâce.

Il était né en Slovénie. Pendant la Deuxième Guerre mondiale il avait rejoint les rangs des oustachis croates, qui combattaient dans les Balkans aux côtés des nazis.

À la fin de la guerre il évita la justice des partisans de Tito et émigra en Argentine, bien décidé à commencer une nouvelle vie en Amérique du Sud. Mais peu après, les Israéliens, enhardis par la capture d'Adolf Eichmann, se lançaient dans la chasse aux ex-nazis et aux collaborateurs réfugiés en Argentine. C'est ainsi que Klaus Kucimavic abandonna sa chaire de physique à l'université de Buenos Aires et se perdit en Patagonie, dans cette partie du monde où on ne pose pas de questions et où le passé d'un individu est une simple affaire personnelle.

À Río Mayo, tout le monde l'aimait. C'était un vieux serviable qui, malgré sa réputation d'ours mal léché, ne se faisait pas prier pour réparer une radio, un fer à repasser, une canalisation d'eau ou un moteur, sans jamais demander un centime.

Il me confirma les conclusions de ses mesures sur la couche d'ozone et se refusa catégoriquement à parler du Prix.

– Dites à ces connards d'arrêter la pollution atmosphérique avant de décerner des prix. Les prix, c'est pour les reines de beauté, ajouta-t-il indigné.

Je possédais assez de matière première pour écrire un long reportage sur le découvreur du trou dans la couche d'ozone, mais le publier aurait brisé l'harmonie des habitants de Río Mayo, de sorte que j'oubliai cette histoire et que Kucimavic devint aussi pour moi Carlitos Carpintero.

– Carlitos nous a quittés, dit le Turc Garib en m'embrassant.

– Je savais que tu reviendrais. Bienvenue, me dit Susana.

Ce soir-là nous passâmes très tôt à table. Je constatai que le Chilote était effectivement un bon cuisinier et que ses *panqueques* étaient incomparables. Nous parlâmes de nos vies. Je pouvais revenir au Chili, mais je restais en Europe. Ils pouvaient revenir à Buenos Aires mais ils restaient en Patagonie. Cette conversation avec mes amis me confirma une fois de plus qu'on est de là où l'on se sent le mieux.

– Tu sais, quand tu es parti la dernière fois, j'ai eu l'impression que tu avais un grand problème, dit Susana en remplissant les verres de grappa. J'imagine qu'il t'a été difficile de ne pas écrire sur Carlitos.

– Oui, j'avais un terrible poids sur la conscience. Je n'arrêtais pas de me demander : Et si Carlitos avait réellement été un criminel de guerre, un de ces fascistes qui nous en ont fait baver ?

– Non. Carlitos a combattu du mauvais côté, voilà tout. Ce n'était pas un criminel, affirma le Turc.

– Comment peux-tu en être aussi sûr ?

– La Patagonie apprend à connaître les gens à leur façon de regarder. Carlitos était myope, c'est pour ça qu'il portait ces verres de cul de bouteille, mais quand il parlait avec les amis, il enlevait ses lunettes et regardait dans les yeux. Et son regard ne mentait pas.

– Dis-lui quels ont été ses dernières mots, demanda Susana.

– Ses derniers mots. On dirait une blague. Il est sorti du coma quelques minutes avant de mourir. Il m'a pris la main et m'a dit : « Merde, merde, le Turc, je n'ai pas réparé ton frigo. » Tu comprends ? Si Carlitos n'avait pas eu la conscience tranquille, il ne serait pas mort en pensant à mon frigo.

Susana se leva pour servir des clients et ouvrit les

fenêtres qui donnaient sur la rue. Dehors, le vent était tombé et l'absence de poussière permettait de voir le trottoir d'en face. Plus rien ne s'interposait entre les gens et la paisible nuit de la Patagonie.

10

« Laissez la bouteille », dis-je au garçon qui vient de me servir un verre de rhum. Je bois. Un léger réconfort atténue l'épuisement et la torpeur provoqués par l'air chaud et humide qui vient de la forêt.

Je suis à Shell, une localité pré-amazonienne d'Équateur, dans un bar sans portes ni fenêtres. Je regarde dehors, et je vois les palmiers de l'unique rue, immobiles et léthargiques, eux aussi, sous un ciel sans nuages.

Un ciel idéal pour s'envoler avec le capitaine Palacios. Mais quel était son prénom ? Pour les gens d'ici, l'aviateur qui tuait les heures à terre en se balançant dans un hamac et en vidant des bouteilles de rhum San Miguel était simplement le capitaine Palacios. Et on l'appelait ainsi dans les centaines de hameaux et de localités amazoniennes où il se posait avec son petit zinc déglingué. Et son associé ? Comment s'appelait son associé ?

J'avais fait leur connaissance un soir où je devais aller, en avion, de Shell à San Sebastian del Coca. Un camion me laissa au bord de ce qui ressemblait à une grande rue. À peine étais-je descendu que mes pieds s'enfonçaient dans la boue, et je vis que je n'étais pas seul, des porcs s'y vautraient avec délices.

– Comment on va à l'aéroport ? demandai-je au camionneur.

– Vous y êtes, *man*. Tout ce qui longe le chemin c'est l'aéroport, dit-il en me montrant un vaste champ de boue.

Sur un côté du champ se dressait un bâtiment en bois au toit de tôle. Je me mis à marcher dans cette direction et à mesure que je m'approchais j'entendais la voix d'un chroniqueur sportif qui commentait un match de football.

Le bâtiment avait des portes coulissantes qui étaient ouvertes. À l'intérieur, un mulâtre corpulent observait des pièces métalliques plongées dans un bidon d'huile. D'une main il remuait lentement les pièces, laissant à l'essence le soin d'enlever la calamine, et de l'autre il tenait un long cigare. Ses hochements de tête manifestaient un désaccord absolu avec les propos du commentateur. Une toile verte tendue d'un mur à l'autre séparait le bâtiment, en cachant sa partie arrière. Le mulâtre me regarda d'un œil indifférent et reporta toute son attention sur le match de football.

– Bonjour, saluai-je.

– Pas si bon que ça. Qu'est-ce qu'il y a pour votre service, *mister* ?

– Je dois aller au Coca. Vous pouvez me dire comment on fait ?

– Sûr. Pour décoller, il vous suffit d'agiter les bras, de courir pour prendre de l'élan et de replier les pattes. Autre chose ?

– Soyez sympa. Je dois vraiment aller au Coca.

– Bien sûr, *mister*. Voyez avec le capitaine Palacios.

– Où on le trouve ?

– Où voulez-vous qu'il soit ! Au bar de Catalina. Vous n'avez qu'à patauger dans la gadoue jusqu'au bout de la rue. Faites gaffe aux porcs. Ce sont des vicelards.

Le bar de Catalina était une cabane d'une trentaine de mètres carrés. Le comptoir était au fond et, devant, des hommes buvaient et parlaient affaires. Au centre de la pièce était suspendu un hamac en jute, occupé par un type aux cheveux blancs qui dormait à poings fermés. À côté, une femme et un homme attendaient, avec une expression d'infinie patience, en se balançant sur leur chaise à bascule. La femme tenait sur ses genoux un sac d'où émergeaient deux têtes de porcelets. L'homme avait les pieds posés sur une cage en fer, dans laquelle un coq aux yeux furibonds regardait avec haine les deux petits cochons.

– Je cherche le capitaine Palacios, dis-je à la femme qui servait.

– Le voilà, jeune homme, me répondit-elle en me montrant l'occupant du hamac.

– On peut le réveiller ?

– Ça dépend pour quoi. Il devient méchant quand on le réveille sans raison.

– Je dois aller au Coca...

Je ne pus en dire davantage. La femme aux porcelets bondit et se mit à secouer le hamac.

– Qu'est-ce qu'il y a, bordel ? maugréa celui qui venait d'être arraché à son sommeil.

– Un autre passager. Le compte est bon maintenant.

On peut décoller, dit la femme sans cesser de secouer le hamac.

Le capitaine Palacios s'étira, se frotta les yeux, bâilla et enfin descendit du hamac. Il ne mesurait guère plus d'un mètre soixante et portait une vieille combinaison de pilote, de celles qui sont couturées de fermetures éclair.

– Comment est le temps ? demanda-t-il sans s'adresser à quelqu'un en particulier.

– De merde, répondit un type au comptoir.

– Ça pourrait être pire. Allez, on décolle, lança Palacios.

Il sortit du bar d'un pas assuré, suivi par la femme aux porcelets, l'homme au coq et moi-même. À l'aéroport, le mulâtre qui m'avait envoyé au bar était encore absorbé dans le nettoyage des pièces et le match de football.

– Eh, collègue, encaisse, ordonna Palacios dès que nous fûmes entrés.

– Quoi ? Vous allez voler avec un temps pareil ? observa le mulâtre en montrant le toit.

Dehors, des nuages gris annonçaient l'orage.

– Si les urubus volent, horribles comme ils sont, je ne vois pas pourquoi je ne pourrais pas en faire autant, répliqua Palacios.

– Têtu comme une mule. Bon, vous autres donnez-moi vos noms. Histoire d'identifier les cadavres en cas d'accident. C'est deux cent cinquante sucres par tête, indiqua le mulâtre.

La femme aux porcelets se rendait à Mondaña, un hameau de colons à quatre-vingt-dix kilomètres de Shell, où on pouvait accéder par d'autres moyens : à pied jusqu'à Chontapunta, puis en canoë par le rio

Napo, à condition que le temps soit clément et que l'on soit assez patient pour faire un voyage de deux à trois jours.

L'homme au coq allait à San José de Payamino, un village au bord du rio Payamino. Les combats de coqs de San José de Payamino sont célèbres en Amazonie. On y parie gros et bien des fortunes amassées par les chercheurs d'or au long de dures années de travail, consacrées à détruire la forêt et leurs propres vies, passent du sang du coq vaincu aux poches des parieurs professionnels. L'homme allait tenter sa chance avec son champion. C'était une machine à tuer ce petit coq cuivré. C'est du moins ce qu'affirmait son maître, précisant que la semaine précédente il avait étripé huit adversaires à Macas. Il aurait pu faire le voyage à pied et en bateau mais cela lui aurait pris cinq jours. Trop fatigant pour le coq.

– Qu'est-ce que vous attendez ? Allez, il faut tirer ! ordonna Palacios en tirant la toile verte. L'avionnette était là. Un vieux Cessna fané de quatre places.

Les trois hommes et moi avons tiré le zinc jusqu'à la piste par des cordes nouées au train d'atterrissage. J'ai regardé les impressionnants rafistolages du fuselage, et j'ai ressenti comme jamais auparavant la force du repentir, mais je devais aller au Coca, à cent quatre-vingts kilomètres de Shell, et le chemin le plus court était celui des airs.

Je montai à bord en me répétant, en guise de prière, « ces avions sont sûrs, très sûrs, absolument sûrs ». Je pris le siège du copilote. Dans mon dos les porcelets grognaient, nerveux. Le coq se montrait indifférent aux préparatifs du décollage.

– San Sebastian… San Sebastian… répondez…

Le capitaine Palacios parlait dans un micro. Il reçut pour toute réponse une série de sifflements. Après avoir actionné des manettes, ce qui n'eut pour effet que d'augmenter le volume des sifflements, il raccrocha le micro.

– Je t'avais dit d'arranger ce bidule. Je te l'avais pourtant dit.

– Cette saloperie est foutue. Je suis mécano, moi. Les miracles c'est pas mon rayon, précisa le mulâtre.

– Bon ! On n'y peut rien. Après tout ils nous verront arriver.

Lorsque l'avionnette s'ébranla dans la boue, je jetai un regard sur le tableau de bord et j'eus envie de sauter à terre. Je n'avais jamais vu un tableau de bord aussi rudimentaire. Au milieu de trous vides et des câbles enchevêtrés, restes probables d'instruments de navigation, on voyait osciller l'aiguille de l'altimètre et celle du réservoir de carburant. L'« horizon », indicateur de stabilité, qui doit être parallèle au sol, était presque à la verticale.

– Dites… l'horizon ne fonctionne pas, dis-je en dissimulant ma panique.

– Aucune importance. Le ciel est en haut et le sol en bas. Tout le reste c'est des conneries, conclut Palacios.

Nous décollâmes. L'avion s'éleva à cent cinquante mètres et se stabilisa en douceur. Nous volions sous un plafond de gros nuages gris. L'air chaud de l'orage envahit la cabine. Je constatai avec un certain soulagement que la boussole fonctionnait : nous allions bien en direction du nord-ouest. Vingt minutes plus tard, nous aperçûmes la ligne verte et sinueuse d'une rivière.

– Regardez le spectacle ! Le Huapuno ! s'exclama le pilote. Nous entrons en Amazonie.

– Je croyais que le territoire amazonien commençait beaucoup plus à l'est, lui fis-je remarquer.

– Conneries des politiciens. L'Amazonie commence avec les premières gouttes qui se jettent dans le grand fleuve. Qu'est-ce que vous avez perdu au Coca, *man* ?

– Rien. Je vais voir des amis.

– Ça c'est bien. Il ne faut jamais oublier les amis. Même s'ils sont en enfer, il faut aller les voir. Je pensais que vous étiez un *garimpeiro*[1]. Et moi je n'aime pas les *garimpeiros*.

– Moi non plus je ne les aime pas.

– C'est un fléau. À la moindre rumeur d'une merde brillante, ils accourent par milliers. Des fois j'ai envie de charger l'avionnette de gaz toxiques et de leur faire une fumigation. Comment vous trouvez le vol ?

– Jusqu'ici ça va. Je ne me plains pas.

Le plan de vol du capitaine Palacios était assez simple : il suivait sous les nuages le cours du Huapuno jusqu'à sa jonction avec l'Arajuno, où se formait une grande rivière coulant en direction du nord-est. En bas, la forêt était comme un gigantesque animal au repos, résigné à recevoir les trombes d'eau qui ne tarderaient pas à tomber.

– Vous n'êtes pas d'ici, *man*.

– Non. Je suis chilien.

– Ah ! Deux fois ah !

– Qu'est-ce que vous voulez dire par là ?

– Que vous êtes venu ici, soit parce que vous êtes cinglé, soit parce que vous ne pouvez pas vivre dans votre pays. Les deux raisons me sont sympathiques.

---

1. *Garimpeiro* : chercheur d'or.

Regardez les flamants, là-bas, vous avez déjà vu des oiseaux aussi beaux ?

Il avait raison sur toute la ligne : seul un cinglé serait monté dans un tel zinc, je ne pouvais pas, en effet, vivre dans mon pays et en bas, sur une lagune formée par les débordements du Huapuno, une multitude de magnifiques flamants attendaient l'orage.

Au bout d'une heure de vol, nous aperçûmes une clairière sur la rive ouest du Napo, où se dressaient quatre ou cinq maisons de bambou et de palmes. C'était Mondaña. Nous descendîmes d'une cinquantaine de mètres et survolâmes le village en décrivant des cercles.

– Ne vous inquiétez pas. C'est pour laisser le temps aux gars de préparer la piste.

En bas, des gens coururent vers la plage, enlevèrent branches et pierres et agitèrent les bras pour nous faire signe que nous pouvions descendre. Palacios démontra qu'il était capable d'atterrir sur un mouchoir de poche.

Après avoir laissé la femme aux porcelets et reçu des commissions des habitants, nous attaquâmes notre deuxième décollage. Palacios conduisit l'appareil au bout de la plage, il prit de la vitesse et nous décollâmes presque au ras de l'eau. Quelques minutes plus tard nous suivions le cours du Napo.

– Encore nerveux, *man* ? demanda Palacios sur un ton amusé.

– Moins qu'au début. Il y a longtemps que vous volez ? Je vous le demande parce que le décollage sur la plage m'en a mis plein la vue.

– Moi j'étais mort de trouille, dit l'homme au coq à l'arrière de la cabine.

– Longtemps ? Trop. J'ai oublié, répondit le capitaine Palacios.

– L'avionnette est à vous ?

– À moi ? Disons qu'on s'appartient l'un l'autre. Moi, sans elle je ne saurais pas quoi faire, et elle sans moi n'irait nulle part. Regardez comme il est beau le Napo. À cet endroit, il inonde deux fois par an de grandes étendues de forêt et on y pêche des bagres énormes.

– C'est vrai. Il n'y pas longtemps, j'en ai vu sortir un qui pesait cent quarante livres, dit l'homme au coq.

– Pourquoi ces questions sur le zinc ? Vous vous y connaissez en avions ?

– Un peu. Le moteur a un joli bruit.

– Et comment, *man* ! J'ai un bon mécanicien. Le mulâtre que vous avez vu à Shell est mon associé et c'est lui qui se charge de tout ça. Cet appareil appartenait à des curés qui ont fait un atterrissage forcé près de Macas. Ils se sont posés sur la cime des arbres et l'y ont laissé. Nous, on l'a racheté au prix de la ferraille et quelques mois plus tard il volait de nouveau.

La piste d'atterrissage de San José de Payamino était une vaste clairière ouverte à la machette. Elle servait en outre de terrain de football, de marché et de grand-place. Nous y avons déposé l'homme au coq, je lui ai souhaité bonne chance, nous avons fait le plein de carburant et nous avons continué le voyage en survolant le Payamino jusqu'à ce que ses eaux s'unissent à celles du Puno et, plus tard, toujours cap au nord-ouest, alors que nous survolions Puerto San Francisco de Orellana, nous avons vu le Puno et le Coca déboucher dans le grand Napo, qui s'incurve vers le sud-ouest. Ses eaux parcourent mille trois cents kilomètres avant de se jeter dans les flots impétueux de l'Amazone.

Pendant la dernière étape du vol, l'aviateur m'a raconté quelques anecdotes de sa vie. Il avait été pilote à la Texaco, très bien payé, jusqu'à ce qu'il découvre un jour qu'il n'aimait pas les gringos et qu'il était amoureux de l'Amazonie.

– C'est comme une femme, *man*. On l'a dans la peau. Elle ne demande rien, mais on finit par faire tout ce qu'on croit qu'elle demande.

À San Sebastian del Coca nous avons continué à parler et, après une nuit de bringue, où nous avons bu du rhum jusqu'à plus soif, nous avons décidé que nous pouvions être amis. Et quels amis ! Il m'a fait connaître d'en haut les régions de l'Amazone les plus fascinantes et les plus secrètes et les nombreux mystères de ce monde vert qu'il connaissait mieux que lui-même. Et quand, des années après notre premier vol, je suis retourné là-bas pour faire une série de reportages sur la dévastation criminelle de la forêt amazonienne, j'ai retrouvé le capitaine Palacios, prêt à m'emmener partout où je voulais.

Je l'ai vu pour la dernière fois dans le Pantanal, entre le Brésil et le Paraguay, dans le bas Mato Grosso. Nous nous sommes séparés dans l'euphorie du rhum partagé rituellement entre amis et la satisfaction d'avoir fait un bon travail en filmant un documentaire sur l'extermination des *jacarés*, les caïmans d'Amazonie, dont la peau finit dans les défilés de mode en Europe. Toute l'équipe qui avait participé au tournage reconnut que, sans le concours du capitaine Palacios, c'eût été une mission impossible.

– À la prochaine, *man*. Je n'ai pas besoin de vous

dire de revenir. Maintenant, vous avez vous aussi l'Amazonie dans la peau et vous ne pourrez pas vivre sans elle. Et s'il faut encore emmerder ces salopards qui la détruisent, vous savez où me trouver.

Et je l'ai cherché. Avant de m'asseoir dans ce bar et de demander la bouteille de rhum que je vide lentement, je l'ai cherché jusqu'à la fatigue. Je ne l'ai pas trouvé. Pas plus que son associé, le mulâtre. Quelqu'un m'a dit qu'ils avaient décollé vers une destination inconnue et qu'ils n'étaient pas revenus. Celui qui me l'a dit n'avait pas un souvenir précis de l'époque de leur disparition. La vie et l'oubli se succèdent trop rapidement dans cette région du monde.

Que sont devenus ces deux magnifiques aventuriers ? Celui dont je n'ai jamais su le prénom ? Celui qui m'a toujours dit « vous » et appelé *man* ? Mon ami, le capitaine Palacios.

Dernière partie

Notes sur l'arrivée

Quelqu'un me tapota l'épaule.

– Réveillez-vous, nous sommes à Martos.

J'eus un peu de mal à reconnaître le chauffeur et à admettre que je me trouvais dans un autobus. Il n'y avait pas plus d'une heure que j'y étais monté, à Jaén, et à peine avais-je appuyé la tête contre le dossier du siège que je m'étais endormi comme une souche.

– Martos ?

– Mais oui, Martos.

En sortant du bus, je sentis le soleil de midi qui cognait à coups de gourdin. Il n'y avait pas un seul nuage ni le moindre souffle d'air. Les rues offraient la blancheur immaculée de leurs maisons ornées de persiennes vertes et on voyait partout des pots débordants de mes plantes préférées : les humbles et résistants géraniums.

Les rues étaient vides, et je savais que c'était normal à l'heure de la canicule. D'une maison s'échappait le son d'une radio et je marchai au hasard entre les murs blancs jusqu'à une fontaine.

Un mince filet d'eau coulait d'un tuyau, troublant paisiblement la surface du bassin. Je bus dans mes mains de cette eau pure et froide, réconfortante et à la saveur de pierre, qui descendait des montagnes à la rencontre des assoiffés, puis poursuivait sa course jusqu'aux racines des oliviers alignés sur les collines.

En buvant je vis dans mon image reflétée des traits inconnus mais pourtant familiers. Je me penchai sur l'eau et lentement mon visage se mit à ressembler à celui de mon grand-père.

– Je suis arrivé, Pépé. Je suis à Martos.

Le vieux me regarda de ses petits yeux malicieux et lança une de ses phrases sans appel.

– Nul ne doit avoir honte d'être heureux.

Je sentis alors que la fatigue du voyage me faisait trembler et me brouillait la vue. Je plongeai la tête dans la fontaine et me remis aussitôt en marche.

J'arrivai sur une petite place où il y avait un bar. J'entrai. Les cinq ou six clients accoudés au comptoir m'observèrent quelques secondes et poursuivirent leur conversation animée.

– Qu'est-ce que vous prenez ? me demanda le serveur.

– Je ne sais pas. Qu'est-ce qu'on boit à Martos à cette heure ?

– Un vin, une pression. C'est selon...

– Donne-lui un *fino*[1], Manolo, dit un client.

Le serveur me remplit un verre, je goûtai ; il y avait dans ce vin le soleil qui brillait dehors. Je vidai le verre avec un plaisir non dissimulé.

– C'est bon, hein ? fit le serveur.

– Fameux.

J'avais envie de parler avec ces hommes, de leur

---

1. Jerez.

dire que je venais de très loin à la recherche d'une trace, d'une ombre, du minuscule vestige de mes racines andalouses ; mais je voulais aussi les écouter, me remplir de cet accent très marqué, un peu fruste, dépouillé des inflexions chantantes des Andalous de la côte.

Deux nouveaux clients entrèrent en bavardant. Ils commandèrent deux verres de vin rouge. L'un d'eux leva le sien sans dire un mot, mais d'un geste éloquent qui valait mieux qu'un discours. L'autre fut plus loquace :

– Santé !

Ils burent avec des gestes liturgiques. Puis, en reposant le verre sur le comptoir, celui qui avait parlé se passa le dos de la main sur les lèvres. Le monde était en paix. La vie ne pouvait être plus harmonieuse. Ils reprirent leur conversation.

– Comme je te l'ai dit, cette histoire de tomates peut être une bonne affaire. Si on sait s'en occuper, bien sûr.

– Et cet idiot qui me trouve maintenant des rhumatismes ! Des rhumatismes, moi ! Je voudrais bien voir ça.

– Les Hollandais font fortune avec les tomates, mais tu peux me dire toi, d'où ils sortent le soleil, les Hollandais ?

– Et il faudrait que je fasse une cure thermale. Il peut se la foutre au cul ! Ces médecins du travail nous prennent pour des fils à papa. Putain !

– Une bonne tomate ne peut pas pousser en cage. Tu as vu les tomates de Torredonjimeno ? Le soleil et l'eau c'est tout ce que demandent les tomates.

– Un bon emplâtre et fini la douleur. Tout le reste c'est du baratin. Merde, il est tard.

– Allez, Pépé. C'est l'heure de manger. Donne le bonjour à ta bourgeoise. Il faudrait qu'on se revoie pour continuer à parler de tout ça. Et prends soin de toi.

– Oh, tu connais la chanson.

– À qui le dis-tu !

Celui qui apparemment n'avait pas de rhumatisme sortit et brusquement je me rappelai les paroles de mon grand-père.

– Excusez-moi, il y a ici un bar qui s'appelle le bar des Chasseurs.

– Pas que je sache, dit le serveur.

– Mais si ! dit le planteur de tomates.

– Voyons. Il y a celui de Miguel, le Castillo, la Peña…

– Manolo, rappelle-toi. Comment s'appelait ce bar autrefois ?

– Il a eu plusieurs noms. Laisse-moi réfléchir.

– Jusqu'en 1950, il s'appelait le bar des Chasseurs. Putain, vous oubliez tout.

– Je suis né en 1952. Comment tu veux que je sache.

– Il a raison, intervint un autre client, ça s'appelait le bar des Chasseurs. Dehors il y a encore deux crochets près de la porte. À l'un on suspendait les gibecières et à l'autre les fusils. Je m'en souviens bien.

Je me trouvais donc probablement au même endroit où mon grand-père se jetait derrière la cravate des verres de *fino*.

Une fois cette histoire de bar des Chasseurs éclaircie, les hommes m'observèrent avec une curiosité non dissimulée et je leur racontai pourquoi j'étais ici. Je leur parlai de mon grand-père et de mon long voyage jusqu'à Martos. Pendant que je parlais, certains téléphonèrent chez eux pour dire qu'ils ne rentreraient pas manger et d'autres firent de même en utilisant des gamins qui étaient entrés pour acheter des glaces. Le patron pour ne pas en perdre une miette mit des bouteilles de tout ce qu'on pouvait boire sur le comptoir. Quand j'eus terminé, ils se regardèrent les uns les autres.

– Quelle histoire, le Chilien ! Quelle histoire ! Il y a quelqu'un qui porte ton nom. Il habite pas loin d'ici. C'est un vieux, je crois qu'il s'appelle Angel, dit l'homme des tomates.

– Et comment ! Il s'appelle Angel et il a une femme mais je crois qu'il n'est pas de Martos. Il est de Ségovie, affirma un troisième.

– Don Angel vit ici depuis toujours, dit l'homme aux tomates.

– Tu sais quand est né ton grand-père ?

– Oui, je connais la date.

– Ce qu'on doit faire, c'est demander au curé. Lui, il connaît l'histoire de Martos mieux que n'importe qui.

– Normal ; il se mêle de tout.

– C'est son boulot. Le pâtissier fait des gâteaux et le curé papote avec les vieilles.

– À l'heure qu'il est, il doit être en train de manger et il ne répondrait même pas au Christ.

– On peut attendre. Manolo, si tu nous donnais des *tapas* ?

À quatre heures de l'après-midi, nous avions réglé son compte à un demi-jambon et liquidé les omelettes. D'autres hommes se joignirent au groupe, rapidement informés par ceux qui avaient entendu l'histoire.

Sous la houlette du planteur de tomates, nous nous

apprêtions à rendre visite au curé, mais avant je voulus payer la note.

– Quelle note ? Avec ton histoire on a passé un bon moment, meilleur que devant la télé. Attendez, moi aussi je viens chez le curé, déclara le serveur.

Le curé était pour le moins septuagénaire ; un curé à soutane. Nous le vîmes sortir tout agité à la rencontre du groupe qui perturbait la paix de son église.

– Vous avez perdu quelque chose par ici ?

– Tranquillisez-vous, monsieur le curé, nous n'avons que de bonnes intentions.

– Je demande ça, parce que je ne vous vois jamais à la messe.

Le type des tomates, désormais reconnu comme porte-parole du groupe, exposa au curé mon histoire et les motifs de la visite. Alors le curé nous fit entrer dans une pièce très haute, les murs couverts de livres aux reliures anciennes. Il ne lui fallut pas longtemps pour trouver l'acte de baptême de mon grand-père.

– Approche-toi, dit le curé.

Ce folio datait de plus d'un siècle. Il y avait le nom de mon grand-père et ceux de mes bisaïeuls. Gerardo del Carmen, fils de Carlos Ismael et de Virginia del Pilar. Ce document témoignait du premier acte public d'un homme auquel convenaient parfaitement les vers de Cesar Vallejo : « Il est né tout menu en regardant le ciel, puis il grandit, rougit, lutta avec ses cellules, ses faims, ses morceaux, ses non, ses encore… », et qui tout au long de sa vie allait connaître la persécution, la prison et l'exil pour ses idées libertaires.

– Ils ont raison, dit le curé en me raccompagnant à la porte. Prends cette rue qui s'appelle rue de la Vierge jusqu'au numéro 12. C'est là que vit Angel, le frère cadet de ton grand-père, le seul survivant des cinq frères. Tu devras crier parce qu'il est sourd comme un pot. Que Dieu te bénisse de l'avoir retrouvé. C'est un miracle.

À la sortie de l'église la rumeur du miracle s'était déjà répandue et des petites vieilles se signaient sur mon passage. Suivi par un cortège, je gravis la rue de la Vierge et m'arrêtai devant le numéro indiqué.

C'était une maison comme toutes les autres, blanche avec une grande porte en bois vert. Je n'osais pas frapper et mes accompagnateurs se tenaient immobiles et silencieux. En regardant ces visages tannés par le soleil, il me sembla que la situation avait quelque chose d'une tragédie, mais je ne m'en expliquais pas la raison.

Des années plus tard, quand je sus tout ce que je devais savoir au sujet de Martos, je compris que dans cette région, la plus appauvrie – mais pas pauvre – d'Andalousie, les hommes prenaient tôt ou tard le chemin de la côte et ne revenaient jamais. Et si l'un d'eux le faisait, c'était toujours en vaincu.

– Qu'est-ce qui vous arrive bande de curieux ? Vous n'avez rien à faire ? lança l'homme des tomates. Et le petit groupe commença à repartir.

– Allez. Retournez à vos affaires, sinon le soleil va vous dessécher encore plus la citrouille, ajouta un autre.

– Tu passeras au bar, hein ? dit le serveur en prenant congé.

Ils me laissèrent seul devant la porte. Avant de frapper, je passai la main sur la surface rugueuse. Elle était très chaude. La couleur vert sombre attirait et conservait la chaleur. Je laissai ma main sur le bois espérant que cette énergie remplirait mon corps et me donnerait assez de courage pour frapper. Mais je n'en eus pas besoin car soudain la porte céda sous la pression de ma main.

Je poussai et je vis le vieillard.

Il dormait paisiblement, installé sur une chaise longue à l'ombre d'un citronnier. La porte ouvrait sur un patio dallé, au fond duquel se dressait la maison blanche et on voyait partout des pots de géranium. À côté du vieux il y avait une table et sur la table un verre d'eau et des morceaux de sucre. Je cherchai sur les dalles une trace de mon enfance et la trouvai, sous la forme de deux ou trois mouches écrasées, séchées par le soleil.

Mon grand-père s'adonnait à la même distraction : il mettait un peu de sucre à la bouche, buvait de l'eau et aussitôt crachait le mélange. Puis il levait un pied au-dessus du piège et attendait que les mouches arrivent. Et splatch !

– Oh ! Gerardo ! Comment peux-tu être aussi méchant ? protestait ma grand-mère.

– Je rends service à l'humanité. Si ces bestioles évoluent, elles risquent de se transformer en curés ou en militaires, répondait le grand-père.

En prenant soin de ne pas troubler cette paix, je m'accroupis à côté du vieillard. Il dormait, la tête légèrement inclinée sur l'épaule. Par moments, ses lèvres et ses sourcils remuaient. Quelles images peuplaient ses rêves ? Parmi elles, peut-être, celle de son frère Gerardo, jeune, en train de ramasser des olives ; ou ils descendaient ensemble la colline vers Jaén un dimanche de corrida, ou encore ils se penchaient au bord du rocher de Martos, d'où on précipitait autrefois les condamnés.

Le visage sillonné d'une infinité de rides et clairsemé d'une barbe blanche paraissait en bonne santé. Le corps était mince ; les mains larges et les gros doigts trahissaient le paysan. Et il avait de longues jambes comme mon grand-père. De bonnes jambes de marcheur.

Brusquement, le vieux ouvrit les yeux. Je me vis reflété dans deux prunelles grises, brillantes d'intelligence. Il essayait de replacer mon image parmi ses souvenirs.

– Tu es Paquito, le fils de la laitière.

– Non, je ne suis pas Paquito.

– Je ne t'entends pas. Que dis-tu ?

– Non, don Angel. Je ne suis pas Paquito, dis-je en haussant la voix.

– Alors, tu es Miguelillo l'horloger. Il était temps que tu viennes, mon garçon.

– Don Angel, vous vous souvenez de votre frère Gerardo ?

Alors le regard du vieux me traversa la peau, parcourut mon squelette, franchit la porte, remonta la rue, descendit les coteaux et les combes, se posa sur chaque arbre, chaque goutte d'huile, tache de vin, trace effacée, chaque ronde chantée, chaque taureau sacrifié à l'heure fatidique, chaque coucher de soleil, chaque ombre insolente de tricorne, chaque nouvelle venue du bout du monde, chaque lettre qui n'arrivait plus, putain de vie, et le silence prolongé jusqu'à ce que l'éloignement devînt absolu.

– Gerardo... un qu'on appelait El Culebra ?

Insaisissable, mon grand-père. Redouté et recherché.

Il changeait de peau et de nom pour abriter un même amour insurgé.

– Oui, don Angel. On l'appelait comme ça.

– Mon frère... un qui est parti en Amérique ?

Oui. Un qui est parti en Amérique. Un parmi tant d'autres qui montèrent à bord de bateaux le cœur plein d'espoir. Des Espagnols qui, quatre siècles après l'invasion armée de l'Amérique, partirent à la recherche de la paix et furent les bienvenus, trouvèrent du bois pour construire leurs maisons, de la bonne cire d'abeille pour lustrer leurs tables, des vins secs pour inventer de nouveaux rêves et une terre qui leur a dit : on est d'où on se sent le mieux.

Mon grand-père. Un qui partit en Amérique. Un qui traversa la mer et trouva de l'autre côté des oreilles qui attendaient sa voix : « Le contrat social est une infamie des ennemis de l'homme. La nature nous a conçus pour que nous réglions nos problèmes en dialoguant de manière fraternelle. On ne peut réglementer ce que la vie a déjà réglementé. » Voilà ce que disait mon grand-père, quand j'étais enfant, lors d'une soirée du Secours ouvrier, où je l'avais accompagné.

– Oui, don Angel. Un qui est parti en Amérique.

– Tu es mon frère ?

Au fond de moi, mon grand-père me poussait à répondre. « Dis-lui que oui et embrasse-le. Tous les hommes sont frères et dans la vulnérabilité de la vieillesse percent d'éternelles et fragiles vérités. »

– Non, don Angel. Votre frère Gerardo était mon grand-père.

Le visage du vieillard prit un air grave. Il se redressa, posa ses mains nerveuses sur les genoux et m'examina de la tête aux pieds, d'une épaule à l'autre. Va-t-il me demander mes papiers ? Ou que je m'ouvre la poitrine pour lui montrer mon cœur ?

– María, appela-t-il.

De la maison sortit une vieille femme toute vêtue de noir. Elle portait ses cheveux argentés noués en chignon et elle me regarda d'un air affectueux. Alors, après s'être raclé la gorge, don Angel prononça le plus beau poème que la vie m'ait offert, et je sus que le cercle venait enfin de se refermer, car je me trouvais au point de départ du long voyage entrepris par mon grand-père. Don Angel dit :

– Femme, apporte du vin, mon neveu d'Amérique vient d'arriver.

À LA VÔTRE, PROFESSEUR GÁLVEZ !

Nouvelle

Le 11 septembre prochain, vingt-cinq ans se seront écoulés depuis le coup d'État militaire sanglant qui mit fin à l'exemplaire démocratie chilienne, assassina et fit disparaître des milliers de femmes, d'hommes, d'enfants, frappa, tortura et condamna à l'exil des centaines de milliers de citoyens de la nation australe.

Le calendrier donnera l'occasion de se souvenir de nombreux hommes et il sera juste de prononcer de nouveau celui de Salvador Allende, un homme digne et conséquent jusqu'à son dernier souffle. Avec dégoût on nommera les responsables directs de la félonie et certains de ceux qui attisèrent, avec des dollars, le feu de l'infamie.

Plus d'un, parodiant Boris Vian, se demandera si Henry Kissinger est mort, pour aller cracher sur sa tombe. D'autres se rappelleront simplement les rêves heureux tronqués, la jeunesse emportée par le plomb et la prison.

Ce jour-là, je déboucherai une bouteille de vin chilien et je lèverai mon verre en souvenir de don Carlos Gálvez, du professeur Gálvez, du pédagogue de la dignité.

À LA VÔTRE, PROFESSEUR GÁLVEZ!

Le 11 septembre 1973, le professeur Gálvez enseignait l'espagnol dans une petite école rurale près de Chillán, au sud du pays. Il approchait les soixante ans, il était veuf et avait pour seule famille un fils, étudiant en agronomie à l'université de Concepción, et ses élèves.

Le fils, comme des milliers de jeunes, fut un jour avalé par la machine de la terreur. Pendant deux ans don Carlos Gálvez frappa à toutes les portes, parla à des gens aimables ou hargneux, dignes ou apeurés, solidaires ou vainqueurs, il reçut des rires, des insultes, mais aussi des phrases de consolation. Il ne lâcha pas prise jusqu'à ce qu'il le retrouve, transformé en une ruine, mais vivant.

En 1979, don Carlos Gálvez, « socialiste, laïque et buveur de vin rouge », parvint à sortir son fils de prison et l'envoya en République Fédérale d'Allemagne, converti en exilé, mais vivant.

Les séquelles de la torture présentèrent l'addition à de nombreux Chiliens au moment où ils reprenaient la vieille habitude de vivre. Le fils de don Carlos fut l'un d'entre eux. Il mourut à Hambourg en 1981 et le professeur Gálvez s'envola pour l'Europe avec une petite valise pour assister à l'enterrement.

Je fis sa connaissance au cimetière. C'était une froide matinée de février et les arbres aux branches gelées suggéraient un bois de verre serein. Don Carlos, debout devant la tombe, lut un poème de César Vallejo : *Il écrivait toujours de son doigt pointé en l'air, Vivent les camarades! avec le V de vautour dans les entrailles, Vivent les camarades!*

Que laisse un exilé ? Quelques photos, la calebasse du maté, la pipette d'argent, des livres de Neruda.

Tout cela, don Carlos le rangea dans sa petite valise et repartit quelques jours plus tard au Chili. À l'aéroport de Santiago, un fonctionnaire lui cracha au visage qu'il ne pouvait pas rentrer, car les activités subversives qu'il avait menées en Allemagne – il n'avait fait qu'assister à l'enterrement de son fils – le privaient du droit de vivre au Chili.

Don Carlos Gálvez, le professeur Gálvez repartit à Hambourg avec sa petite valise. Au bout de deux ou trois mois il parlait assez bien l'allemand pour vendre des journaux à l'entrée du métro : « L'homme digne gagne son pain avant de le porter à la bouche ». Et six mois plus tard, aidé par les émigrés espagnols de l'association littéraire El Butacón, il donnait des cours de castillan à des enfants espagnols et latino-américains. À presque soixante-dix ans, le professeur Gálvez servait de médiateur pour résoudre des différends entre exilés, corrigeait l'orthographe des documents politiques et, tous les matins, partait au lever du jour faire une longue promenade sur le port.

« Il y avait deux bateaux chiliens. J'ai parlé avec les marins », me racontait-il plus tard, lorsque nous déjeunions ensemble le lundi et le vendredi, les jours où don Carlos me rendait un livre et en emportait un autre. Machado, León Felipe, Miguel Hernandez, Lorca, Alberti devinrent ses frères d'âme. Plusieurs fois, sans qu'il s'en aperçoive, je l'ai observé, tout emmitouflé et ganté, en train de lire dans un jardin public. Subitement il refermait son livre, le serrait contre sa poitrine et ses yeux se tournaient vers le ciel froid de Hambourg.

En 1984, nous fîmes ensemble un voyage à Madrid – son premier et dernier voyage en Espagne –, et au café Gijón, assis à une table peut-être occupée jadis par un de ses poètes, je le vis pleurer d'un sanglot dur, rebelle, comme seuls pleurent les vieux qui ont une histoire. Inquiet, je lui demandai s'il se sentait mal, et sa réponse m'enseigna la plus frappante des vérités : « Nous sommes de retour dans la patrie, tu comprends ? Notre langue c'est notre patrie. »

L'hiver 85 fut très dur, don Carlos contracta une pneumonie qui le conduisit à la tombe. Quelques jours avant qu'il entre à l'hôpital d'Altona je lui rendis visite dans son petit appartement d'homme seul et je le trouvai ivre de bonheur à la suite d'un rêve heureux : « J'ai rêvé que j'étais dans ma petite école en train d'apprendre les verbes réguliers à un groupe d'enfants tout petits. Et en me réveillant j'avais les doigts pleins de craie. »

Pour les vingt-cinq ans du crime qui a mutilé notre vie, je lève mon verre et porte un toast : À votre santé, don Carlos Gálvez ! À la vôtre professeur Gálvez ! Vivent les camarades !

DU MÊME AUTEUR

Le Monde du bout du monde
Métailié, 1993
« Points » n° 32
et Métailié, « Suites » n° 105

Un nom de torero
Métailié, 1994
« Points » n° 237
et Métailié, « Suites » n° 106

Histoire d'une mouette et du chat qui lui apprit à voler
illustré par Miles Hyman
Prix Sorcière, 1997
Métailié / Le Seuil, 1996, 2004
et Métailié, « Suites » n° 83

Rendez-vous d'amour dans un pays en guerre et autres histoires
Métailié, 1997
et « Points » n° 622

Journal d'un tueur sentimental
Métailié, « Suites » n° 8, 1998
et « Points » n° 986

Hot line *suivi de* Yacaré
Métailié, « Suites » n° 19, 1999
et « Points » n° 986

Les Roses d'Atacama
Métailié, 2001
et Métailié, « Suites » n° 75

Histoires d'amour d'Amérique latine
Métailié, 2002

La Folie de Pinochet
Métailié, 2003

Une sale histoire
notes d'un carnet Moleskine
Métailié, 2005

Les Pires Contes des frères Grim
avec Mario Delgado Aparain
Métailié, 2005

RÉALISATION : IGS-CP, À L'ISLE-D'ESPAGNAC
IMPRESSION : NORMANDIE ROTO S.A.S. À LONRAI
DÉPÔT LÉGAL : NOVEMBRE 2006. N° 90153 (06-2440)
IMPRIMÉ EN FRANCE

Collection Points

DERNIERS TITRES PARUS

P1008. La Vie sexuelle de Catherine M., *Catherine Millet*
P1009. La Fête des Anciens, *Pierre Mertens*
P1010. Une odeur de mantèque, *Mohammed Khaïr-Eddine*
P1011. N'oublie pas mes petits souliers, *Joseph Connolly*
P1012. Les Bonbons chinois, *Mian Mian*
P1013. Boulevard du Guinardó, *Juan Marsé*
P1014. Des lézards dans le ravin, *Juan Marsé*
P1015. Besoin de vélo, *Paul Fournel*
P1016. La Liste noire, *Alexandra Marinina*
P1017. La Longue Nuit du sans-sommeil, *Lawrence Block*
P1018. Perdre, *Pierre Mertens*
P1019. Les Exclus, *Elfriede Jelinek*
P1020. Putain, *Nelly Arcan*
P1021. La Route de Midland, *Arnaud Cathrine*
P1022. Le Fil de soie, *Michèle Gazier*
P1023. Paysages originels, *Olivier Rolin*
P1024. La Constance du jardinier, *John le Carré*
P1025. Ainsi vivent les morts, *Will Self*
P1026. Doux Carnage, *Toby Litt*
P1027. Le Principe d'humanité, *Jean-Claude Guillebaud*
P1028. Bleu, histoire d'une couleur, *Michel Pastoureau*
P1029. Speedway, *Philippe Thirault*
P1030. Les Os de Jupiter, *Faye Kellerman*
P1031. La Course au mouton sauvage, *Haruki Murakami*
P1032. Les Sept Plumes de l'aigle, *Henri Gougaud*
P1033. Arthur, *Michel Rio*
P1034. Hémisphère Nord, *Patrick Roegiers*
P1035. Disgrâce, *J.M. Coetzee*
P1036. L'Âge de fer, *J.M. Coetzee*
P1037. Les Sombres Feux du passé, *Chang-rae Lee*
P1038. Les Voix de la liberté, *Michel Winock*
P1039. Nucléaire Chaos, *Stéphanie Benson*
P1040. Bienheureux ceux qui ont soif…, *Anne Holt*
P1041. Le Marin à l'ancre, *Bernard Giraudeau*
P1042. L'Oiseau des ténèbres, *Michael Connelly*
P1043. Les Enfants des rues étroites, *Abdelhak Sehrane*
P1044. L'Île et Une nuit, *Daniel Maximin*
P1045. Bouquiner, *Annie François*
P1046. Nat Tate, *William Boyd*
P1047. Le Grand Roman indien, *Shashi Tharoor*

P1048. Les Lettres mauves, *Lawrence Block*
P1049. L'Imprécateur, *René-Victor Pilhes*
P1050. Le Stade de Wimbledon, *Daniele Del Giudice*
P1051. La Deuxième Gauche, *Hervé Hamon et Patrick Rotman*
P1052. La Tête en bas, *Noëlle Châtelet*
P1053. Le Jour de la cavalerie, *Hubert Mingarelli*
P1054. Le Violon noir, *Maxence Fermine*
P1055. Vita Brevis, *Jostein Gaarder*
P1056. Le Retour des caravelles, *António Lobo Antunes*
P1057. L'Enquête, *Juan José Saer*
P1058. Pierre Mendès France, *Jean Lacouture*
P1059. Le Mètre du monde, *Denis Guedj*
P1060. Mort d'une héroïne rouge, *Qiu Xiaolong*
P1061. Angle mort, *Sara Paretsky*
P1062. La Chambre d'écho, *Régine Detambel*
P1063. Madame Seyerling, *Didier Decoin*
P1064. L'Atlantique et les Amants, *Patrick Grainville*
P1065. Le Voyageur, *Alain Robbe-Grillet*
P1066. Le Chagrin des Belges, *Hugo Claus*
P1067. La Ballade de l'impossible, *Haruki Murakami*
P1068. Minoritaires, *Gérard Miller*
P1069. La Reine scélérate, *Chantal Thomas*
P1070. Trompe la mort, *Lawrence Block*
P1071. V'là aut' chose, *Nancy Star*
P1072. Jusqu'au dernier, *Deon Meyer*
P1073. Le Rire de l'ange, *Henri Gougaud*
P1074. L'Homme sans fusil, *Ysabelle Lacamp*
P1075. Le Théoriste, *Yves Pagès*
P1076. L'Artiste des dames, *Eduardo Mendoza*
P1077. Les Turbans de Venise, *Nedim Gürsel*
P1078. Zayni Barakat, *Ghamal Ghitany*
P1079. Éloge de l'amitié, ombre de la trahison
Tahar Ben Jelloun
P1080. La Nostalgie du possible. Sur Pessoa
Antonio Tabucchi
P1081. La Muraille invisible, *Henning Mankell*
P1082. Ad vitam aeternam, *Thierry Jonquet*
P1083. Six Mois au fond d'un bureau, *Laurent Laurent*
P1084. L'Ami du défunt, *Andreï Kourkov*
P1085. Aventures dans la France gourmande, *Peter Mayle*
P1086. Les Profanateurs, *Michael Collins*
P1087. L'Homme de ma vie, *Manuel Vázquez Montalbán*
P1088. Wonderland Avenue, *Michael Connelly*
P1089. L'Affaire Paola, *Donna Leon*

P1090. Nous n'irons plus au bal, *Michelle Spring*
P1091. Les Comptoirs du Sud, *Philippe Doumenc*
P1092. Foraine, *Paul Fournel*
P1093. Mère agitée, *Nathalie Azoulay*
P1094. Amanscale, *Maryline Desbiolles*
P1095. La Quatrième Main, *John Irving*
P1096. La Vie devant ses yeux, *Laura Kasischke*
P1097. Foe, *J.M. Coetzee*
P1098. Les Dix Commandements, *Marc-Alain Ouaknin*
P1099. Errance, *Raymond Depardon*
P1100. Dr la Mort, *Jonathan Kellerman*
P1101. Tatouage à la fraise, *Lauren Henderson*
P1102. La Frontière, *Patrick Bard*
P1103. La Naissance d'une famille, *T. Berry Brazelton*
P1104. Une mort secrète, *Richard Ford*
P1105. Blanc comme neige, *George P. Pelecanos*
P1106. Jours tranquilles à Belleville, *Thierry Jonquet*
P1107. Amants, *Catherine Guillebaud*
P1108. L'Or du roi, *Arturo Perez-Reverte*
P1109. La Peau d'un lion, *Michael Ondaatje*
P1110. Funérarium, *Brigitte Aubert*
P1111. Requiem pour une ombre, *Andrew Klavan*
P1113. Tigre en papier, *Olivier Rolin*
P1114. Le Café Zimmermann, *Catherine Lépront*
P1115. Le Soir du chien, *Marie-Hélène Lafon*
P1116. Hamlet, pan, pan, pan, *Christophe Nicolas*
P1117. La Caverne, *José Saramago*
P1118. Un ami parfait, *Martin Suter*
P1119. Chang et Eng le double-garçon, *Darin Strauss*
P1120. Les Amantes, *Elfriede Jelinek*
P1121. L'Étoffe du diable, *Michel Pastoureau*
P1122. Meurtriers sans visage, *Henning Mankell*
P1123. Taxis noirs, *John McLaren*
P1124. La Revanche de Dieu, *Gilles Kepel*
P1125. À ton image, *Louise L. Lambrichs*
P1126. Les Corrections, *Jonathan Franzen*
P1127. Les Abeilles et la Guêpe, *François Maspero*
P1128. Les Adieux à la Reine, *Chantal Thomas*
P1129. Dondog, *Antoine Volodine*
P1130. La Maison Russie, *John le Carré*
P1131. Livre de chroniques, *António Lobo Antunes*
P1132. L'Europe en première ligne, *Pascal Lamy*
P1133. Les Nouveaux Maîtres du monde, *Jean Ziegler*
P1134. Tous des rats, *Barbara Seranella*

P1135. Des morts à la criée, *Ed Dee*
P1136. Allons voir plus loin, veux-tu ?, *Anny Duperey*
P1137. Les Papas et les Mamans, *Diastème*
P1138. Phantasia, *Abdelwahab Meddeb*
P1139. Métaphysique du chien, *Philippe Ségur*
P1140. Mosaïque, *Claude Delarue*
P1141. Dormir accompagné, *António Lobo Antunes*
P1142. Un monde ailleurs, *Stewart O'Nan*
P1143. Rocks Springs, *Richard Ford*
P1144. L'Ami de Vincent, *Jean-Marc Roberts*
P1145. La Fascination de l'étang, *Virginia Woolf*
P1146. Ne te retourne pas, *Karin Fossum*
P1147. Dragons, *Marie Desplechin*
P1148. La Médaille, *Lydie Salvayre*
P1149. Les Beaux Bruns, *Patrick Gourvennec*
P1150. Poids léger, *Olivier Adam*
P1151. Les Trapézistes et le Rat, *Alain Fleischer*
P1152. À livre ouvert, *William Boyd*
P1153. Péchés innombrables, *Richard Ford*
P1154. Une situation difficile, *Richard Ford*
P1155. L'éléphant s'évapore, *Haruki Murakami*
P1156. Un amour dangereux, *Ben Okri*
P1157. Le Siècle des communismes, *ouvrage collectif*
P1158. Funky Guns, *George P. Pelecanos*
P1159. Les Soldats de l'aube, *Deon Meyer*
P1160. Le Figuier, *François Maspero*
P1161. Les Passagers du Roissy-Express, *François Maspero*
P1162. Visa pour Shanghai, *Qiu Xiaolong*
P1163. Des dahlias rouge et mauve, *Frédéric Vitoux*
P1164. Il était une fois un vieux couple heureux
Mohammed Khaïr-Eddine
P1165. Toilette de chat, *Jean-Marc Roberts*
P1166. Catalina, *Florence Delay*
P1167. Nid d'hommes, *Lu Wenfu*
P1168. La Longue Attente, *Ha Jin*
P1169. Pour l'amour de Judith, *Meir Shalev*
P1170. L'Appel du couchant, *Gamal Ghitany*
P1171. Lettres de Drancy
P1172. Quand les parents se séparent, *Françoise Dolto*
P1173. Amours sorcières, *Tahar Ben Jelloun*
P1174. Sale Temps, *Sara Paretsky*
P1175. L'Ange du Bronx, *Ed Dee*
P1176. La Maison du désir, *France Huser*
P1177. Cytomégalovirus, *Hervé Guibert*

P1178. Les Treize Pas, *Mo Yan*
P1179. Le Pays de l'alcool, *Mo Yan*
P1180. Le Principe de Frédelle, *Agnès Desarthe*
P1181. Les Gauchers, *Yves Pagès*
P1182. Rimbaud en Abyssinie, *Alain Borer*
P1183. Tout est illuminé, *Jonathan Safran Foer*
P1184. L'Enfant zigzag, *David Grossman*
P1185. La Pierre de Rosette, *Robert Solé et Dominique Valbelle*
P1186. Le Maître de Pétersbourg, *J.M. Coetzee*
P1187. Les Chiens de Riga, *Henning Mankell*
P1188. Le Tueur, *Eraldo Baldini*
P1189. Un silence de fer, *Marcello Fois*
P1190. La Filière du jasmin, *Denise Hamilton*
P1191. Déportée en Sibérie, *Margarete Buber-Neumann*
P1192. Les Mystères de Buenos Aires, *Manuel Puig*
P1193. La Mort de la phalène, *Virginia Woolf*
P1194. Sionoco, *Leon de Winter*
P1195. Poèmes et Chansons, *Georges Brassens*
P1196. Innocente, *Dominique Souton*
P1197. Taking Lives/Destins violés, *Michael Pye*
P1198. Gang, *Toby Litt*
P1199. Elle est partie, *Catherine Guillebaud*
P1200. Le Luthier de Crémone, *Herbert Le Porrier*
P1201. Le Temps des déracinés, *Elie Wiesel*
P1202. Les Portes du sang, *Michel Del Castillo*
P1203. Featherstone, *Kirsty Gunn*
P1204. Un vrai crime pour livres d'enfants, *Chloe Hooper*
P1205. Les Vagabonds de la faim, *Tom Kromer*
P1206. Mister Candid, *Jules Hardy*
P1207. Déchaînée, *Lauren Henderson*
P1208. Hypnose mode d'emploi, *Gérard Miller*
P1209. Corse, *Jean-Noël Pancrazi et Raymond Depardon*
P1210. Le Dernier Viking, *Patrick Grainville*
P1211. Charles et Camille, *Frédéric Vitoux*
P1212. Siloé, *Paul Gadenne*
P1213. Bob Marley, *Stephen Davies*
P1214. Ça ne peut plus durer, *Joseph Connolly*
P1215. Tombe la pluie, *Andrew Klavan*
P1216. Quatre Soldats, *Hubert Mingarelli*
P1217. Les Cheveux de Bérénice, *Denis Guedj*
P1218. Les Garçons d'en face, *Michèle Gazier*
P1219. Talion, *Christian de Montella*
P1220. Les Images, *Alain Rémond*
P1221. La Reine du Sud, *Arturo Perez-Reverte*

P1222. Vieille Menteuse, *Anne Fine*
P1223. Danse, danse, danse, *Haruki Murakami*
P1224. Le Vagabond de Holmby Park, *Herbert Lieberman*
P1225. Des amis haut placés, *Donna Leon*
P1226. Tableaux d'une ex., *Jean-Luc Benoziglio*
P1227. La Compagnie, le grand roman de la CIA, *Robert Little*
P1228. Chair et Sang, *Jonathan Kellerman*
P1230. Darling Lilly, *Michael Connelly*
P1231. Les Tortues de Zanzibar, *Giles Foden*
P1232. Il a fait l'idiot à la chapelle !, *Daniel Auteuil*
P1233. Lewis & Alice, *Didier Decoin*
P1234. Dialogue avec mon jardinier, *Henri Cueco*
P1235. L'Émeute, *Shashi Tharoor*
P1236. Le Palais des Miroirs, *Amitav Ghosh*
P1237. La Mémoire du corps, *Shauna Singh Baldwin*
P1238. Middlesex, *Jeffrey Eugenides*
P1239. Je suis mort hier, *Alexandra Marinina*
P1240. Cendrillon, mon amour, *Lawrence Block*
P1241. L'Inconnue de Baltimore, *Laura Lippman*
P1242. Berlinale Blitz, *Stéphanie Benson*
P1243. Abattoir 5, *Kurt Vonnegut*
P1244. Catalogue des idées reçues sur la langue
       Marina Yaguello
P1245. Tout se paye, *Georges P. Pelecanos*
P1246. Autoportrait à l'ouvre-boîte, *Philippe Ségur*
P1247. Tout s'avale, *Hubert Michel*
P1248. Quand on aime son bourreau, *Jim Lewis*
P1249. Tempête de glace, *Rick Moody*
P1250. Dernières Nouvelles du bourbier, *Alexandre Ikonnikov*
P1251. Le Rameau brisé, *Jonathan Kellerman*
P1252. Passage à l'ennemie, *Lydie Salvayre*
P1253. Une saison de machettes, *Jean Hatzfeld*
P1254. Le Goût de l'avenir, *Jean-Claude Guillebaud*
P1255. L'Étoile d'Alger, *Aziz Chouaki*
P1256. Cartel en tête, *John McLaren*
P1257. Sans penser à mal, *Barbara Seranella*
P1258. Tsili, *Aharon Appelfeld*
P1259. Le Temps des prodiges, *Aharon Appelfeld*
P1260. Ruines-de-Rome, *Pierre Sengès*
P1261. La Beauté des loutres, *Hubert Mingarelli*
P1262. La Fin de tout, *Jay McInerney*
P1263. Jeanne et les siens, *Michel Winock*
P1264. Les Chats mots, *Anny Duperey*
P1265. Quand j'avais cinq ans, je m'ai tué, *Howard Buten*

P1266. Vers l'âge d'homme, *J.M. Coetzee*
P1267. L'Invention de Paris, *Eric Hazan*
P1268. Chroniques de l'oiseau à ressort, *Haruki Murakami*
P1269. En crabe, *Günter Grass*
P1270. Mon père, ce harki, *Dalila Kerchouche*
P1271. Lumière morte, *Michael Connelly*
P1272. Détonations rapprochées, *C. J. Box*
P1273. Lorsque la nature parlait aux Égyptiens
Christiane Desroches Noblecourt
P1274. Le Tribunal des Flagrants Délires 1
Pierre Desproges
P1275. Le Tribunal des Flagrants Délires 2
Pierre Desproges
P1276. Un amant naïf et sentimental, *John le Carré*
P1277. Fragiles, *Philippe Delerm et Martine Delerm*
P1278. La Chambre blanche, *Christine Jordis*
P1279. Adieu la vie, adieu l'amour, *Juan Marsé*
P1280. N'entre pas si vite dans cette nuit noire
António Lobo Antunes
P1281. L'Évangile selon saint Loubard, *Guy Gilbert*
P1282. La femme qui attendait, *Andreï Makine*
P1283. Les Candidats, *Yun Sun Limet*
P1284. Petit Traité de désinvolture, *Denis Grozdanovitch*
P1285. Personne, *Linda Lê*
P1286. Sur la photo, *Marie-Hélène Lafon*
P1287. Le Mal du pays, *Patrick Roegiers*
P1288. Politique, *Adam Thirlwell*
P1289. Érec et Énide, *Manuel Vázquez Montalbán*
P1290. La Dormeuse de Naples, *Adrien Goetz*
P1291. Le croque-mort a la vie dure, *Tim Cockey*
P1292. Pretty Boy, *Lauren Henderson*
P1293. La Vie sexuelle en France, *Janine Mossuz-Lavau*
P1294. Souvenirs obscurs d'un Juif polonais né en France
Pierre Goldman
P1295. Dans l'alcool, *Thierry Vimal*
P1296. Le Monument, *Claude Duneton*
P1297. Mon nerf, *Rachid Djaïdani*
P1298. Plutôt mourir, *Marcello Fois*
P1299. Les pingouins n'ont jamais froid, *Andreï Kourkov*
P1300. La Mitrailleuse d'argile, *Viktor Pelevine*
P1301. Un été à Baden-Baden, *Leonid Tsypkin*
P1302. Hasard des maux, *Kate Jennings*
P1303. Le Temps des erreurs, *Mohammed Choukri*
P1304. Boumkœur, *Rachid Djaïdani*

P1305. Vodka-Cola, *Irina Denejkina*
P1306. La Lionne blanche, *Henning Mankell*
P1307. Le Styliste, *Alexandra Marinina*
P1308. Pas d'erreur sur la personne, *Ed Dee*
P1309. Le Casseur, *Walter Mosley*
P1310. Le Dernier Ami, *Tahar Ben Jelloun*
P1311. La Joie d'Aurélie, *Patrick Grainville*
P1312. L'Aîné des orphelins, *Tierno Monénembo*
P1313. Le Marteau pique-cœur, *Azouz Begag*
P1314. Les Âmes perdues, *Michael Collins*
P1315. Écrits fantômes, *David Mitchell*
P1316. Le Nageur, *Zsuzsa Bánk*
P1317. Quelqu'un avec qui courir, *David Grossman*
P1318. L'Attrapeur d'ombres, *Patrick Bard*
P1319. Venin, *Saneh Sangsuk*
P1320. Le Gone du Chaâba, *Azouz Begag*
P1321. Béni ou le paradis privé, *Azouz Begag*
P1322. Mésaventures du Paradis
       Erik Orsenna et Bernard Matussière
P1323. L'Âme au poing, *Patrick Rotman*
P1324. Comedia Infantil, *Henning Mankell*
P1325. Niagara, *Jane Urquhart*
P1326. Une amitié absolue, *John le Carré*
P1327. Le Fils du vent, *Henning Mankell*
P1328. Le Témoin du mensonge, *Mylène Dressler*
P1329. Pelle le Conquérant 1, *Martin Andersen Nexø*
P1330. Pelle le Conquérant 2, *Martin Andersen Nexø*
P1331. Mortes-Eaux, *Donna Leon*
P1332. Déviances mortelles, *Chris Mooney*
P1333. Les Naufragés du Batavia, *Simon Leys*
P1334. L'Amandière, *Simonetta Agnello Hornby*
P1335. C'est en hiver que les jours rallongent, *Joseph Bialot*
P1336. Cours sur la rive sauvage, *Mohammed Dib*
P1337. Hommes sans mère, *Hubert Mingarelli*
P1338. Reproduction non autorisée, *Marc Vilrouge*
P1339. S. O. S., *Joseph Connolly*
P1340. Sous la peau, *Michel Faber*
P1341. Dorian, *Will Self*
P1342. Le Cadeau, *David Flusfeder*
P1343. Le Dernier Voyage d'Horatio II, *Eduardo Mendoza*
P1344. Mon vieux, *Thierry Jonquet*
P1345. Lendemains de terreur, *Lawrence Block*
P1346. Déni de justice, *Andrew Klavan*
P1347. Brûlé, *Leonard Chang*

P1348. Montesquieu, *Jean Lacouture*
P1349. Stendhal, *Jean Lacouture*
P1350. Le Collectionneur de collections, *Henri Cueco*
P1351. Camping, *Abdelkader Djemaï*
P1352. Janice Winter, *Rose-Marie Pagnard*
P1353. La Jalousie des fleurs, *Ysabelle Lacamp*
P1354. Ma vie, son œuvre, *Jacques-Pierre Amette*
P1355. Lila, Lila, *Martin Suter*
P1356. Un amour de jeunesse, *Ann Packer*
P1357. Mirages du Sud, *Nedim Gürsel*
P1358. Marguerite et les Enragés
 Jean-Claude Lattès et Éric Deschodt
P1359. Los Angeles River, *Michael Connelly*
P1360. Refus de mémoire, *Sarah Paretsky*
P1361. Petite Musique de meurtre, *Laura Lippman*
P1362. Le Cœur sous le rouleau compresseur, *Howard Buten*
P1363. L'Anniversaire, *Mouloud Feraoun*
P1364. Passer l'hiver, *Olivier Adam*
P1365. L'Infamille, *Christophe Honoré*
P1366. La Douceur, *Christophe Honoré*
P1367. Des gens du monde, *Catherine Lépront*
P1368. Vent en rafales, *Taslima Nasreen*
P1369. Terres de crépuscule, *J. M. Coetzee*
P1370. Lizka et ses hommes, *Alexandre Ikonnikov*
P1371. Le Châle, *Cynthia Ozick*
P1372. L'Affaire du Dahlia noir, *Steve Hodel*
P1373. Premières Armes, *Faye Kellerman*
P1374. Onze Jours, *Donald Harstad*
P1375. Le croque-mort préfère la bière, *Tim Cockey*
P1376. Le Messie de Stockholm, *Cynthia Ozick*
P1377. Quand on refuse on dit non, *Ahmadou Kourouma*
P1378. Une vie française, *Jean-Paul Dubois*
P1379. Une année sous silence, *Jean-Paul Dubois*
P1380. La Dernière Leçon, *Noëlle Châtelet*
P1381. Folle, *Nelly Arcan*
P1382. La Hache et le Violon, *Alain Fleischer*
P1383. Vive la sociale !, *Gérard Mordillat*
P1384. Histoire d'une vie, *Aharon Appelfeld*
P1385. L'Immortel Bartfuss, *Aharon Appelfeld*
P1386. Beaux seins, belles fesses, *Mo Yan*
P1387. Séfarade, *Antonio Muñoz Molina*
P1388. Le Gentilhomme au pourpoint jaune
 Arturo Pérez Reverte
P1389. Ponton à la dérive, *Daniel Katz*

P1390. La Fille du directeur de cirque, *Jostein Gaarder*
P1391. Pelle le Conquérant 3, *Martin Andersen Nexø*
P1392. Pelle le Conquérant 4, *Martin Andersen Nexø*
P1393. Soul Circus, *George P. Pelecanos*
P1394. La Mort au fond du canyon, *C. J. Box*
P1395. Recherchée, *Karin Alvtegen*
P1396. Disparitions à la chaîne, *Åke Smedberg*
P1397. Bardo or not bardo, *Antoine Volodine*
P1398. La Vingt-septième Ville, *Jonathan Franzen*
P1399. Pluie, *Kirsty Gunn*
P1400. La Mort de Carlos Gardel, *António Lobo Antunes*
P1401. La Meilleure Façon de grandir, *Meir Shalev*
P1402. Les Plus Beaux Contes zen, *Henri Brunel*
P1403. Le Sang du monde, *Catherine Clément*
P1404. Poétique de l'égorgeur, *Philippe Ségur*
P1405 La Proie des âmes, *Matt Ruff*
P1406. La Vie invisible, *Juan Manuel de Prada*
P1407. Qu'elle repose en paix, *Jonathan Kellerman*
P1408. Le Croque-mort à tombeau ouvert, *Tim Cockey*
P1409. La Ferme des corps, *Bill Bass*
P1410. Le Passeport, *Azouz Begag*
P1411. La station Saint-Martin est fermée au public
Joseph Bialot
P1412. L'Intégration, *Azouz Begag*
P1413. La Géométrie des sentiments, *Patrick Roegiers*
P1414. L'Âme du chasseur, *Deon Meyer*
P1415. La Promenade des délices, *Mercedes Deambrosis*
P1416. Un après-midi avec Rock Hudson
Mercedes Deambrosis
P1417. Ne gênez pas le bourreau, *Alexandra Marinina*
P1418. Verre cassé, *Alain Mabanckou*
P1419. African Psycho, *Alain Mabanckou*
P1420. Le Nez sur la vitre, *Abdelkader Djemaï*
P1421. Gare du Nord, *Abdelkader Djemaï*
P1422. Le Chercheur d'Afriques, *Henri Lopes*
P1423. La Rumeur d'Aquitaine, *Jean Lacouture*
P1424. Une soirée, *Anny Duperey*
P1425. Un saut dans le vide, *Ed Dee*
P1426. En l'absence de Blanca, *Antonio Muñoz Molina*
P1427. La Plus Belle Histoire du bonheur, *collectif*
P1429. Comment c'était. Souvenirs sur Samuel Beckett
Anne Atik
P1430. Suite à l'hôtel Crystal, *Olivier Rolin*
P1431. Le Bon Serviteur, *Carmen Posadas*

P1432. Traité de savoir-vivre à l'usage des jeunes Russes
       Gary Shteyngart
P1433. C'est égal, *Agota Kristof*
P1434. Le Nombril des femmes, *Dominique Quessada*
P1435. L'Enfant à la luge, *Chris Mooney*
P1436. Encres de Chine, *Qiu Xiaolong*
P1437. Enquête de mor(t)alité, *Gene Riehl*
P1438. Le Château du roi dragon, La Saga du roi dragon I
       Stephen Lawhead
P1439. Les Armes des Garamont, La Malerune I
       Pierre Grimbert
P1440. Le Prince déchu, Les Enfants de l'Atlantide I
       Bernard Simonay
P1441. Le Voyage d'Hawkwood, Les Monarchies divines I
       Paul Kearney
P1442. Un trône pour Hadon, Le Cycle d'Opar I
       Philip-José Farmer
P1443. Fendragon, *Barbara Hambly*
P1444. Les Brigands de la forêt de Skule, *Kerstin Ekman*
P1445. L'Abîme, *John Crowley*
P1446. Œuvre poétique, *Léopold Sédar Senghor*
P1447. Cadastre, *suivi de* Moi, Laminaire…, *Aimé Césaire*
P1448. La Terre vaine et autres poèmes, *Thomas Stearns Eliot*
P1449. Le Reste du voyage et autres poèmes, *Bernard Noël*
P1450. Haïkus, *anthologie*
P1451. L'Homme qui souriait, *Henning Mankell*
P1452. Une question d'honneur, *Donna Leon*
P1453. Little Scarlet, *Walter Mosley*
P1454. Elizabeth Costello, *J.M. Coetzee*
P1455. Le maître a de plus en plus d'humour, *Mo Yan*
P1456. La Femme sur la plage avec un chien, *William Boyd*
P1457. Accusé Chirac, levez-vous!, *Denis Jeambar*
P1458. Sisyphe, roi de Corinthe, *François Rachline*
P1459. Le Voyage d'Anna, *Henri Gougaud*
P1460. Le Hussard, *Arturo Pérez-Reverte*
P1461. Les Amants de pierre, *Jane Urquhart*
P1462. Corcovado, *Jean-Paul Delfino*
P1463. Hadon, le guerrier, Le Cycle d'Opar II
       Philip José Farmer
P1464. Maîtresse du Chaos, La Saga de Raven I
       Robert Holdstock et Angus Wells
P1465. La Sève et le Givre, *Léa Silhol*
P1466. Élégies de Duino *suivi de* Sonnets à Orphée
       Rainer Maria Rilke

P1467. Rilke, *Philippe Jaccottet*
P1468. C'était mieux avant, *Howard Buten*
P1469. Portrait du Gulf Stream, *Érik Orsenna*
P1470. La Vie sauve, *Lydie Violet et Marie Desplechin*
P1471. Chicken Street, *Amanda Sthers*
P1472. Polococktail Party, *Dorota Maslowska*
P1473. Football factory, *John King*
P1474. Une petite ville en Allemagne, *John le Carré*
P1475. Le Miroir aux espions, *John le Carré*
P1476. Deuil interdit, *Michael Connelly*
P1477. Le Dernier Testament, *Philip Le Roy*
P1478. Justice imminente, *Jilliane Hoffman*
P1479. Ce cher Dexter, *Jeff Lindsay*
P1480. Le Corps noir, *Dominique Manotti*
P1481. Improbable, *Adam Fawer*
P1482. Les Rois hérétiques, Les Monarchies divines II, *Paul Kearney*
P1483. L'Archipel du soleil, Les Enfants de l'Atlantide II
       Bernard Simonay
P1484. Code Da Vinci : l'enquête
       Marie-France Etchegoin et Frédéric Lenoir
P1485. L. A. Confidentiel : les secrets de Lance Armstrong
       Pierre Ballester et David Walsh
P1486. Maria est morte, *Jean-Paul Dubois*
P1487. Vous aurez de mes nouvelles, *Jean-Paul Dubois*
P1488. Un pas de plus, *Marie Desplechin*
P1489. D'excellente famille, *Laurence Deflassieux*
P1490. Une femme normale, *Émilie Frèche*
P1491. La Dernière Nuit, *Marie-Ange Guillaume*
P1492. Le Sommeil des poissons, *Véronique Ovaldé*
P1493. La Dernière Note, *Jonathan Kellerman*
P1494. La Cité des jarres, *Arnaldur Indridason*
P1495. Électre à La Havane, *Leonardo Padura*
P1496. Le croque-mort est bon vivant, *Tim Cockey*
P1497. Le Cambrioleur en maraude, *Lawrence Block*
P1498. L'Araignée d'émeraude, La Saga de Raven II
       Robert Holdstock et Angus Wells
P1499. Faucon de mai, *Gillian Bradshaw*
P1500. La Tante marquise, *Simonetta Agnello Hornby*
P1501. Anita, *Alicia Dujovne Ortiz*
P1502. Mexico City Blues, *Jack Kerouac*
P1503. Poésie verticale, *Roberto Juarroz*
P1506. Histoire de Rofo, Clown, *Howard Buten*
P1507. Manuel à l'usage des enfants qui ont des parents difficiles
       Jeanne Van den Brouk

P1508.	La Jeune Fille au balcon, *Leïla Sebbar*
P1509.	Zenzela, *Azouz Begag*
P1510.	La Rebellion, *Joseph Roth*
P1511.	Falaises, *Olivier Adam*
P1512.	Webcam, *Adrien Goetz*
P1513.	La Méthode Mila, *Lydie Salvayre*
P1514.	Blonde abrasive, *Christophe Paviot*
P1515.	Les Petits-fils nègres de Vercingétorix, *Alain Mabanckou*
P1516.	107 ans, *Diastème*
P1517.	La Vie magnétique, *Jean-Hubert Gailliot*
P1518.	Solos d'amour, *John Updike*
P1519.	Les Chutes, *Joyce Carol Oates*
P1520.	Well, *Matthieu McIntosh*
P1521.	À la recherche du voile noir, *Rick Moody*
P1522.	Train, *Pete Dexter*
P1523.	Avidité, *Elfriede Jelinek*
P1524.	Retour dans la neige, *Robert Walser*
P1525.	La Faim de Hoffman, *Leon de Winter*
P1526.	Marie-Antoinette, La Naissance d'une reine. Lettres choisies, *Evelyne Lever*
P1527.	Les petits Verlaine suivi de Samedi, dimanche et fêtes *Jean-Marc Roberts*
P1528.	Les Seigneurs de guerre de Nin, La Saga du roi dragon II *Stephen Lawhead*
P1529.	Le Dire des Sylfes, La Malerune II *Michel Robert et Pierre Grimbert*
P1530.	Le Dieu de glace, La Saga de Raven III *Robert Holdstock et Angus Wells*
P1531.	Un bon cru, *Peter Mayle*
P1532.	Confessions d'un boulanger *Peter Mayle et Gérard Auzet*
P1533.	Un poisson hors de l'eau, *Bernard Comment*
P1534.	Histoire de la Grande Maison, *Charif Majdalani*
P1535.	La Partie belle *suivi de* La Comédie légère *Jean-Marc Roberts*
P1536.	Le Bonheur obligatoire, *Norman Manea*
P1537.	Les Larmes de ma mère, *Michel Layaz*
P1538.	Tant qu'il y aura des élèves, *Hervé Hamon*
P1539.	Avant le gel, *Henning Mankell*
P1540.	Code 10, *Donald Harstad*
P1541.	Les Nouvelles Enquêtes du Juge Ti, vol. 1 *Frédéric Lenormand*
P1542.	Les Nouvelles Enquêtes du Juge Ti, vol. 2 *Frédéric Lenormand*

P1543.	Que faire des crétins ? – Les perles du Grand Larousse *Pierre Enckell et Pierre Larousse*
P1544.	Motamorphoses – À chaque mot son histoire *Daniel Brandy*
P1545.	L'habit ne fait pas le moine – Petite histoire des expressions *Gilles Henry*
P1546.	Petit Fictionnaire illustré. Les mots qui manquent au dico *Alain Finkielkraut*
P1547.	Le Pluriel de bric-à-brac et autres difficultés de la langue française, *Irène Nouailhac*
P1548.	Un bouquin n'est pas un livre – Les nuances des synonymes *Rémi Bertrand*
P1549.	Sans nouvelles de Gurb, *Eduardo Mendoza*
P1550.	Le Dernier Amour du président, *Andreï Kourkov*
P1551.	L'Amour soudain, *Aharon Appelfeld*
P1552.	Nos plus beaux souvenirs, *Stewart O'Nan*
P1553.	Saint-Sépulcre !, *Patrick Besson*
P1554.	L'Autre comme moi, *José Saramago*
P1555.	Pourquoi Mitterrand ?, *Pierre Joxe*
P1556.	Pas si fous ces Français, *Jean-Benoît Nadeau et Julie Barlow*
P1557.	La Colline des anges *Jean-Claude Guillebaud* et *Raymond Depardon*
P1558.	La Solitude Heureuse *suivi de* Notes, *Raymond Depardon*
P1559.	Hard Revolution, *George P. Pelecanos*
P1560.	La Morsure du lézard, *Kirk Mitchell*
P1561.	Winterkill, *C. J. Box*
P1562.	La Morsure du dragon, *Jean-François Susbielle*
P1563.	Rituels sanglants, *Craig Russell*
P1564.	Les Écorchés, *Peter Moore Smith*
P1565.	Le Crépuscule des géants, Les Enfants de l'Atlantide III *Bernard Simonay*
P1566.	Aara, Aradia, *Tanith Lee*
P1567.	Les Guerres de fer, Les Monarchies divines III, *Paul Kearney*
P1568.	La Rose pourpre et le lys, tome 1, *Michel Faber*
P1569.	La Rose pourpre et le lys, tome 2, *Michel Faber*
P1570.	Sarnia, *G. B. Edwards*
P1571.	Saint-Cyr/La Maison d'Esther, *Yves Dangerfield*
P1572.	Renverse du souffle, *Paul Celan*
P1573.	Pour un tombeau d'Anatole, *Stéphane Mallarmé*
P1574.	95 Poèmes, *E. E. Cummings*
P1575.	Le Dico des mots croisés, *Michel Laclos*
P1576.	Les deux font la paire, *Patrice Louis*
P1577.	Le Petit Manuel du français maltraité, *Pierre Bénard*
P1578.	L'Avortement, *Richard Brautigan*

Les Jardins Intérieurs St-Lambert
1705, Rue Victoria
St-Lambert, (Québec)
J4R 2T7

2 7 FEV. 2016
1 5 MARS 2016
2 3 OCT. 2017 #918